Julian Rathbone
Der Messerwerfer

D1926639

Serie Piper
Band 5551

Zu diesem Buch

Schauplatz: Naher Osten – Operationsgebiet von CIA, KGB und Mossad, in deren Diensten sich auch schöne Frauen bewähren. Das Opfer: Aziz Milyutin, sowjetischer Bürger aus Aserbeidschan, Messerwerfer von Beruf und mit seinem Volkstanzensemble immer wieder auf Auslandstournee. Sein Traum: Bauer zu sein in der Türkei, dem Land seiner Väter, der sich auch scheinbar erfüllt, als ihn das Angebot eines Nachtklubs aus Beirut erreicht. Aber dann passiert in den Ruinen von Baalbek ein Mord – sein Zwillingsbruder verblutet in seinen Armen –, und unbekannte Verfolger heften sich ihm an die Fersen. Mittellos und allein auf sich gestellt, aber von uralten Rache- und Überlebensinstinkten beseelt, bricht er in die Türkei auf – seine einzigen Verbündeten sind die vier Messer mit den silbernen Griffen...

Julian Rathbone, geboren 1935 in London. Nach 15jähriger Lehrtätigkeit freier Schriftsteller. Unternahm ausgedehnte Reisen an die Schauplätze seiner Romane. Seine Bücher wurden in alle Weltsprachen übersetzt. Rathbone lebt heute in England. Sein Roman »Grünfinger« erhielt den Deutschen Krimi-Preis 1989.

Julian Rathbone

Der Messerwerfer

Roman

Aus dem Englischen von
Christine Penitzka

Piper
München Zürich

SERIE PIPER
SPANNUNG
Herausgegeben von Friedrich Kur

Von Julian Rathbone liegen in der
Serie Piper Spannung außerdem vor:
Der Katafalk (5515)
Grünfinger (5526)

Die englische Originalausgabe erschien 1969
unter dem Titel »With my Knives I Know I'm Good«
bei Michael Joseph Ltd., London.
Die deutsche Erstausgabe, deren Übersetzung
hier übernommen wurde, erschien 1970 im
Verlag Kurt Desch, München Wien Basel.

ISBN 3-492-15551-0
Mai 1989
© Julian Rathbone, 1969
Deutsche Ausgabe:
© R. Piper GmbH & Co. KG, München 1989
Umschlag: Federico Luci,
unter Verwendung einer Zeichnung von Beate Brömse
Satz: Ebner, Ulm
Druck und Bindung: Clausen & Bosse, Leck
Printed in Germany

1

Ich lag auf meinem Bett im Hotel Spa, Sokratu-Straße, und dachte an Anya. Ich verbrachte viele Stunden auf diese Weise; es gab wenig anderes zu tun. Das Hotel Spa war nicht übel. Das Waschbecken hatte einen Sprung, aber das Wasser war morgens warm; die Möbel, ein Schrank, ein Tisch und ein Stuhl, waren schwer und solide, obgleich Fabrikware; die Fenster waren hoch und schmal und besaßen Fensterläden. Ich hatte schon überall zwischen Taschkent und Cardiff schlechtere gesehen, und wenigstens war das Bett mit seiner gedruckten Baumwolldecke – eine Imitation griechischer Webarbeit – schön breit. Und ich dachte an Anya.

Die Tournee hatte sich entwickelt wie alle anderen. Ein Flughafen, ein öffentlicher Empfang, Proben, und zwei- bis dreimal in der Woche Minibusausflüge zu den örtlichen Sehenswürdigkeiten. Diese gefielen mir besser als Silos in Turkestan oder Stahlwerke in Wales, aber ein Tempel unterscheidet sich nicht sehr von anderen, von der Größe abgesehen, und das Land selbst war enttäuschend – trocken, ausgeschwemmt und in meinen Augen traurig trotz des klaren Lichts und der weiten Räume. Ich mag gutes Land, schwarze gutgepflügte Erde und wachsende Ernten. Die Ausflüge langweilten mich fast immer. Teilnahme war Pflicht; sie erlaubte keine Erholung von den Leuten, mit denen ich sechzehn Stunden täglich zusammen arbeitete und aß, und Anya saß stets bei ihrem Bruder Alex. Zwischen den Ausflügen und den Proben und den Vorstellungen und den Mahlzeiten gab es nichts zu tun als Karten spielen in einem der Männerzimmer. Ich lag lieber auf meinem Bett, hörte zu, wie der Verkehr sich in Wellen hob und senkte, so wie ihn die Ampeln dirigierten, betrachtete die über die Tapete gleitenden Schatten und dachte an Anya.

Auf allen meinen Tourneen bin ich in jemand verliebt gewesen, gewöhnlich in eine der Tänzerinnen – und von denen in die schlankste und blondeste. In der Regel gab es eine strenge Trennung der Geschlechter, und jeder ernsthafte Versuch, sie zu durchbrechen, wurde mit Mißfallen betrachtet, falls man nicht offensichtlich Heirat im Sinn hatte. Dann wurde die Romanze öffentliches Eigentum, und wir alle konspirierten mit heiterer Schläue, um das glückliche Paar zusammenzubringen; Geschenke, meistens Souvenirs, wurden zusammengespart und auf unserer regelmäßig am Ende eines Aufenthalts in einer Stadt stattfindenden Einkaufstour gekauft; und nach der Rückkehr zu Mütterchen Rußland lud man uns alle zur Hochzeit ein, bei der wir mit Schafsgesichtern hinter dem Hochzeitspaar vor dem feierlich gestimmten, aber herablassend freundlichen Standesbeamten aufgereiht wurden. Nein, ich hatte keine Heirat im Sinn – jedenfalls nicht mit einer Tänzerin, die vermutlich nicht einmal wußte, aus welchem Ende einer Kuh die Milch kommt.

Also traf ich zu Beginn jeder Tournee meine Wahl. Als ich jünger war, so bis Anfang Zwanzig, war ich immer sehr romantisch, betete aus der Entfernung an, war hingerissen von jedem Blick und jeder Geste, die in meine Richtung fielen, und ekstatisch, wenn die Tanzübungen uns in tatsächlich körperlichen Kontakt brachten. Später war ich weniger romantisch, und meine Sehnsüchte und Phantasien kreisten nicht mehr darum, das arme Mädchen bei der Hand zu ergreifen, sie irgendeine ausländische Straße hinab zum nächsten Polizeirevier zu zerren und um politisches Asyl zu bitten. Statt dessen war ich damit zufrieden, von ihren Brüsten und Schenkeln zu träumen, und wenn unsere Übungen mich nicht schon zu Beginn der Tournee mit ihr in Berührung brachten, sorgte ich dafür, daß es vor ihrem Ablauf dazu kam. Natürlich wurde aus diesen in den meisten Fällen eingebildeten Affären manchmal etwas. Das Mädchen konnte sich kaum völlig unklar über meine Absichten sein, und manchmal ließ sich etwas machen, obgleich wir fast immer wenigstens zu zweit in einem Zimmer wohnten. Einmal gab es ein Mädchen, das war fünf Jahre älter als ich; aber ihre Zimmergenossin,

eine Lesbierin, hatte etwas dagegen, und aus diesem Grund wurde ich aus dem Ensemble der Roten Armee hinausgeschmissen. Ich landete bei den Volkstänzern aus Aserbeidschan. Ich bin in Aserbeidschan geboren.
Es war der vierte Tag unseres Aufenthalts in Athen. Ich war müde; wir hatten ein Museum besucht und waren draußen in Eleusis gewesen, um die Zementfabrik anzusehen, bitte sehr, und das vor dem Mittagessen! Es gab keine Probe; wir kannten das Theater oder vielmehr den Saal nach drei Tagen gut genug und hatten dieselbe Aufführung schon in Belgrad und Zagreb dargeboten. Wir mußten noch drei weitere Tage im Hotel Spa aushalten, und ich fragte mich, ob ich mich nicht doch mal ganz entschieden an Anya heranmachen sollte, bevor wir nach Saloniki weiterfuhren und ich vermutlich wieder mit einem zweiten in einem Zimmer schlafen müßte.
Da klopfte es an die Tür. Da wir nicht einmal zum Zigarettenkauf allein hinausgehen sollten, nahm ich an, jemand hätte keine mehr und wollte sich welche borgen kommen.
Aber es war Savinkov, unser Direktor, Choreograph und Nährvater. Der arme Savinkov, ältlich, immer voll Sorgen, der sechs Sachen auf einmal tun sollte und sich nicht wirklich damit abgefunden hatte, daß er eine Art Nachtkabarett mit Talmivolkstänzen, Bodenturnen, Trickkünstlern und Gott weiß was alles leiten mußte, wo er doch vor dem Krieg dem Bolschoi-Ballett angehört und gelegentlich Solos getanzt hatte. Jetzt sah er sich in meinem Zimmer um und flatterte schmetterlingshaft mit den Händen. »Aziz«, blökte er, »ich störe dich ungern. Ich weiß, du mußt dich ausruhen, und es ist auch sicher gar nichts Ernstes.«
»Ich komme ja. Was ist denn los?« Dabei zog ich mir die Jacke an und strich mir das Haar glatt.
»Zwei von unserer Botschaft. Sie sagen, sie wollen dich sehen.«
Etwas in mir machte einen Salto rückwärts. Botschaft hieß Partei, und Partei konnte alles bedeuten. Ich bin nicht so alt, daß ich mich nicht an Stalin erinnern kann, und ein-, zweimal hatten wir mitten in einer Tournee ohne erkennbaren Grund Mitspieler verloren. Ich setzte meine ehrliche Arbeitermiene auf – stolz auf meine Tätigkeit und Vaterlandsliebe vermischt mit angemessenem Respekt vor der regierenden Klasse – und folgte Savinkovs birnenförmiger Rückseite über den nicht sehr hellen Korridor.
Vor der Treppe kam eine Art offener Diele mit Korbsesseln und Farnpflanzen in solchen mit stolzierenden Kriegern

geschmückten Töpfen, wie wir sie im Museum gesehen hatten. Dort saßen zwei Männer. Den einen hatte ich schon bei dem Empfang nach unserer ersten Vorstellung in Athen gesehen, ein dunkelgekleideter, graugesichtiger Bürokrat.
»Milyutin?« fragte er und stand auf.
»Aziz Milyutin«, sagte ich.
Der zweite Mann stand auf. Es war ein Albino, und ich konnte, wie bei den meisten Albinos, sein Alter nicht schätzen. Er hatte sich dunkle Gläser über seine Brille geklemmt, und diese nahm er nun ab. Seine Augen wirkten kalt in dem harten Weiß und Rosa seines Gesichts. Mir wurde selber ein bißchen kalt, als seine Blicke langsam über mich wanderten.
»Er hat einen Schnurrbart«, sagte er. Seine Stimme zischte und scharrte wie Schlittschuhe auf Eis.
Hatte ich auch. Einen ziemlich buschigen, schwarzen, der mir über die Mundwinkel fiel. Er paßte zur Volkstracht und ersparte mir das Ankleben jeden Abend. Unwillkürlich fuhr meine Hand zu ihm hinauf.
»Halt!« sagte der Albino. »Lassen Sie mal die Hand über dem Mund.«
Er zog eine Karte aus seiner Innentasche – heute ist mir klar, daß es eine Fotografie gewesen sein muß –, betrachtete sie und dann wieder mich. Er nickte und steckte ohne eine weitere Bemerkung die Karte in die Tasche zurück, klemmte seine dunklen Gläser wieder auf die Brille und wandte sich zur Treppe. Der Mann von der Botschaft zögerte, folgte ihm dann und ließ Savinkov und mich allein in der Diele zurück.
Wir sahen uns an, zuckten ausdruckslos mit den Schultern, und ich ging wieder auf mein Zimmer. Wir vertrauten einander nicht genügend, um über das Geschehene einen Kommentar abzugeben – dazu war uns noch viel zu unklar, was es bedeuten sollte.

Anya begann mir nach der Vorstellung am folgenden Abend schöne Augen zu machen, als wir unser Abendessen in dem billigen Restaurant einnahmen, in das wir seit unserer Ankunft immer gegangen waren. Bei der Suppe, etwas Saurem aus Innereien und mit einem halbrohen Ei darin, fing sie an, mir über die Schulter hinweg vom Nachbartisch aus Blicke zuzuwerfen, wo sie mit zwei anderen Mädchen und ihrem blonden Bruder Alex saß.
Als die »keftedes« kamen, zwinkerte ich ihr zu und sah, wie ihre Ohren rosig angehaucht wurden; aber sie wirkte nicht ungehalten. Und schließlich erlebte ich beim »kadayif« meine

größte Überraschung: Alex, ein Meter achtzig, aus Knochen, Muskeln und nicht viel Grütze, blickte über die sanfte Kurve ihres langen Halses zu mir herüber und trank mir mit seinem Mineralwasser zu.

Alex hatte mir von Anfang an mißfallen. Er war groß, stark und tierisch. Er konnte Eisenstangen verbiegen oder sechs Männer in einem Balanceakt über sich halten, aber er konnte auf der Bühne keine Bewegung im Rhythmus mit der Musik machen, obgleich wir doch Tänzer sein sollten. Infolgedessen mußten wir für seine Soli alles andere anhalten und nur die Trommeln dröhnen lassen und hoffen, daß der Schlagzeuger im richtigen Augenblick auf sein Zymbal schlug. Er kannte seine eigene Kraft gar nicht – Stühle, Betten und selbst Türen um ihn herum gingen in Stücke. Seine Launen wechselten unvorhersehbar: Er fiel von unerklärbaren Lachsalven in zornigdüstere Stimmungen. Aber zu Anya war er sanft. Oft lag seine große schwere Hand auf ihren dünnen Schultern, und manchmal streichelte er ihr geistesabwesend den Arm oder die Taille wie ein Liebhaber. Bei solchen Gelegenheiten lächelte er immer.

In jener Nacht kam Anya zu mir ins Zimmer, und sie blieb die ganze Nacht. Vielleicht habe ich etwas geschlafen, doch kann ich mich nicht daran erinnern. Sie kam in einem einfachen Flanellnachthemd, war aber herausgeschlüpft, noch ehe ich die Tür richtig hinter ihr zugemacht hatte. Sie machte das Licht aus und hieß mich die Läden aufmachen, so daß das Licht von der Straße über mein Bett fiel und der Raum vom Verkehrslärm angefüllt wurde und die Autoscheinwerfer in endlosen Mustern über die Zimmerdecke fuhren. Sie war glatt und fest, mit den langen, kräftigen Schenkeln einer Tänzerin, und Armen, die sich schlangengleich um mich legten. Anfangs war sie mehr wie ein Vögelchen, das mit leichtem Zucken gegen meinen Körper schlug; irgendwie schien sie damit die ohnehin schon großen Unterschiede in Größe und Gestalt zwischen uns noch zu übertreiben, so daß ich mich groß und überwältigend und gleichzeitig als Beschützer fühlte. Ich nehme an, daß ich das auch so wollte. Später änderte sich ihr Verhalten, und sie ließ uns alle Kapitel aus dem Buch der Liebeskunst durchnehmen, daß ich das Gefühl hatte, jeden Zentimeter ihres Körpers gekostet zu haben. Dann schlief sie ein, zwischen meinen Knien und meiner Brust zusammengerollt, und ich, so wollte es mir scheinen, ganz ihr Besitzer.

Erst in der Morgendämmerung, als sie aus dem Bett schlüpfte

und sich wieder das Nachthemd anzog, wurde mir klar, daß nicht ich sie besaß, sondern sie mich. Als sich die Tür hinter ihr schloß, überfiel mich schockartig eine Sehnsucht, wie ich sie noch nie gekannt hatte. Ich war bereit, für noch eine solche Nacht alles zu tun.

An jenem Morgen brachte uns unser Kleinbus zum Fuß des Lykabettos, zu dessen Gipfel eine Zahnradbahn führt. Anya kam nicht mit, aber Alex war dabei. Er setzte sich neben mich, und als der Bus vom Hotel Spa abfuhr, legte er eine riesige Hand um mein Ohr und flüsterte: »Anya kommt nicht mit. Sie hat Savinkov gesagt, sie hätte Migräne und bliebe mit einer Freundin zu Hause, um sich auszuruhen.«

Ich zog den Kopf weg, und unsere Blicke trafen sich. Seine Augen waren klein, blau, wie Schweinsaugen, und er grinste mich geil an. Ich wandte angewidert den Blick aus dem Fenster.

Wir fuhren die Venizelu-Straße hinunter, und plötzlich war mir wohler, vielleicht weil ich übermüdet war. Ich hatte vorher kaum die Leute wahrgenommen; sie schienen mir heute heiter, frisch und geschäftig. Ich war erregt und glücklich, und das Gefühl hielt den ganzen Tag an, obgleich Alex mir überallhin wie ein Leibwächter folgte.

Ich war aber auch müde. Als wir oben auf dem Lykabettos Kaffee tranken, merkte ich, daß meine Hand zitterte und mein Puls viel schneller ging. Ich fing an, mir wegen der abendlichen Vorstellung Sorgen zu machen. Und doch genoß ich diesen Morgen wie keinen anderen Ausflugstag. Anya hatte mich vielleicht müde gemacht, aber gleichzeitig hatte sie mir ins Leben zurückverholfen. Ich sehe noch heute den honigfarbenen Stein des Parthenon hinter dem Schwarzgrün der Zypressen, die endlose Stadt aus weißen Mauern und roten Ziegeln und das unermeßliche Meer, ebenso reich, wie das dahinterliegende Land arm war, und die Inseln wie Opale auf blauem Emaille. Mir war, als könnte ich in der kühlen Luft fliegen. Meine Gefährten langweilten mich zu Tode, das ganze Ensemble, diese ganze drittrangige Tournee, mit der man Ausländern im Namen der Kultur Talmi als Volkskunst darbot. Ich fühlte mich frei und wollte frei sein.

Anya kam auch nicht zum Mittagessen, und ich konnte am Nachmittag etwas Schlaf nachholen. Alex hielt sich immer noch dicht auf meinen Fersen, zwinkerte mir gelegentlich zu und sandte mich einmal mit einem massiven Schlag auf den Rücken fast durch eine Glastür. Er sagte nicht viel, er sprach sowieso selten. Als ich auf mein Zimmer ging, wollte er mitkommen, doch konnte ich ihn gerade noch aus der Tür drücken. Später mußte ich auf die Toilette, und da saß er auf der Diele in demselben Korbsessel, den der Albino eingenommen hatte. Er sah mir nach und grinste unfein, als ich wieder herauskam. Ich begann mich zu fragen, warum Anya ihm befohlen hatte, auf mich aufzupassen, denn das mußte sie doch offensichtlich getan haben.

Ich sah sie nicht, bis sie an jenem Abend nach meiner ersten Solonummer auf die Bühne kam. Ich hatte die Nummer verhauen, es war ein Jonglierakt mit vier Messern, und ich ließ eines fallen und hackte mir beinahe eine Zehe ab. Im Programm stand »Dolchtanz der Kosaken«, es war aber eigentlich ein Akt, den mir mein Großvater beigebracht und den ich erst bei einer kurzen Gastrolle in einem Zirkus gebracht hatte. Aber Anya tanzte einfach zauberhaft. Es war eine von diesen Dorfhochzeitsnummern mit gestickten Leibchen und Puffärmeln und einer Choreographie wie fürs Ringelreihen; aber in jener Nacht machte sie etwas aus der Brautrolle – eine Leichtigkeit, eine Koketterie, die sich auch auf der Bühne des Bolschoitheaters nicht übel gemacht hätte. Selbst Alex war in Form: Er schaffte den Gopak, ohne nachzuhinken und ohne jemand die Füße unter dem Leib wegzutreten. Ich fing an, mich nach der Nacht zu sehnen, vielleicht der letzten Nacht auf dieser Tournee, wo ich ein Einzelzimmer haben würde.

Sobald das Finale vorbei war, schob ich mich an den griechischen Bühnenarbeitern vorbei und stolperte eine eiserne Treppe hinab zur Frauengarderobe, in der Hoffnung, ein Wort mit ihr zu wechseln, ehe man uns in den Kleinbus trieb. Unten an der Treppe fing mich Savinkov beim Arm und hob sein Kürbisgesicht zu mir.

»Aziz, du warst gut heute abend.«

»Von wegen. Ich hab' ein Messer fallen lassen.«

Das tat er mit einer Handbewegung ab.

»Das war nichts. Du und Anya, ihr wart beide gut.«

Ich dachte schon, er habe etwas gemerkt und wolle nun eine offizielle Romanze in Gang bringen.

»Ihr beiden habt einen Bewunderer im Publikum gehabt, der euch gern zum Nachtessen einladen möchte. Da wir die letzte Nacht hier sind und wir ja hier zur Pflege der guten Beziehungen beitragen sollen, sehe ich nicht ein, warum ihr das nicht tun solltet. Alex geht mit, und ich weiß, ihr werdet vernünftig sein. Ihr seid gute Kollegen, ihr bringt mich nicht in Schwierigkeiten.«

Ich wußte nicht, was ich denken sollte. Ich wußte nicht mal,

ob ich erfreut oder enttäuscht sein sollte. Es bedeutete weniger Zeit im Bett mit Anya, aber wir gingen schließlich nicht oft mit jemand von den Einheimischen aus, jedenfalls nicht im Westen.
Ich entledigte mich rasch meiner weiten Hosen, der Stiefel und des flappigen roten Seidenhemdes, aber Anya und Alex waren trotzdem noch vor mir am Bühnenausgang. Anya hob sich auf die Zehenspitzen und küßte mich auf die Lippen, und dann zog sie mich ohne ein Wort durch die dunkle Gasse zur Straße. Alex folgte wie ein nahezu gezähmter Bär. Ein Cadillac war vor dem Eingang geparkt, und ein Chauffeur hielt uns bereits die Tür auf. In so einem großen Wagen hatte ich noch nie gesessen. Er war wie ein Zimmer. In der Ecke gegenüber saß ein fetter Mann in einem schwarzen Seidenanzug. Seine Hemdenbrust unter einem schwarzen Strickbinder glänzte wie Mondlicht, und Gold glänzte auf den fetten Fingern, die er uns entgegenstreckte. Sein Gesicht lag im Schatten, aber seine Stimme klang wie der Baßbariton eines Schauspielers oder Opernsängers.
»Kommen Sie, meine Freunde, kommen Sie herein. Anya Telelewitsch, die Schöne, mit ihrem Bruder Alex und Aziz Milyutin, dem Jongleur«, sagte er auf russisch, aber mit einer orientalischen Glattheit, die der Sprache ihre ganze Kraft nahm. »In Griechenland nennt man mich Gipes, im Nahen Osten Nasr und in der Türkei Akbaba.«
»Ich spreche Türkisch«, sagte ich. »›Akbaba‹ heißt ›weißer Vater‹ oder ›Geier‹.«
»Natürlich, Aziz Bey; Sie sind ein echter Aseri-Türke.«
Ich hatte den Motor nicht starten hören, aber der Wagen hatte sich in Bewegung gesetzt. Wir schwangen auf die hellen Lichter der Ermu-Straße zu. Schnell, glatt und zügig zerschmolz der Verkehr vor uns; wir schienen wie Götter, isoliert in unseren ledernen Sitzen und dem dicken Teppich unter den Füßen von der wirbelnden, lärmenden Masse von Lichtern und Gesichtern, von Taxis und Obussen. Bald waren wir an der Küste, an der sich ein breiter Boulevard entlangschmiegte bis hin zu einem kleinen, künstlichen Hafen voller Schiffe; den Schiffen reicher Leute. Wir hielten an und stiegen aus. Vor uns lag das Wasser schwarz unter den gepflegten weißen Schiffsrümpfen, außer an den Stellen, wo es die Lichter der am Kai liegenden Klubhäuser widerspiegelte. Auf einer Terrasse unter uns lagen fünf oder sechs Restaurants, auf deren Veranden die Stühle für die Sommersaison gestapelt standen. Ein wirres Durcheinander von

westlicher und griechischer Musik von einem Instrument, das unserer Balalaika ähnlich klang, tönte zu uns herauf. Akbaba winkte uns über eine steinerne Treppe nach unten. Er führte uns in das am teuersten aussehende Restaurant, wo ihn der Geschäftsführer mit den Gesten und Verbeugungen begrüßte, die das Vorrecht derer sind, bei denen die Kasse stimmt und die sich häufig sehen lassen. Nachdem er und in einer Ecke zum Sitzen gebracht hatte, ging Akbaba mit einem anderen Ober fort, um einige in einem Glasbehälter herumkriechende Hummer zum Tode zu verurteilen, und während er weg war, beobachtete ich Anya.
Sie hielt sich wirklich sehr gut, obgleich es ihr doch genau wie mir sehr fremdartig vorkommen mußte. Zweifellos gibt es solche Lokale am Schwarzen Meer und in Moskau und Leningrad, aber doch nur für Ausländer und verdiente Parteimitglieder. Sie streckte ihre kleine weiße Hand aus und legte sie über meine Faust; mein Kopf geriet ins Schwimmen, und ich kriegte ein Lächeln hin wie ein verliebter Schuljunge, den sie ja aus mir auch gemacht hatte. Alex saß einfach da und zerbröselte Toast zwischen seinen riesigen Fingern.
»Turkolimano«, sagte Akbaba und breitete eine Serviette über seine engen Hosenbeine, »der türkische Hafen. Der einzige Ort, wo man in Athen essen kann – bis man Fisch nicht mehr sehen möchte.« Er bestellte Wodka und Eis, Taramasalata, gefüllte Weinblätter und sonst was, während wir auf den Hummer warteten. Jetzt war auch sein Gesicht zu sehen. Es paßte zum Rest: dunkelhäutig, fett und mit einem goldblitzenden Mund.
Das Essen war gut: Wir aßen und tranken eine Menge und sprachen wenig, während Akbaba uns sagte, was für hervorragende Künstler wir seien und von Klubs in Rom und Beirut im Winter und in Istanbul im Sommer plauderte, uns ab und zu nach den Orten ausfragte, die wir gesehen hatten, und höflich unseren gemurmelten Erinnerungen an Budapest und Belgrad, Cardiff und Dijon lauschte. Als wir beim türkischen Kaffee waren und türkischen Honig aßen, befand ich mich in einem vagen Zustand der Wärme – meine Nervosität hatte mich verlassen, und ich war von einer Art ekstatischen, aber stillen Entzückens erfüllt. Meine Hand lag auf Anyas Schenkel, und ihre Nägel zupften die Haut meiner Hand.
»Ich mache vielerart Geschäfte«, sagte Akbaba unerwartet und lehnte sich über eine Tischecke. »Mir gehören Nachtklubs, ich bin Impresario für Kabarettkünstler in den besten Orten. Ich möchte gern, daß Sie drei für mich arbeiten.«

Mir fiel der Mund auf, und das Blut gerann mir. Anya stieß ein beinahe geleertes Glas Mineralwasser um, aber merkwürdigerweise fuhren ihre Finger fort, in gleichmäßigem Rhythmus meine Hand zu streicheln. Alex kaute fünf volle Sekunden lang an einem Stück Türkenhonig, und dann lachte er und lachte und blies uns Puderzucker ins Gesicht. Die fette Stimme fuhr fort, schmeichelnd, fordernd, charmant.

»Das ist gar nicht schwierig. Erstens, Sie können aus Ihren einzelnen Kunstfertigkeiten einen Akt zusammenstellen: der wunderbare Tanz der Dame hier, das Jonglieren, das Zerbrechen von Ketten und Verbiegen von Eisenstangen, alles etwas exotisch gefärbt, weil aus dem unbekannten Rußland. Es würde ein jahrelanger Erfolg. Sie könnten ganz rasch die Kabarettprogramme in all den Städten anführen, die ich erwähnte, und das zwei, vielleicht drei Monate lang in jedem Ort. Sie könnten hundert Dollar für jede Vorstellung verlangen. Sie würden Mode werden, man wäre verrückt nach Ihnen. In den ersten sechs Monaten würde ich als Ihr Manager mitreisen und fünfzig Prozent nehmen. Später, wenn Sie bekannter sind, bin ich nur noch Ihr Impresario und besorge Ihnen für zehn oder fünfzehn Prozent Ihre Engagements. In zehn Jahren können Sie genug sparen, um sich in dem Land Ihrer Wahl zur Ruhe zu setzen, einen eigenen Klub oder ein Restaurant aufmachen, was immer Sie wollen ...«

Ich war zwar immer noch ganz absurd erregt; aber obgleich mich wilde Hoffnung erfüllte, hatte ich doch gleichzeitig ganz wahnsinnige Angst. Ein paar von meinen Befürchtungen konnte ich auch in Worte fassen.

»Akbaba, wir sind Russen, wir sind nicht frei, zu tun, was wir wollen. Wir können nicht einfach von irgendwo weglaufen oder hingehen, wohin wir wollen. Wir dürfen ja nicht mal unsere Pässe selbst aufbewahren, und unser Geld auch nicht.«

»Aziz Bey hat einen praktischen Sinn, und das ist recht. Noch etwas Kaffee? Likör? Dann also Wodka«, und er schnippte mit den Fingern in Richtung eines Obers. »Lassen Sie mich zunächst sagen, daß ich Sie nicht erst heute abend gesehen habe. Ich habe Sie jede Nacht gesehen, seitdem Sie in Athen sind, und ich habe seit drei Tagen Vorbereitungen getroffen. Es würde viel schwieriger sein, wenn Sie nicht Russen wären: Dann wären Sie unter Vertrag, und Verträge kann man weniger leicht ändern als Staatsangehörigkeiten. Ich will Ihnen sagen, was passiert, wenn Sie ja sagen. Sie werden sich morgen vormittag heimlich von Ihrer Gruppe entfernen.

Mein Wagen steht an einer vorher vereinbarten Stelle und nimmt Sie mit zum libanesischen Konsulat. Dort habe ich Freunde, die Ihnen einstweilige Papiere geben, mit denen Sie rechtmäßig in den Libanon einreisen können. Morgen nachmittag könnten wir dorthin fliegen. Sie werden sich in einem Hotel aufhalten, das mir zum Teil gehört, während ich Ihnen die endgültigen Papiere verschaffe. Das wird so etwa eine Woche in Anspruch nehmen; aber da können Sie inzwischen Ihren Akt proben. Dann innerhalb eines Monats Ihr erstes Engagement, und Ihr Traum ist Wirklichkeit. Denn das werden Sie doch zugeben, Aziz Bey, davon haben Sie doch immer geträumt, nicht wahr? So oder ähnlich.« Er schob seinen Stuhl zurück und sah mich fest an; seine beringten Hände hielt er über der Brust gefaltet. Ein Schweißbächlein rann ihm die linke Wange hinab, und eine Hand hob sich, um es abzuwischen.
Er wartete auf eine Antwort. Ich hörte nur das Blut in meinem Kopf sausen und sah nichts als eine Schale mit Alpenveilchen auf dem weißen Tischtuch. Ich mußte hinaus, frische Luft atmen, nachdenken.
Ich fand einen Ausgang zur Kaiseite. Eine leichte Brise bewegte jetzt das schwarze Wasser, man sah weniger Lichter und hörte weniger – es war selbst für Athen schon sehr spät. Ich stand da und betrachtete den Mond, der aufgegangen war, und ließ meine Augen über die Muster hingleiten, die er auf das Wasser warf. Ich überlegte mir das Ganze. Monate, vielleicht Jahre mit Anya – das konnte eine Last werden, sagte eine innere Stimme, aber ich ging mit einem Achselzucken darüber hinweg. Alex – ja, eine viel größere Last. Aber wie lange mußte ich denn mit ihnen zusammenbleiben? Nicht länger, als es mir paßte. Ich hatte keine Verwandten, die ich vermissen würde, außer Akim, meinem Zwilling; und den schien seine Arbeit noch viel häufiger aus dem Land zu führen als meine. Ob mir Kabarettarbeit zusagen würde? Aufdringlicher Exhibitionismus vor fetten Männern wie Akbaba mit ihren angemalten Geliebten. Wahrscheinlich würde ich es gräßlich finden. Aber Akbaba hatte mit einer Sache recht. Ich hatte einen Traum – nicht seine Sorte, sondern einen Traum, der bis in meine Kindertage zurückging, wo ich mitten unter den Orangenbäumen und Tabakpflanzen der schwarzen Erde des Kura-Deltas in Aserbeidschan auf dem Schoß meines Großvaters saß. Ich träumte von dem einzigen, das Rußland mir niemals geben würde – von einem Stück eigenem Land.

Ich hörte hinter mir ein silbernes Lachen, silbern wie Silberstücke. Ich wandte mich um und sah im Schatten Anya in ihrem weißen Kleid und Akbaba, der den Arm um ihre Schultern hatte. Alex drückte sich hinter ihnen herum; sein Kopf und seine Schultern ragten über sie hinaus.
»Kommen Sie mit, Aziz Bey?« flüsterte die satte Stimme.
Ich wandte mich wieder dem Meer zu.
»Ja, ich komme mit«, sagte ich.

2

Die Levanteküste lag in dem blaßgelben Sonnenlicht eines Winternachmittags unter uns, war kurz durch das Fenster der Air-Liban-Hundertelf zu sehen, dann schwangen die Zypressen und Weingärten der Berge hinter Beirut auf uns zu, drehten sich im Kreise und sanken wieder ab, als der Jet geraden Kurs zur Landung im Khaldeh-Lufthafen nahm. Anyas lange Finger kniffen in meinen Schenkel, ich fühlte ihren warmen Atem auf der Wange und spürte ihre Zunge an meinem Ohr. Ich blickte ihr in die blauen Augen mit den lila Sprenkeln und vergab ihr noch einmal, daß sie mich in der Nacht zuvor allein gelassen hatte.
Auf dem Treppenabsatz mit dem Farn und den Korbstühlen hatte sie sich ihrem Zimmer zugewandt. Ich hielt sie am Arm fest, und sie hob ihr blasses ovales Gesicht zu mir.
»Nicht heute nacht, Aziz«, flüsterte sie.
»Ja, aber warum denn nicht?«
»Nicht bis Beirut. Bis wir frei sind.«
Eine Art müder Zorn stieg in mir auf. Sie mußte es gemerkt haben, denn sie rieb sanft mit dem Handrücken an meinem Bein entlang und stellte sich auf die Zehenspitzen, um mich zu küssen.
»Morgen nacht, Aziz«, und sie wippte mit einem Tanzschritt fort, so daß ihr duftendes Haar unter meiner Nase vorbeifuhr und meine Lippen streifte. Nun war sie sicher, daß ich mich an die getroffenen Vereinbarungen halten würde, und Alex kicherte höhnisch hinter mir.
Jener Morgen war der letzte des Volkstanzensembles aus Aserbeidschan in Athen gewesen, und infolgedessen war der Truppe erlaubt worden, auszugehen und Geschenke und Andenken zu kaufen. Um halb elf waren wir drei an der Ecke vom Syntagma-Platz und der Venizelu-Straße gestanden,

direkt vor dem Hotel »Grande Bretagne«. Dort holte uns der Cadillac ab. Um zehn Uhr vierzig waren wir schon im libanesischen Konsulat, und um Viertel eins befanden wir uns in der Luft. Vor halb eins würde uns Savinkov nicht vermissen. In Khaldeh erwartete uns wieder ein Cadillac. Er brachte uns die Küstenstraße entlang über die Corniche an der Taubengrotte vorbei und an den neuen Appartementhäusern von Ras Beirut, und dann kamen wir zur Minet El Hosn, dem Stadtteil der Luxushotels, schicken Läden und Nachtklubs.
Das Hotel hieß »Scheherazade«; ein hoher, glatter Block mit blauen Mosaikdekorationen um die Türen und viel buntem Marmor. Die Zimmer, die nebeneinander lagen und Verbindungstüren hatten, waren schick, mit großen Betten, dicken Teppichen und Klimaanlage, die Bäder waren schwarz-blau gekachelt. Akbaba zeigte sie uns, als ob sie ihm gehörten, was ja vielleicht auch der Fall war; aber der Träger, der unsere schäbigen, billigen Koffer hochbrachte, ließ doch schnell hinter seinem Rücken ein spöttisches Grinsen sehen. Er sagte, er müsse nun in unserer Sache tätig werden, und er komme in einer Stunde wieder. Und er befahl uns, die Zimmer nicht zu verlassen.
Als er fort war, fühlte ich mich niedergedrückt und nervös. Ich ging unbehaglich ein wenig im Zimmer hin und her, machte die Fenster zu einem schmalen Balkon auf, rauchte eine Zigarette, setzte mich in einen viereckigen, modernen Sessel. Er kippte nach hinten, und ich dachte schon, ich hätte ihn kaputtgemacht. Ich sah mich zufällig im Spiegel und fühlte mich noch elender; ich sah in diesem Raum so deplaciert aus wie eine Krähe in einem goldenen Käfig. Ich wusch mich mit parfümierter violetter Seife und hinterließ einen Schmutzrand am Handtuch.
Es klopfte an die Tür, und in der Hoffnung, daß es Anya sei, die sich mutiger über Akbabas Instruktionen hinwegsetzte als ich, rannte ich hin. Aber die Tür ging auf, ehe ich sie erreichte. Der Portier ließ einen kleinen, dicken Mann mit einem schwarzen Schnurrbart und einem winzigen Kinnbart eintreten. Er war vollkommen gekleidet, fand ich, bis hin zu den Manschettenknöpfen aus großen blutroten Steinen.
»Monsieur Vautour schickt mich«, sagte er mit hoher, heiserer Stimme und einer leichten Verbeugung. Er plapperte noch etwas, was ich aber nicht verstand, und sagte dann scharf: »Drehen Sie sich um.«
Benommen folgte ich, obgleich ich so halb erwartete, einen Hieb auf den Kopf zu bekommen. Statt dessen nahm er an

mir Maß: Brustweite, Beine, Arme, alles. Der kleine Mann rannte mit seinem Metermaß um mich herum und kritzelte alles in ein kleines Notizbuch mit Goldschnitt und gab kleine, bedauernde Geräusche von sich, als er an meine ausgefransten Ärmel und Aufschläge kam.

Als er gegangen war, schien mir das Zimmer noch mehr wie ein Gefängnis. Ich ging mit großen Schritten auf und ab, setzte mich, wusch mich noch einmal, trank etwas Eiswasser aus einem besonderen Hahn am Waschbecken und lief aufs neue herum. Wenn ich mich unsicher fühle, werde ich zornig. Schließlich ging ich an die Tür. Sie war abgeschlossen.

Der Portier kam mit drei Paketen in schmuckem Geschenkpapier wieder. Ohne ein Wort zu sagen, machte er sie auf und legte zwei weiße Hemden, einen dunklen Anzug, ein Paar graue Hosen, ein schwarzes Strickhemd und einen Regenmantel zurecht. Der Mantel war blaßgrau, kurz, sehr leicht und mit einer Art Halbgürtel am Rücken. Er ging hinaus, und diesmal hörte ich, wie draußen ein Riegel vorgeschoben wurde.

Den Anblick der Kleidung fand ich demütigend. Ich faßte sie an und drehte sie herum, brachte es aber nicht über mich, etwas davon anzuziehen. Ich sah mir die Etiketts an. Sie waren alle aus demselben Laden in Beirut; außer dem Regenmantel, der hatte kein Kennzeichen.

»Gefallen Ihnen die Sachen nicht?« fragte Akbaba hinter mir. »Sie werden sehen, sie passen Ihnen.«

»Warum hat man mich eingeschlossen?«

»Beirut ist groß. Ich dachte, Sie könnten in Versuchung geraten, auszugehen, wenn ich mich verspäte; Sie hätten sich verlaufen können, und das ohne Papiere und Geld. Es tut mir wirklich leid, aber jetzt haben Sie beides.«

Er ließ eine schwarze Brieftasche aus Plastik auf den Tisch fallen. Ein grünes Büchlein mit einem silbernen Halbmond und Stern auf dem Umschlag schaute heraus. Ich nahm es in die Hand. Es war ein türkischer Paß auf meinen Namen und mit einem Foto von mir. Kein sehr gutes Foto, aber obgleich es mir irgendwie falsch vorkam, konnte ich nicht erkennen, woran es lag. Ich fragte mich, wo und wann es geknipst worden war. Ich betrachtete die Brieftasche. Ich hatte mal genau dieselbe, auch mit dem idealisierten Kopf eines schnurrbärtigen Kriegers darauf. Meine hatte ich im GUM in Moskau gekauft, ich war aber zu harmlos, um darin mehr als einen Zufall zu sehen. Es steckten fünfhundert libanesische Pfund darin.

»Ist das nicht eine Menge Geld?«
»Das verdienen Sie in einer Nacht. Betrachten Sie das und die Sachen als Leihgabe, wenn Sie wollen.«
Ich zuckte mit den Schultern.
»Wenn Sie sich nun umziehen wollen – ich würde sagen, den Anzug –, treffen wir uns in einer halben Stunde in der Halle, und dann sage ich Ihnen, wie unsere Pläne aussehen. Keine Angst, ich riegle nicht wieder zu.«
Das erste, das einzige, was ich in der Halle sah, war Anya. Sie saß auf der Kante eines tiefen Sessels vor einem niederen Tisch und hatte die langen, dünnen Beine angezogen. Ihr Haar war hochgetürmt und silbergetönt; sie hatte etwas Silbernes, Glänzendes an, sehr eng, sehr tief ausgeschnitten und sehr kurz. Es drückte ihre kleinen Brüste nach oben und hielt sie als weiße Halbkugeln unter ihrem mageren Tänzerinnenhals. Sie hielt ein Glas mit kirschfarbener Flüssigkeit in der Hand. Sie sah westlich aus, so, wie ich das bisher nur in Taxis und in teuren Geschäften gesehen hatte. Sie sah – billig aus. Ich war zornig, und doch erregte sie mich. Als ich auf sie zuging, merkte ich auch, daß Alex und Akbaba neben ihr saßen, ich sah sie aber nicht wirklich.
»Du siehst... ganz anders aus«, sagte ich zu ihr. Sie legte den Kopf schräg. Um ihre Augen war mehr Make-up, als ich je gesehen hatte, mehr als sonst auf der Bühne.
»Gefalle ich dir?«
»Ich nehme an. Es paßt hierher.«
Ein leichter Schatten glitt über ihr schönes Gesicht, und mir wurde klar, daß sie unter all der Tünche noch sehr unsicher war, vielleicht genausosehr wie ich. Nun spürte ich nicht nur Lust, sondern auch Wärme.
»Sie ist sehr schön, sie wird ein großer Erfolg«, sagte Akbaba, als ob er von einem Tier spräche, einem Pferd, in dem er sein Geld angelegt hatte. »Heute abend wollen wir mal ausgehen und sie herzeigen. Ich denke da an ein Restaurant, und dann an einen Klub, in dem Sie vielleicht ein Engagement kriegen können: Es schadet nichts, wenn man Sie schon zu sehen bekommt, ehe wir die Verhandlungen starten.«
Das Restaurant war nicht besonders. Ein gewollt schickes Lokal mit Holztäfelung, das eine balkanesische Berghütte darstellen wollte. Angeblich gab es dort rumänisches Essen, aber es schmeckte ganz anders als alles, was ich je in Rumänien bekommen hatte. Der Nachtklub war schon besser. »Les Caves du Roy« ist ein Keller unter einem modernen Hotel, nur ist er in mittelalterlichem Stil gehalten. Vielleicht sogar

echt. Die Decken waren niedrige Tonnengewölbe, die von dicken Pfeilern getragen wurden, und die Wände aus grauem Stein. Das Dekor paßte dazu, schlanke gotische Statuen, wie ich sie in französischen Kathedralen gesehen hatte, Hunderte von bunten Kerzen, die man auf Flaschen oder schmiedeeiserne Wandleuchter gesteckt hatte und so viele Jahre lang tropfen ließ, daß sie jetzt über Bergen von buntem Wachs glänzten. Die Tische und Bänke waren aus schwerem schwarzem Holz. Aber die Atmosphäre war nicht makaber. Der Raum war gerammelt voll, und die Gäste waren meist jung und verschiedener Nationalität. Alle wirkten wohlhabend, waren aber, wie ich fand, sehr aufschlußreich gekleidet: Viele Mädchen trugen farbenprächtige Kleider mit Blumenmustern und so kurz, daß man den Strumpfansatz sah, wenn sie sich setzten; von den Männern hatten viele die Jacketts ausgezogen. Es war heiß und sehr laut. Eine kleine Band mit vielen elektronischen Instrumenten brachte eine erdbebenähnliche amerikanische Musik hervor, Pop oder Beat, nehme ich an. Diejenigen, die tanzten, zuckten dem Partner gegenüber in einer Imitation des Geschlechtsaktes – sehr animalisch, aber ohne Leidenschaft. Ich war oberflächlich erregt, aber innerlich gelangweilt.

Wir saßen eng gedrängt um einen kleinen Tisch und tranken einen einheimischen Sekt, während Akbaba uns Belanglosigkeiten zuschrie. Nach ein, zwei Gläsern fing er an, mich zu bedrängen, ich solle mit Anya tanzen, und sie wollte auch gern. Ich nahm ihre schlanken Finger und führte sie auf die Tanzfläche, wo ich mir sogleich sehr überflüssig vorkam. Ich versuchte, sie um die Taille zu fassen, aber sie lachte und schob mich weg und fing an zu tanzen wie die andern; ihr schmaler Körper schlängelte sich in dem glänzenden Kleid, sie brachte einen fast indischen Effekt in ihren Tanz. Schließlich war sie ja Tänzerin. Und ich bin kein Tänzer, außer bei den Volkstänzen, die man mir beigebracht hat. Ich versuchte ungeschickt, mich ihren Bewegungen anzupassen, gab es auf, versuchte es noch einmal, weil es mir zu lächerlich vorkam, in dieser zuckenden, wabernden Menschenmenge wie eine Statue dazustehen, und schließlich verlor ich die Geduld, als mich jemand anrempelte.

Ich drehte mich um und wollte zuschlagen, da explodierte ein Blitzlicht in meinem Gesicht und blendete mich für einen Moment. Im ersten grellen Licht, ehe alles in Rot verging, sah ich ihn wieder: Ich bin sicher, daß ich ihn sah, auf der anderen Seite des Raumes in einer Nische zwischen zwei Pfeilern,

weißes Haar über dunkler Brille – den Albino. Als sich meine Augen erholt hatten, war er verschwunden, und der Fotograf war auch weitergewandert und ließ seine blöden Blitze auf die Gesichter von anderen Leuten los. Ich ging wieder an den Tisch und sah mich gar nicht um, ob Anya mir folgte.
Das tat sie auch nicht. Alex hatte mich abgelöst, und der Bruder und seine Schwester tanzten fast den ganzen Abend lang miteinander, sahen sich unentwegt an, er die schwere Stirn gefurcht über dem ewigen idiotischen Grinsen, vor- und zurückschwingend, ab und zu grunzend oder einen Schrei ausstoßend; sie eine Armlänge von ihm entfernt, mit ihrem Körper in diesem silbernen Kleid lockend. Seine Art, sich zu bewegen, wenn sie auch nicht der der anderen ähnelte, schien durchaus hierherzupassen, und seine enorme Körpergröße paarte sich in einer Weise mit ihrer Kleinheit, die man kaum für möglich oder gar für anständig halten konnte, besonders wenn man daran dachte, daß sie blutsverwandt waren.
Ich trank und kümmerte mich nicht um Akbaba. Später kam der Fotograf zurück und brachte Streichholzmäppchen, die auf der einen Seite mein Konterfei trugen – ich sah aus wie ein verwirrter Bär – und auf der anderen Seite die Worte »Les Caves du Roy«. Es gab keine Kabarettshow. Ich fragte einen der Kellner, und der sagte, hier gäbe es nie so was.

3

Baalbek. Ich muß jetzt auf Baalbek zu sprechen kommen mit seinen gargantuesken Säulen, grau unter einem Himmel voller Tränen, Baalbek in seiner steinzeitlichen Unendlichkeit, den echoerfüllten Räumen, seiner schrecklichen Kraft, die uns auf Zwergengröße zusammendrückt. Auf Baalbek, wo zwei Engländer einem Mädchen zuliebe über die Bühne des Bacchustempels tanzten. Baalbek, dem Tempel der Sonne, wo ein Mann gemordet wurde und der Himmel weinte.
Als wir ins »Scheherazade« zurückkamen, folgte ich Anya so sehr auf dem Fuße in ihr Zimmer nach, daß sie mir nicht die Tür vor der Nase zusperren konnte. Ich schloß sie und riegelte sie rasch genug zu, um Alex draußenzuhalten, und dann kontrollierte ich auch noch die Verbindungstür zu seinem Zimmer. Als ich Anya wieder ansah, schaute sie mich an, als hätte sie etwas dagegen.
»Warum hast du das gemacht?«

»Warum wohl?« Jetzt, da ich hier war, verging mir die Lust – ich brachte es nicht über mich, mich auf sie zu stürzen und ihr die Kleider vom Leib zu reißen; vielleicht wartete ich darauf, daß sie sich selber ausziehen würde, wie in Athen. Ich strich ruhelos durchs Zimmer, während sie sich an den Ankleidetisch setzte und ihr Make-up entfernte. Es war alles so falsch – erst die zweite Nacht zusammen, und wir hatten uns schon nichts mehr zu sagen. Die Lichter waren zu grell, das Zimmer zu fremd; wir waren beide abgespannt.
»Hast du denn nichts zu trinken?«
»Natürlich nicht. Es sei denn, du willst dies hier versuchen.« Sie schwenkte eine schwere Kölnischwasserflasche und kicherte. Ich setzte mich auf einen Stuhl und zündete mir eine Zigarette an, aber als ihr Gesicht sauber war, nahm sie ein Badetuch und entschwand ins Bad. Die Tür schloß sie ab. Ein paar Minuten lang wanderte ich durch das Zimmer. Kaum etwas darin gehörte Anya, und nichts erinnerte an die Anya, die ich kannte – selbst ihre alten Kleider waren fort; es gab neue Kleider, alle im Stil des silbernen Kleides, neues Make-up, Parfüm, ein, zwei Stücke Modeschmuck. Akbaba hatte ganz schön Geld für sie ausgegeben. Mir tat wieder das Herz weh, mehr denn je war ich überzeugt, daß ich eine große Dummheit, ja wirkliches Unrecht begangen hatte. Ich wünschte, ich wäre wieder in Athen. Ich drückte meine Zigarette aus und schloß die Tür auf.
Am nächsten Tag sagte uns Akbaba, wir könnten tun, was wir wollten, sollten uns aber nicht zu weit vom Hotel entfernen. Ich hatte nicht die geringste Lust, den Tag mit Anya und Alex zu verbringen, und als er kam und mich fragte, was ich vorhätte, rief ich durch die Tür, ich wollte üben. Nachdem er weg war, setzte ich mich hin und überlegte, was ich nun eigentlich tun sollte. Und dann übte ich.
Ich machte die gewohnten Übungen – zuerst die Atemübungen, dann meine Tricks. Erst wirbelte ich vier Teller herum, und als ich sicher war, daß meine Augen in Ordnung waren, öffnete ich meinen Messerkasten. Ich liebe diese Messer, einen vollkommenen Vierersatz von einer solchen Ausgewogenheit, daß eine Waage keinen Unterschied zwischen ihnen aufzeigen würde; aber ich kannte sie, wie eine Mutter ihre Zwillinge auseinanderkennt. Ich besaß vier; heute sind es nur noch drei. Die Klingen sind nur fünfzehn Zentimeter lang, aber breit und blattförmig. Die Griffe sind aus Horn, geschnitzt, hochpoliert und mit türkischen Nelkenmustern in Silber verziert. Sie hatten meinem Großvater und vor ihm

wahrscheinlich seinem Großvater gehört. Meine Großmutter gab sie mir etwa ein Jahr, nachdem er gestorben war, gelegentlich eines meiner seltenen Besuche daheim im Dorf an der Kura, wo der Fluß an den letzten Kilometern zum Kaspischen Meer seine reiche Erde an Orangenhaine und Baumwollfelder verteilt. Die Luft ist dort stets warm und feucht, aber es ist nicht ein Rostflecken im Stahl meiner Messer.
Ich warf sie hoch und fing sie auf, immer nur eines auf einmal, jedes abwechselnd, erst von Hand zu Hand, dann nur in der rechten, dann nur in der linken. Sie tun genau was ich will, diese Messer, sie sind so lebendig wie die Vögelchen, aber gehorsamer als meine eigenen Glieder. Endlich legte ich sie weg, tat sie sorgsam in ihren Kasten und nahm eine Dusche.
Meine neuen Sachen kamen mir besser vor, das Hotel freundlicher, die Zukunft nicht mehr so leer und die Vergangenheit weniger verlockend. Ich weiß, mit meinen Messern bin ich gut, überall, und nach den höchsten Maßstäben zu urteilen. Es schien mir jetzt nicht mehr so wichtig, ob ich sie im Aserbeidschan-Volkstanzensemble benutzte oder in irgendeinem Klub oder Kasino, wo uns Akbaba angeblich ein Engagement verschaffen wollte, ob ich es in einer Gruppe freundlicher, aber ernsthafter und langweiliger Kulturverbreiter tat oder zusammen mit einem leichten Mädchen wie Anya und ihrem blöden Bruder. Ich ging aus.
Die Sonne schien noch immer, die Luft war klar, in den engen Straßen herrschte ein heiteres Gedränge: lärmende Straßenverkäufer in arabischen Gewändern, Geschäftsleute in Anzügen mit schwarzen Krawatten und Aktentaschen, hübsche Frauen, die manchmal den anziehenden Jaschmak über schicken westlichen Kleidern trugen. Ich fühlte mich frei, und – das wurde mir plötzlich klar – ich war frei. Ich möchte nicht mißverstanden werden: Ich bin nicht sehr politisch, und ich meine nicht frei von der Unterdrückung durch die Regierung, unter der ich aufgewachsen war. Das hatte mich nie sehr bekümmert, obgleich es Trauer in meine Familie getragen hatte, als ihr Land kollektiviert wurde, und Haft, vielleicht Tod für meinen Vater bedeutete. Ich meine frei von Routine, von den Befehlen anderer, von organisierten Reisen und genau geplanten Vorstellungen. Ich war mein eigener Herr, und das ist etwas, das ich mir immer gewünscht habe.
Ich wanderte in den Blumenmarkt an der Bab Edriss und ließ in einer plötzlichen Eingebung einen Freesienstrauß für Anya ins »Scheherazade« schicken. Warum nicht? Sie war der

Schlüssel zu meiner Flucht, ich konnte mit ihr arbeiten, sie eine Weile lieben und währenddessen ihr zu Gefallen auch ein wenig den Galan spielen.
Am Nachmittag ging ich an der Küstenstraße am »St. George« vorbei ins »Scheherazade« zurück. Ein Juwelierladen fiel mir ins Auge, in dessen Fenster ein ganzes Tablett voller Sternsaphire in Goldfassung ausgestellt war. Die dunklen, runden Steine glühten auf dem roten Samt, und ihre sechseckigen Fassungen glitzerten wie lebendig im Licht, wenn ich den Kopf bewegte. Ich ging hinein, um sie mir anzusehen.
»Gefallen Ihnen unsere Saphire?« Der Ladenbesitzer war ein rundlicher Mann mit einem glänzendschwarzen Schnurrbart und schweren Ringen an den Händen. Dieselbe Rasse wie Akbaba, aber heiter und berufsmäßig höflich. »Es gibt sie hier häufig, aber in Amerika und Europa sind sie selten. Sie können hier billig ein- und in Paris oder London teuer verkaufen.«
Ich freute mich, daß er mich für einen Amerikaner hielt.
»Oder kaufen Sie vielleicht für eine Freundin? Wenn Ihnen unser Angebot nicht gefällt, geben Sie Ihre Wünsche an. Ich kann die Steine innerhalb von vierundzwanzig Stunden neu fassen lassen.«
»Ja, ein Geschenk«, sagte ich. »Nur eine kleine Überraschung.«
»Ich verstehe. Wieviel möchten Sie ausgeben?«
»Hundert oder hundertzwanzig Pfund.«
»Sterling?«
»Libanesische.«
Seine Miene trübte sich, aber er blieb höflich. »Das ist nicht viel, aber lassen Sie mich mal sehen. Diese Ohrringe können Sie schon für hundertdreißig haben. Um ehrlich zu sein, da ist ein kleiner Fehler in diesem Stein, aber man sieht ihn nur von hinten.«
Die kleinen Gehänge lagen auf seiner Handfläche, er strich sie mit einem sauberen, fetten Finger glatt.
»Ich nehme sie.«
Ich werde sie Anya nicht gleich geben, dachte ich; ich behalte sie bis morgen früh oder jedenfalls bis zum ersten Morgen, an dem wir zusammen aufwachen. In mein Zimmer zurückgekehrt, legte ich die Ohrringe mitsamt ihrem Einwickelpapier in meinen Messerkasten unter die Messer. Sie blieben dort fast drei Monate lang.
Während meiner Spaziergänge hatte ich nicht das Gefühl, verfolgt zu werden, und doch muß das der Fall gewesen sein. Ein paar Minuten später sollte ich es erfahren.

»Aziz Bey ist den ganzen Tag in Beirut herumspaziert und hat sich die Sehenswürdigkeiten angesehen«, sagte Akbaba beim Abendessen im Hotel. »Beirut hat nicht viel zu bieten, aber im Libanon gibt es sonst viel zu sehen.« Er stopfte sich eine Weinbeere in den Mund, zerkaute sie und spuckte mit feiner Zurückhaltung Kerne und Haut wieder aus. »Morgen werden Sie im Taxi nach Baalbek fahren und die größten aller römischen Ruinen sehen – größer als das Kolosseum, schöner als das Forum in Rom. Unglücklicherweise kann ich nicht mitkommen, ich bin mit Ihren Angelegenheiten voll beschäftigt. Aber ein Taxi wird Sie abholen und Sie über die Berge nach Baalbek fahren.« Seine Stimme ging in dramatisches Flüstern über, und er durchstach die Luft mit dem Obstmesser, mit dem er eine Orangenschale lösen wollte. »Ich möchte, daß Sie Baalbek sehen. Es ist ein wichtiger Fremdenverkehrsort, und ich habe einen Freund, den Direktor eines großen Unternehmens, der dort ein neues Luxushotel errichten will. Es ist möglich, ja wahrscheinlich, daß er für die Eröffnung in sechs Wochen ein Kabarett braucht. Also werdet ihr, meine Kinder, Baalbek besichtigen, und ich werde hier in Beirut für euch arbeiten.«

Alex kicherte, und Anya sah von ihrem Teller auf, sagte aber nichts.

»Ich habe Migräne«, sagte sie, als ich sie kurz vor dem Abendessen zum erstenmal an diesem Tag sah. Aber als sie mich jetzt mit ihren großen blauen Augen anblickte, lag mehr Zärtlichkeit darin als je zuvor. »Danke für die Blumen, Aziz canim.«

»Canim« ist Türkisch für »meine Seele«, ein Wort, das ich ihr in jener Nacht in Athen beigebracht hatte.

Sie verließ uns, ehe wir aufgegessen hatten, und ich saß noch eine Stunde mit Akbaba und Alex zusammen und spielte Bézique mit ihnen. Akbaba gewann einiges von seinem Geld zurück, aber mehr von Alex als von mir.

Um elf Uhr blickte er auf seine goldene Armbanduhr.

»In einer Stunde beginnt die Show im ›Casbah‹«, sagte er. »Die Bauchtänzerin muß man gesehen haben, und außerdem kann man dort gute Kontakte herstellen.«

Ich gab vor, müde zu sein.

»Dann werden Alex und ich allein gehen. Aziz weiß sicher, daß Anya auf ihn wartet, und eine Dame soll man nicht warten lassen. So viel Glück haben wir beide nicht, was, Alex? Mal sehen, was Beirut für uns auf Lager hat!«

Alex kicherte wieder, und ich ließ sie sitzen.

Sie wartete auf mich in meinem Bett, das lose Haar wie ein sonnenbestrahlter Fluß um ihre Schultern. Sie hatte alle Lampen bis auf eine Leselampe ausgemacht, und das Zimmer wirkte nicht mehr so kalt und abweisend – oder vielleicht gewöhnte ich mich auch nur an Luxushotels. Sie war in dieser Nacht still und zärtlich, und später schliefen wir ein. Ich erwachte nur einmal, ganz kurz vor der Dämmerung. Sie stand in einem blauen Nylonhemd am Fenster, und die Vorhänge waren aufgezogen. Als sie sah, daß ich wach war, kam sie zu mir ans Bett, setzte sich einen Augenblick auf die Kante und sah mich an. Dann küßte sie mich.

»Paß gut auf dich auf, Aziz canim«, und dann war sie weg. Eine Träne war auf meine Wange gefallen. Ich schlief schon wieder zu drei Vierteln und war jedenfalls nicht wach genug, um sie zu fragen, was sie meinte oder was los war, und ich ließ sie gehen. Vielleicht, wenn ich sie festgehalten hätte, hätte sie mir etwas gesagt.

4

Wir fuhren um etwa halb zwölf Uhr in das arabische Dorf von Baalbek ein, auf einer Betonstraße mit Reihen einfacher Adobehütten, die braun von Feuchtigkeit um die riesigen Steine gruppiert standen, denen sie ihre Existenz verdanken. Aus der Entfernung und durch Nebel und Dunst betrachtet, schienen die grauen Steinsäulen und die zerbrochenen Mauern nichts zu bedeuten – einfach nur zerbrochenes Gestein, das sich sinnlos aus den trübsinnigen Feldern hob; aber als wir näher kamen, schienen sie zu wachsen und füllten die Landschaft, türmten sich, ja überfluteten fast die elenden kleinen Straßen, die geduckten Pappeln und rostigen Eisengeländer. Nur fünf andere Autos standen vor dem Haupteingang. Wir stiegen aus und standen einen Augenblick vor den riesigen Mauertrümmern, die in den grauen Himmel ragten.

»Sollen wir hineingehen?« fragte Anya und erschauerte.

»Dafür sind wir schließlich hier. Da wollen wir mal.«

Ich ging über die vier Fluchten breiter, zerbrochener Treppen in den fünfeckigen Hof, und langsam begann mich die große Verzauberung zu ergreifen. Das Riesenhafte des Raumes, die Verlassenheit dieser Steine, die in Exedras, Kasematten und Rundbögen aufeinandergeschichtet worden waren wie von einem wilden Riesenkind, waren mit normalen Maßstäben nicht zu begreifen. Dieser erste Innenhof war fünfzig Meter breit, und doch waren die von Zeit und Erdbeben erschütterten Mauern so hoch, daß man das Gefühl hatte, man sei in einem Raum, nicht in einem dem Himmel zu geöffneten Hof. Der Mensch wurde zum Zwerg, zum Däumling. Während uns der Regen leicht, aber stetig ins Gesicht fiel, wanderten wir schweigend zum Haupthof vor dem Jupitertempel, der sich über weiteren Treppenstufen auf seiner Plattform erhob. Dieses Kerngelände war von Steinbrocken bedeckt, die einen standen in Reihen, andere lagen verstreut, manche leuchteten weiß unter den grauen und braunen Tönen: zerbrochene Säulen, Trommeln, riesenhafte, angeschlagene Würfel, alle größer als ein Mann, manche so groß wie kleine Häuser, und sämtliche von den Mauern und der Perspektive der sechs Säulen, vierhundert Meter weiter, zur Zwergenhaftigkeit verurteilt. Diese Säulen waren über sechzig Meter hoch und trugen dann noch eine Plattform von fast fünf Meter Höhe. Sie ragten nicht empor, sie hatten nichts Schwebendes an sich; sie hatten jeden Zweck und jede Bedeutung verloren; sie waren jenseits von Schönheit und Entzücken. Sie standen nur da.

Ich fühlte, wie ich am Ärmel gezupft wurde und sah fast erleichtert Anya ins Gesicht. Sie sah verwirrt und kummervoll aus, der Regen hatte ihr Haar dunkler werden lassen, und einzelne Strähnen klebten an ihrer Stirn fest. Ich schloß meine Hand um die ihre und lächelte, aber sie zog sie fort und sah mich nicht mehr an.

»Ich habe meine Handtasche im Taxi gelassen.«

»Ich hole sie dir.«

»Nein, es war dumm von mir. Ich hole sie selber. Alex kann mitkommen, falls sich der Fahrer anstellt. Geh nur weiter, wir holen dich ein.«

»Also gut.«

Ich sah ihnen einen Augenblick lang über die Schulter hinweg nach und ging dann weiter, fühlte den Raum sich gleichsam hinter mir anfüllen, als ich weiter in diese vergangene Welt vorstieß. Mir wurde bewußt, daß es außer mir noch andere Leute gab: zwei oder drei Männer auf den Stufen des Tempels, andere zwischen den Säulen, ein dunkelhaariges Mädchen in einem blauen Regenmantel. Aber sie waren nichts, genau wie ich; sie waren zu klein, zu vergänglich, um diesen Ort lange zu bevölkern oder ihm einen Sinn zu verleihen.

Als ich die Tempelstufen erreichte, zögerte ich, den sechs Giganten näher zu treten, und sah mich um. Winzig unter dem

Bogen des Haupteinganges war Alex wieder allein zum Vorschein gekommen. Da ich nicht ohne Anya mit ihm zusammensein wollte, warf ich einen Blick nach links. Dort unter mir stand ein anderer Tempel, doch dieser war ein festes Gebäude, dessen Mauern von einer Kolonnade umringt waren, der Bacchustempel. Noch in halbzerstörtem Zustand waren die Proportionen klar, und ihre Harmonie vermenschlichte den Ort. Er gehörte noch in die Welt der Menschen. Ich kletterte über die Steinbrocken hinunter und stieg durch die gekerbten Pfeiler zu ihm auf. Als ich näher kam, hörte ich Stimmen.

Das Innere war langgestreckt, zum Himmel offen, aber auf allen Seiten begrenzt. Am anderen Ende gaben zwei ganz unpassende Gestalten auf einer höhergelegenen Fläche dem Mädchen im blauen Regenmantel eine Privatvorstellung, während sie trotz der düsteren Beleuchtung und des Regens Aufnahmen von ihnen machte. Ich blieb stehen und sah ihnen zu.

Sie trugen Regenmäntel aus Tweed und runde Hüte – einen aus Tweed und einen grünen mit einer Feder –, und ihre Gesichter waren weiß und rosa. Sie waren selbst für mein unerfahrenes Auge unverkennbar Engländer. Die beiden Männer hüpften über die steinerne Bühne in einem einfachen Tanzschritt, einmal hin, einmal zurück; wenn sie die Richtung wechselten, stießen sie mit einem Fuß spielerisch in die Luft. Es wäre alles ganz heiter und sogar stilvoll gewesen, wenn nicht einer von ihnen immer alles verdorben hätte, weil er den falschen Fuß benutzte. Beim Tanzen sangen sie:

»Unter diesen Bögen
träum' ich meine Träume fort,
unter diesen Bögen ...«

An dieser Stelle sang jeder etwas anderes, und sie brachen ab. Ich dachte, es würde ihnen vielleicht peinlich sein, wenn sie mich sahen, und so wandte ich mich zum Gehen, als sie wieder zu singen anfingen.

»Makintoshs Leute haben es getan,
sie gingen hin und taten es,
ja Mackintoshs Leute haben es getan,
am Wochenende war's ...«

»Gehen Sie nicht fort, Sir, es regnet draußen, Sir, bleiben Sie doch hier und hören Sie sich das große Finale noch an ... eins, zwei

Wir reiten auf der Welle dahin
und die Sonne scheint über uns ...«

Aus irgendeinem dunklen Grunde fühlte ich Dankbarkeit für dieses heitere Hinnehmen meiner Anwesenheit, und ich winkte ihnen im Gehen zu. In diesem Augenblick sah sich das Mädchen nach dem um, den die Männer angeredet hatten, und sie winkte zurück. Ihr Gesicht war schmal und hübsch.

Als ich wieder ins Freie trat, sah ich einen Mann, den ich vorher nicht gesehen hatte, über die hohe Terrasse gehen, die die sechs Säulen des Jupitertempels stützte. Er war so groß wie ich, hatte dieselbe Figur, lief wie ich, trug genau dieselbe Kleidung wie ich. Es traf mich wie ein schwerer Schock. Ein beißender Geschmack machte sich in meinem Mund bemerkbar, mein Herz blieb fast stehen, ich konnte kaum atmen. Beinahe wurde ich ohnmächtig. Ich fühlte mit äußerster Intensität, wie mich Freude, verbunden mit Angst, durchfuhr, und wenn meine Reaktion nicht so überaus heftig gewesen wäre, hätte ich den Namen meines Zwillingsbruders ausgerufen: »Akim!«

Seine Gestalt wurde nun abwechselnd von den Säulen verdeckt, und während ich noch zusah, kam Alex, der hinter ihm die Terrasse erklomm, in mein Blickfeld. Er zögerte, etwa siebzig Meter hinter meinem Bruder, sah sich verwirrt um und beugte sich dann vor, wie ein Spürhund auf der Fährte, bewegte sich schweigend, rasch, mit tief in den Taschen vergrabenen Händen und folgte ihm. Ich ging in den Raum zwischen den Tempeln und hielt mich dabei fast auf gleicher Höhe mit Alex, aber immer so, daß etwas Mauerwerk zwischen uns blieb. Als ich die Ecke des Bacchustempels erreichte, blieb ich wieder starr stehen. Akim kam jetzt auf gleicher Höhe auf mich zu, aber er hatte mich nicht bemerkt. Wieder wollte ich rufen, als er plötzlich hinter einem Steinhaufen verschwand und nicht wieder auftauchte. Alex war jetzt wieder zu sehen, immer meinem Bruder auf den Fersen, und er verschwand gleichfalls. Ich wartete ungefähr fünf Sekunden; dann geschah es.

Man hörte einen scharfen, heftigen Knall, nicht sehr laut, aber deutlich. Alex tauchte wieder auf und lief mit raschen Schritten auf den Haupteingang zu, er war fast gleich darauf verschwunden.

Der Steinhaufen war der Eingang zu einer der »arabischen Galerien«, aber die Oberschwelle war römisches Mauerwerk, mit einer Schlangenkopfmaske dekoriert, die in einer gleichermaßen furchterregenden wie furchtsamen Grimasse erstarrt war. Der Boden des Tunnels senkte sich sanft hinab zum Grunde des Heiligtums, das von Sprüngen in den Fliesen des Tempelbodens erhellt wurde. Akim lag etwa zehn Schritte vom Eingang entfernt auf dem Gesicht. Er lebte, obgleich dunkles Blut aus einem Loch in seinem Hinterkopf sickerte; sein Atem, verstärkt von den engen Wänden zurückgeworfen, rasselte in seiner Kehle.

Ich drehte ihn um und mußte unwillkürlich den Kopf abwenden, als ihm ein Blutstoß aus dem Mund spritzte. Erkennen und der Schrecken des Erkennens brachte noch einmal flüchtig Leben in seine starr werdenden Augen, und er versuchte mit den letzten rauhen, blubbernden, erstickten Stößen seines Atems zu sprechen. Ich barg seinen Kopf in meiner Armbeuge.

»Aziz. Geh fort, Aziz. Ich wäre nicht gekommen, wenn ich das gewußt hätte. Aziz canim.«

Er war tot, und wieder hörte ich den Regen wie leichte Mottenflügel auf das Steinwerk über uns fallen.

Ich sah in mein eigenes Gesicht und schloß seine Augen und wischte das Blut um seinen Mund mit meinem Taschentuch ab. Sein Schnurrbart war dünner und kürzer als meiner. Dann setzte ich mich auf die Fersen und sah ihn an. Alex hatte ihn getötet. Aber warum? Aus Versehen? An meiner Statt? Ich würde Alex umbringen; aber ich wollte wissen, warum das passiert war. Ich durchsuchte Akims Taschen. Es war nicht viel darin. Ein türkischer Paß, so einer, wie Akbaba mir gegeben hatte, doch auf einen anderen Namen lautend – Timur Demirelli; etwas libanesisches Geld, ein kleiner Lederbeutel voller Münzen, und ein schwerer Revolver mit zwei Extramagazinen. In der Brusttasche fand ich eine Visitenkarte. Darauf stand: »Rudi Fleisch, Department of Geology, Middle East Technical University« und »33/8 Necati bey Caddesi, Ankara«. Ich steckte alle diese Sachen in meine Taschen und stand auf. Ich wollte die Galerie nicht auf dem Weg verlassen, auf dem ich hereingekommen war. Alex oder ein Komplice konnte noch immer zurückkommen. Durch meine Tränen sah ich am anderen Ende eine runde, erleuchtete Öffnung. Auf diese ging ich zu und überließ Akim der feuchten Dunkelheit.

5

Als ich die frische Luft wieder erreicht hatte, dachte ich schon nicht mehr an Vorsicht. Mein einziges Ziel war, Alex zu finden, ihn an einen mehr oder weniger verlassenen Ort zu führen und ihn zu töten. Mir kommt das heute so natürlich vor wie damals. Meine Leute sind Türken, und wenn wir auch seit Jahrhunderten Bauern waren und heute als Russen gelten, haben wir doch nicht unseren Sinn für Ehre verloren. Ich suchte noch zehn Minuten lang in den Ruinen – sie beeindruckten mich nicht mehr, ich hatte jetzt kein Auge mehr für das Majestätische und das Historische –, aber ich mußte bald aufgeben. Alex in ihnen zu finden, war ganz offensichtlich schwierig, wenn nicht unmöglich. Soviel ich wußte, gab es nur einen öffentlichen Eingang, und zu dem kehrte ich zurück.

Als ich im Regen oben auf den Stufen stand, sah ich, daß das Taxi fort war, und so waren wohl auch Alex und Anya fort. Im ersten Augenblick verfluchte ich sie, daß sie ohne mich abgefahren waren; unser Geist gewöhnt sich nur langsam an plötzliche, überwältigende Schicksalsschläge. Dann erinnerte ich mich. Die beiden – auch Anya – dachten, sie hätten mich getötet.

»Fühlen Sie sich nicht wohl?«

Ich drehte mich um. Einer der Engländer stand hinter mir. Es war der mit der hellen Haut und den hellen Haaren; seine Augen waren wäßrig blau, und seine Haut wirkte schlaff. Das Wasser floß ihm vom Rand des Tweedhutes auf die Nase. Aber er sah recht freundlich aus, und weil ihm seine Besorgnis selbst etwas peinlich war, hatte er das Gesicht in Falten gelegt. Der andere Engländer stand mit dem hübschen Mädchen in blauem Regenmantel hinter ihm.

»Danke, es ist alles in Ordnung.«

»Hören Sie, ich hoffe, Sie finden mich nicht aufdringlich. Sie sahen so ein bißchen verloren aus.«

»Bin ich eigentlich auch. Ich kam mit einem Taxi, und das ist weg – der Fahrer hat mich wohl nicht richtig verstanden. Vielleicht hätte ich nicht im voraus bezahlen sollen.«

Der andere kam näher. Er war größer und etwas dunkler, hatte ausgeprägtere Gesichtszüge, eine Adlernase und ein kräftiges Kinn. »Wir haben Platz für Sie, wenn Sie wollen. Sie sind doch sicher aus Beirut hergekommen?«

»Das ist sehr liebenswürdig von Ihnen. Ich möchte Ihnen aber nicht zur Last fallen.«

»Aber nicht doch. Das geht in Ordnung, wenn es Julia recht ist«, und er wandte sich dem Mädchen zu.
»Aber natürlich, Peter. Kein Mensch möchte hier im Regen hängenbleiben, und ich kann mir denken, daß es fast unmöglich ist, ein freies Taxi nach Beirut aufzutreiben.« Sie war älter, als ich gedacht hatte, vielleicht so acht- oder neunundzwanzig. Ihre Schlankheit ließ sie jünger erscheinen. Ihre Stimme war ruhig, und mir gefiel ihr fester Mund und der gelassene Blick ihrer dunklen Augen.
»Na, wollen wir nicht erst eine Kleinigkeit essen?« fragte der Blonde.
»Es ist gleich zwölf, vor zwei Uhr sind wir nicht in Beirut.«
»Ich setze mich nicht in nassen Kleidern in ein ungeheiztes Café. Fahren wir lieber zurück. Wenn du so hungrig bist, kaufen wir dir unterwegs ein Sandwich.« Und zu mir gewandt: »Oder möchten Sie erst was essen?«
»Nein, nein. Ich habe für heute auch genug von Baalbek.«
»Dann ist ja alles gut«, sagte der größere von den beiden Männern, und er ging uns voraus zu einem englischen Wagen, einem Ford; ich glaube, es war ein »Zephyr«, und die Farbe war blau. Während er die Tür aufschloß, fragte er mich nach meinem Namen. Ich antwortete ohne nachzudenken.
»Aziz Milyutin.«
»Ich heiße Peter Yapton. Das ist Julia Bramber, und das ist Jeremy Goring.«
Sie unterhielten sich fast auf der ganzen Fahrt ohne mich, sie respektierten die flüchtige Bekanntschaft. Gelegentlich fragten sie mich höflich: »Wie lange sind Sie schon in Beirut?« und: »Wie hat Ihnen Baalbek gefallen?«
Aber sie schienen nicht neugierig zu sein. Eine Frage ließ mich aber doch zögern. Sie unterhielten sich über die Eigenschaften verschiedener Völker, und die Höflichkeit gebot, erst in Erfahrung zu bringen, was ich war, ehe sie weiterreden konnten. Ich dachte an die beiden Pässe, die ich jetzt besaß.
»Ich bin Türke.«
»Das dachte ich mir«, sagte Peter. »Wir arbeiten alle in der Türkei. Ich weiß, daß ›Aziz‹ Türkisch ist, aber ›Milyutin‹ ist mir ein Rätsel. Die meisten türkischen Nachnamen kann man übersetzen, aber ich weiß nicht, was Milyutin bedeutet.«
»Das ist Russisch. Mein Vater stammte aus dem Kura-Delta in Aserbeidschan.«
»Also Flüchtling?« fragte Julia.
»So könnte man sagen.« Jetzt bekam ich es mit der Angst. Diese Leute kannten die Türkei, und ich war noch nie dort

gewesen. Ob es etwas ausmachte; wenn sie erfuhren, daß ich erst kürzlich aus Rußland geflohen war? Ich wußte es nicht. Die Seltsamkeit und die Gefahr meiner Lage wurden mir wieder bewußt, und ich kam mir verloren vor.
»Julia interessiert sich beruflich für Flüchtlinge. Sie arbeitet für die UNESCO.«
»Was nicht die UNRRA ist und mit Flüchtlingen nicht das geringste zu tun hat.«
»Was tun Sie bei der UNESCO?« fragte ich.
»Überhaupt nichts. Ich werde von der UNESCO dafür bezahlt, daß ich den Türken helfe, Ausbildungsstätten für Techniker zu schaffen. Jedenfalls tut das mein Boß. Ich helfe ihm.«
»Dann arbeiten Sie nicht zusammen?«
Sie lachten, und Jeremy antwortete.
»Du lieber Himmel, nein. Peter ist Lektor an der Hochschule für Erziehung in Ankara; ich arbeite mit weniger Prestige und mehr Gehalt für das ICED.«
»Was heißt ICED?«
»Internationales Konsortium für Entwicklung im Osten.«
Und so plauderten sie weiter, und der Wagen raste in Richtung Süden durch die ausgedehnte, öde Wüstenlandschaft und dann hoch in die nebelverhangenen Berge. Peter hielt an, und Julia nahm den Fahrersitz ein. Anscheinend wurde sie autokrank, wenn sie nicht selbst fuhr.
»Wann wollen Sie denn in die Türkei zurückfahren?« fragte Peter, als wir den letzten Hang vor Beirut hinabfuhren.
»Ich habe mich noch nicht entschlossen. Morgen oder übermorgen.«
»Wir fahren morgen, aber langsam, weil wir noch an interessanten Orten halten wollen, die wir bei der Herfahrt ausgelassen haben. Wir wollen Sonnabend oder Sonntag wieder in Ankara sein. Wenn Sie Lust haben, können Sie mitfahren.«
»Das ist reizend von Ihnen, aber ich habe noch Geschäftliches zu erledigen und weiß nicht, wann ich damit fertig werde.«
»Schon gut. Schauen Sie doch im ›Aladdin‹ in der Minet El Hosn herein, und lassen Sie uns vor elf Uhr vormittags wissen, ob Sie mitkommen wollen. Sie sehen ja, daß wir Platz für Sie haben.«
»Dann möchte ich mich aber an den Kosten beteiligen.«
»Natürlich nicht«, sagte Julia über die Schulter.
»Ein Viertel der Benzinkosten wäre billiger als jedes öffentliche Verkehrsmittel«, sagte Jeremy.

Sie ließen mich auf der Rue Georges Picot in der Nähe des »Scheherazade« heraus. Einen Augenblick zögerte ich; nicht aus Mangel an Entschlossenheit, sondern weil ich mir überlegte, ob ich durch einen Hintereingang in das Hotel gelangen sollte; denn was sollte ich tun, wenn ich Alex, Anya oder Akbaba in der Halle traf? Ich kannte mich aber nicht gut genug aus, um so einen Plan durchzuführen, und ich war eigentlich auch nicht in Stimmung für Finessen oder Verschleierungstaktiken. Ich ging geradewegs zum Empfang, bat um meinen Zimmerschlüssel und nahm den Aufzug.
Mein Zimmer war noch so, wie ich es verlassen hatte. Ich lauschte mit geneigtem Kopf an der Verbindungstür und hörte Stimmengemurmel. Ich ging an meinen Messerkasten und nahm das oberste heraus. Der Stahl schimmerte matt, und der Griff fühlte sich an wie ein Freund. Ich öffnete leise die Tür und trat über die Schwelle.
Sie lagen auf dem Bett. Anya lag auf dem Bauch hingestreckt, eine Wange in die Hand geschmiegt, das Gesicht mir abgewandt. Sie war nackt von der Taille nach unten. Alex saß neben ihren Beinen und beugte sich über sie, eine Hand hatte er weit oben an ihrem Schenkel. Er war völlig angezogen, und als er die Hand bewegte, zischte er ein obszönes Kosewort. Als er sich umdrehte, trug sein breites, ungestaltes Gesicht immer noch einen Ausdruck ekelerregenden, kindlichen Vergnügens. Aber er war schnell. Er rollte auf der anderen Seite vom Bett, landete geduckt auf den Füßen und fuhr mit der Hand zur Ankleidekommode. Ich sah dort die Waffe und schleuderte das Messer nach seiner Hand, während sich der Revolver auf meinen Magen richtete. Der Stahl schnitt an seinem Handgelenk entlang, als er abdrückte. Wieder ertönte der Knall, den ich unter dem Jupitertempel gehört hatte, und die Kugel riß ein Stück aus meiner Jacke. Er ließ die Waffe fallen, und ich rannte schnell hin, um sie mit einem Tritt unters Bett zu befördern. Da knallte seine riesige linke Faust gegen mein Ohr und warf mich fast auf Anya. Sie lag jetzt auf dem Rücken, war totenbleich geworden und viel zu entsetzt, um zu schreien.
Ihr Bruder stand einen Moment still wie ein Felsbrocken vor dem Sturz, die Hand hielt er gekrümmt vor sich wie ein Ringer; aus der Wunde, die mein Messer geschlagen hatte, tropfte Blut. Auch er schien benommen, verständnislos, aber er stürzte sich auf uns. Ich warf mich beiseite, und Anya bekam fast seine ganze Last zu tragen. Ich suchte mit der Hand, fand mein Messer wieder und war schon über ihm auf

den Beinen, als sein Kopf zu mir herumfuhr. Ich rammte die Klinge in sein Genick, an der Stelle, an der der Matador dem Stier den Todesstoß versetzt, und wie ein Stier rollte er vom Bett und plumpste schwer auf den dicken blauen Teppich.

Anya hatte sich hoch auf die Kissen hinaufgezogen und preßte den Rücken gegen die Wand. Ihre Hände lagen verkrampft über ihrem Mund, und ihre Augen starrten mich an, als wollten sie aus den Höhlen springen. Ihre ganze Schönheit hatte sie verlassen, selbst die Haut auf ihrem Gesicht schien über den hohen Backenknochen eingeschrumpft zu sein, und ihr silberblondes Haar stand so um ihren Kopf, daß sie aussah wie die Schlangenkopfmaske in Baalbek.

Ich bückte mich, zog mein Messer Alex aus dem Hals und wischte es am Bettuch ab. Ihre Hände glitten von ihrem Mund herab, und sie stöhnte.

»Aziz, Aziz.«

Ich konnte nichts sagen und nichts tun, als sie umbringen. Ich rührte mich nicht.

»Aziz. Aziz?«

Der zweifelnde Ton brachte mir einen Schimmer des Verständnisses. Sie wußte es. Sie wußte, daß ich nicht Aziz sein mußte, daß ich eigentlich Akim sein sollte. Ich wollte alles von ihr wissen.

»Aziz ist tot«, sagte ich. Ich ging auf sie zu, und da rollten ihre Augen nach oben, bis sich das Weiße zeigte, die Starre löste sich aus ihrem Körper, und sie fiel in einer tiefen Ohnmacht in sich zusammen. In diesem Zustand konnte ich sie weder ausfragen noch umbringen. Ich kehrte in mein Zimmer zurück, nahm meinen Messerkasten und ging.

6

Das leere Gesicht eines alten Mannes, das Kinn von weißen Stoppeln eingerahmt, plötzliches Erstaunen in den tiefliegenden Augen, als ich in ihn hineinlief; das Rasseln metallbeschlagener Räder über Pflastersteinen; ein Straßenschild, das so niedrig hing, daß ich mir fast daran den Kopf einrannte; ein komplizierter Flecken an der Decke des Zimmers in einem billigen Hotel: an sehr viel mehr kann ich mich aus den folgenden zwölf Stunden nicht erinnern. Ich war verschreckt und zornig, bitter und verwirrt. Alpträume, die ich wachend durchlitt, unzusammenhängende Bilder aus meiner Jugend

und aus der allerjüngsten Vergangenheit wechselten sich ab mit Phasen, in denen mein von Gefühlsstürmen erschöpfter Kopf kalt und mit nüchterner Kalkulation arbeitete.
Ich lief einen oder zwei Kilometer ins Inland und verließ dann die Hauptstraße. Zehn Minuten lang durchwanderte ich Nebenstraßen, schob mich durch die jetzt viel asiatischer wirkende Menge, bis ich ein kleines Hotel über einer Reihe einstöckiger Ladengeschäfte fand. Es gab da Lebensmittelhändler, Gemüsegeschäfte, Fleischereien und Friseure. Das Hotel war neu, aber einfach und offensichtlich billig. Es mußte Hunderte von dieser Art geben, und ich nahm an, daß ich mindestens für eine Nacht dort sicher sein würde, und eine Nacht würde mir genügen, um erst einmal über alles nachzudenken. Mein Französisch war gut genug, um mir ein Zimmer zu verschaffen. Ich nahm Akims Paß auf den Namen Timur Demirelli, und der junge Mann am Empfang fand nichts daran auszusetzen. Er gab mir einen Schlüssel und deutete auf die Treppe, damit ich allein nach oben ginge. Das Zimmer war schlicht, enthielt ein Stahlrohrbett, ein Waschbecken, einen Stuhl und einen kleinen Schrank. Es gab keinen Teppich auf dem Fliesenboden, lediglich eine kleine, schmutzige Matte in der Mitte des Zimmers. Ich setzte mich auf das Bett, leerte meine Taschen und drehte die Dinge in der Hand herum, die ich meinem Bruder aus den Taschen genommen hatte. Aber mein Verstand wollte nicht funktionieren. Ich merkte, daß ich ins Schwitzen geraten war; mein Puls ging zu schnell, und im Spiegel sah ich, daß ich sehr blaß war. Mein heller Regenmantel hatte immer noch feuchte Flecken, und vorn an meinem Hemd klebte etwas Blut von Alex. Mir war schlecht, und ich war sehr müde. Ich überlegte, ob ich nicht schlafen sollte, aber ich wußte, das brauchte ich gar nicht erst zu versuchen; also zog ich meinen Mantel wieder an und ging aus. Etwas weiter unten an der Straße war ein Kaffeehaus. Ich bestellte mir einen Kaffee und Wasser bei dem alten Kellner. Mein Geist tat das, was ich mir gewünscht hatte, seitdem Akim umgekommen war: er erinnerte sich.
Wir waren uns sehr nahegestanden. Bis wir in die Schule kamen, hatte ich, glaube ich, nicht mehr als fünf Minuten außerhalb seiner Gesellschaft verbracht. Wir waren uns sehr ähnlich gewesen – wir konnten selbst nahe Verwandte täuschen und hatten geglaubt, uns könnte nichts trennen. Eine Weile benutzten wir unsere eigene Privatsprache und merkten oft, daß wir eine Sprache gar nicht nötig hatten. Aber es gab Unterschiede – zweifellos hatten unsere Eltern sie

bemerkt, ehe wir sie erkannten –, doch bekümmerten sie uns nicht, bis wir in die Schule kamen.

Es war nur eine Dorfschule in einem häßlichen Ziegelgebäude mit vier Räumen unter den Orangenhainen an der Kura, und es gab dort nur drei Lehrer. Der Leiter war jung, aus Rußland, Moskau, glaube ich. Er fand, daß es zwischen uns Unterschiede gab. Akim war klug, lernte rasch, lernte alles. Er überholte mich, und wenn ich auch selbst kein Dummkopf war, ärgerte es mich doch. Es war nicht einfach, daß er Dinge tun konnte, die mir nicht gelangen; das hatte mich vorher nie bekümmert. Zu Hause in den Feldern und Obstgärten hatten wir einander immer geholfen: Mein scharfes Auge und meine geschickten Finger waren die Diener seines planenden Verstandes gewesen. Ich war eifersüchtig, weil er ganz in dem aufging, was er tat, und es schien ihm nichts auszumachen, daß ich nicht länger daran Anteil nahm. Dann wurde eines Sommertages im Jahre 1946 mein Vater verhaftet.

Er war zu alt für den Kriegsdienst gewesen, er war fast fünfzig, als wir geboren wurden, und 1946 war er schon über sechzig. Während des Krieges hatte er die Bauernhöfe der Nachbarschaft zu einer Genossenschaft organisiert. Einige wurden als Kollektiv bewirtschaftet, aber die meisten gehörten den Familien, die sie bewirtschaftet hatten, seitdem die Großgrundbesitzer 1920 verschwunden waren. Die Genossenschaft funktionierte gut und erfolgreich, und die Behörden waren anderswo zu beschäftigt gewesen, um sich groß zu kümmern, solange nur Baumwolle, Tabak und Orangen produziert wurden. Nun wollten sie kollektivieren, und Vater war widerstrebende Stütze des Widerstandes aller Nachbarn geworden. Die Soldaten holten ihn ab, er wurde in Baku vor ein Volksgericht gestellt, und das war das letzte, was wir von ihm hörten. Meine Mutter nahm uns alle – wir waren acht – mit zu meinem Großvater, der etwa acht Kilometer entfernt von einer kleinen Rente in einer zweiräumigen Hütte wohnte.

Sie wurde nicht mit uns fertig. Wir schwänzten die Schule, wir stahlen, wir wurden dreckig und gingen in Lumpen. Zwei Jahre lang lebten wir wie die Zigeuner, und Akim und ich waren wieder zusammen. Akim machte den Nachbarskindern ihre Schulaufgaben und ließ sich dafür bezahlen, ich jonglierte auf Hochzeiten für ein paar Kopeken und schlug Purzelbäume. Als wir fünfzehn waren, brannten wir zusammen nach Baku durch, wo wir einen Monat lang ganz auf uns gestellt lebten, bis man uns einfing und nach Hause brachte.

Von dieser Zeit an kümmerte sich der Lehrer um unsere Erziehung. Er ließ uns Prüfungsaufgaben lösen und schickte sie fort. Anscheinend waren wir beide begabt, besonders in Sprachen, vielleicht weil wir zweisprachig großgeworden waren, und man gab uns Freistellen in Spezialinternaten, aber nicht zusammen. Von da an kam ich weniger nach Hause, und als ich zwanzig Jahre alt war, hatte ich schon Glück, wenn ich Akim mehr als einmal in sechs Monaten sah. Am Anfang fehlte er mir sehr, aber wir schrieben uns nie. Wenn wir zusammen waren, war die Verbindung immer noch sehr eng. Über unser Leben während der Trennung sprachen wir wenig. Er, das wußte ich, kam sehr gut voran und ging später auf die Universität in Moskau. Ich meinerseits lehnte mich gegen die Sturheit der akademischen Zwangsanstalten auf, in denen man mich gefangen hielt, und wann immer ich eine Gelegenheit sah, kehrte ich zu den Künsten zurück, die zu Hause mein Hobby gewesen waren, obgleich ich um diese Zeit schon fließend Englisch konnte. Als mein Wehrdienst anfing, bewarb ich mich beim Ensemble der Roten Armee und wurde, zur Erleichterung meiner Vorgesetzten, die aus mir eine Art Geheimdienstoffizier machen sollten, angenommen. Später hörte ich, daß Akim im Ausland arbeitete, und das überraschte mich nicht. Wir waren beide sprachbegabt, aber er war wirklich überragend. Er war in unseren Botschaften tätig, aber ich hatte keine Vorstellung von der Art seiner Arbeit, wenn ich auch eine Ahnung davon bekam, als wir uns das letztemal an der Kura trafen, etwa acht Monate, bevor die Aserbeidschan-Gruppe mich nach Athen brachte. Wir saßen auf der Veranda vor der Hütte, die meinem Großvater gehört hatte. Sie war jetzt in einem viel besseren Zustand, und einer meiner älteren Brüder, ein Mechaniker, lebte darin mit seiner Familie. Es war ein heißer Nachmittag, wir hatten gut zu Mittag gegessen und saßen nun träge zusammen mit unseren Neffen und Nichten herum, als mein älterer Bruder mich fragte, ob ich meine Messer dahätte. Ich hatte sie dabei, und man überredete mich, sie auszupacken. Als ich aufgehört hatte, zu jonglieren, gab ich ihnen eines zum Ansehen. Akim nahm es und balancierte es ein paar Sekunden lang auf der Handfläche, die er drehte, so daß das Messer, von einem Sonnenstrahl getroffen, aufblitzte. Dann zog er an seiner Oberlippe und prüfte die Klinge auf der rasierten Haut unter seiner Nase.

»Vor kurzem gab es Augenblicke bei mir, wo ich so eine Waffe gut hätte brauchen können«, sagte er.

»Aber sicher nicht zum Rasieren.«
»Nein, dafür nicht. Und ich glaube, sie hätte mir auch ohne dein Geschick nicht viel genützt.«
Er hatte aber auch nicht ans Jonglieren gedacht. Sein Blick war in dem Moment hart und kalt gewesen, und ich hatte eine Ahnung, woran er dachte. Später, als wir zur Bushaltestelle gingen, sagte ich: »Du kannst eines von den Messern haben, wenn du willst. Aber nimm es nicht zum Bleistiftspitzen im Büro.«
»Ich arbeite zur Zeit nicht viel im Büro. Aber behalte dein Messer, Aziz. Du brauchst die vier, und es wäre ein Jammer, sie auseinanderzureißen. Ich bekomme schon alles, was ich brauche.«

Ich trank mein Wasser, der Kaffee war kalt geworden, und ich ging langsam in mein Hotel zurück. Ich holte bei dem jungen Mann im Empfang meinen Paß ab und legte ihn mit den anderen Dingen, die ich Akim abgenommen hatte, in einer ordentlichen Reihe auf das Bett. Zuerst den Revolver, Marke Steyr, eine österreichische Marke mit Neunmillimeterpatronen. Warum eine österreichische Waffe, warum keine russische? Ich untersuchte sie sorgfältig, erinnerte mich an einiges von dem, was man uns in den kurzen militärischen Ausbildungszeiten zwischen Akrobatik und Tanzen beigebracht hatte, und vergewisserte mich, daß keine Patrone mehr darin steckte. Der Mechanismus war nicht schwierig zu begreifen. Als ich glaubte, sie richtig gebrauchen zu können, legte ich sie wieder aufs Bett – mattes blauschimmerndes Metall, verzierter Griff. Ich hatte kein rechtes Vertrauen zu ihr, nicht so, wie ich meinen Messern vertraute.
Dann der Beutel mit Münzen und das libanesische Geld. Der Beutel war aus schwarzem Waschleder und wurde mit einer seidenen Zugschnur zusammengehalten. Er war klein, nur etwa zehn Quadratzentimeter groß, und enthielt zwanzig englische Sovereigns. Das libanesische Geld war eine glatte Summe: zweitausend libanesische Pfund in Hundertpfundnoten, die fortlaufend numeriert waren. Dann die Karte mit der Adresse in Ankara, Rudi Fleisch, ein Geologe. Das sagte mir gar nichts.
Dann der Paß, die Pässe. Ich verglich den von Akim, den ich gerade benutzt hatte, mit dem, den mir Akbaba gegeben hatte. Sie waren, abgesehen von den Namen, in jeder Einzelheit identisch. Sie lauteten auf dieselbe Staatsangehörigkeit, türkisch; dasselbe Datum, denselben Ausgabeort, Ant-

akya; ihre Nummern waren identisch, und die Fotografie in beiden war dieselbe: Es waren Aufnahmen von Akim, nicht von mir, und in beiden war der Schnurrbart retuschiert.
Jetzt kam mir ein Schimmer des Verstehens. Ich saß da im dunkelwerdenden Zimmer, von draußen drang der Lärm der Straßenhändler herein, das Hupen der Autos und entfernt die Töne arabischer Musik. Später fiel das Licht der Straßenbeleuchtung über Wände und Decke wie in Athen, als Anya das erstemal in mein Zimmer gekommen war, und ich versuchte, mir aus dem Ganzen einen Reim zu machen.
Wann hatte das Ganze angefangen? Als Akbaba mir meinen Paß ins »Scheherazade« brachte? Als Anya in Athen zu mir ins Zimmer gekommen war? Als der Albino mich auf dem Vorplatz im »Spa« ausgefragt hatte? Ja, da hatte es für mich angefangen, aber es mußte doch wohl schon länger geplant gewesen sein. Aber was war denn geplant worden? Mich nach Beirut zu bringen, nach Baalbek, um dieselbe Zeit, zu der auch Akim dort sein würde, damit einer von uns umgebracht werden und den Platz des andern einnehmen konnte. Nein, das konnte nicht ganz stimmen – dagegen sprach der Paß auf den Namen Timur Demirelli. Akim konnte nicht mit diesem Paß meine Stelle einnehmen, es sei denn, die Pässe sollten später ausgetauscht werden, und das schien unnötig kompliziert. Außerdem hatte er erst kürzlich, so kürzlich, daß er es noch gar nicht hatte angreifen können, das ganze, neue Geld bekommen. Er sollte von Baalbek aus weiterreisen, aber wohin?
»Ich wäre nicht gekommen, wenn ich es gewußt hätte ...«, hatte er gesagt. Was gewußt hätte? Daß ich es war, der getötet werden sollte? Er hatte also einen Teil des Plans gekannt. Er hatte gewußt, daß er, Akim, nach Baalbek gehen mußte, daß dort ein Mann getötet werden würde und daß jemand (wer?) annehmen würde, Akim sei nun tot. Er selbst konnte dann in aller Ruhe mit dem Geld und dem Paß als Timur Demirelli weiterreisen. Wer hatte das alles organisiert? Jemand mit großen Geldmitteln, jemand, der Leute wie Akbaba kaufen und falsche Pässe besorgen konnte, jemand, der wußte, daß Akim einen Zwillingsbruder hatte und dessen Aufenthaltsort kannte. Nur eine Regierung, ein Staat, konnte dies alles tun. Es konnte doch nur eine Regierung geben, die genug von uns wußte, um daraus einen Plan zu machen: *die* Regierung, *der* Staat, die UdSSR.
Nun mußte ich entscheiden, was ich tun sollte. Ich war allein in einem fremden Land (aber welches Land war mir jetzt

nicht fremd?), ich hatte einen gültigen Reisepaß, nein, eigentlich zwei, eine Waffe, eine Menge Geld und meine Messer. Es gab Anya und ihren toten Bruder; es war also offensichtlich leichtsinnig, hierzubleiben, in Beirut oder überhaupt im Libanon. Die möglichen Auswirkungen meines Bleibens waren noch zu wenig klar und viel zu verwirrend, als daß ich sie hätte analysieren können; aber irgend jemand würde mich binnen kurzem ausfindig machen: meines Bruders Vorgesetzte, die Leute, die ihn tot sehen wollten, oder die Polizei des Libanon. Und ich wollte doch immer noch erfahren, warum das alles passiert war. Ich wollte es wissen, ich mußte sicher sein, daß ich meinen Bruder genügend gerächt hatte, indem ich Alex tötete. Ich war nicht zufrieden – Alex war ein schwachsinniger Tropf, nichts weiter als ein ausführendes Organ für jemand anderen. Also würde ich als Timur Demirelli in die Türkei fahren, nach Ankara gehen, diesen Geologen namens Rudi Fleisch aufsuchen. Ich würde herausfinden, wer in Wahrheit Akim umgebracht hatte.

7

Ich verließ das Hotel um acht Uhr am folgenden Morgen und ging langsam durch die Nebenstraßen in Richtung Minet El Hosn. Ich war mir des Weges nicht ganz sicher, aber hügelabwärts geht es immer zum Meer, und nach kurzer Zeit hatte ich das Orientierungszeichen der großen Moschee ausgemacht und dann die Masten und Kräne über dem Hafen. Ich kaufte mir Beiruts französischsprachige Zeitung *Le Jour* und ein dünnes Blättchen in englischer Sprache und las sie bei einem Kaffee in einer Bar daraufhin durch, ob in Baalbek oder im »Scheherazade« eine Leiche gefunden worden war. Wenn ja, dann hatte man es den Zeitungen offensichtlich nicht mitgeteilt. Ich war nicht erstaunt. Meine Landsleute waren sicher tüchtig genug, um eine Leiche loszuwerden, sogar die falsche, ohne auf sich aufmerksam zu machen, und es wäre ihnen bestimmt nicht recht gewesen, wenn die örtliche Polizei eine schon sehr verworrene Angelegenheit noch weiter verwirren würde.

Nichtsdestoweniger fühlte ich mich erleichtert. Auf sich gestellt und mit einer begrenzten, wenn auch mächtigen Organisation würde es ihnen nicht leichtfallen, mich zu finden. Ich trank meinen Kaffee aus und ging wieder auf die Straße.

Der Regen hatte aufgehört, die Luft war nun noch klarer und die Straßen sauberer. Vielsprachige Menschenmengen eilten zur Arbeit, die Polizei trillerte auf ihren Pfeifen, wo Durchgangsstraßen sich kreuzten und wo sich lange Autoschlangen und Busse durch die viel zu engen Fahrstraßen drängten. Ich fühlte mich beruhigend anonym, fast unsichtbar. Darüber glänzten die Berge in frischer Heiterkeit; ihre Terrassen und Wälder versprachen Frieden, so wollte es mir scheinen, fast in greifbarer Nähe. Die Luft duftete nach Frühling: frischbackenes Brot, Kaffee und der zarte Duft von Veilchen und Freesien auf den Schubkarren der Blumenverkäufer. Zum erstenmal, seitdem ich sie ohnmächtig und halb bekleidet auf ihrem Bett zurückgelassen hatte, dachte ich an Anya. Ich fragte mich, wo sie jetzt war und welche Hilfe sie geben könnte, damit man mich finden würde. Ich empfand sonst nichts außer dem etwas blöden Gefühl, das man hat, wenn man sich daran erinnert, wie man hereingelegt worden ist. Ich wollte frische Kleidung und hatte keine Lust, mehr als nötig durch die Hauptstraßen zu laufen. Mit einigen Schwierigkeiten trieb ich ein Taxi auf und brachte mit noch etwas größerer Mühe den Fahrer dazu, mein Französisch zu verstehen. Wir besuchten drei oder vier Läden, alle in der Nähe des arabischen Marktes, und ich kaufte einen Koffer, Schuhe, Hemden und zwei Anzüge. Dann sagte ich dem Fahrer, er solle mich zur Busstation der »Air Liban« bringen, wo ich ihn bezahlte. Ich suchte eine Toilette auf, in der ich mich umziehen konnte, fand ein Schließfach für das Gepäck, und dachte, daß ich damit eine nützliche falsche Spur legen konnte, falls die Polizei genügend über mich in Erfahrung bringen sollte, um nach mir zu suchen. Während ich mich dort aufhielt, ging ich zu einem Friseur, der meinen Schnurrbart auf Akims Format zurücktrimmte.

Es war jetzt elf Uhr, und ein neues Taxi brachte mich ins »Aladdin«.

Zu diesem Schritt hatte ich mich in der Nacht entschlossen. Die Engländer wollten in die Türkei, nach Ankara, und zwar mit dem Wagen. Akims Leute konnten sehr wohl den Flugplatz und den Hafen überwachen; ich bezweifelte, daß sie auch alle Straßen, die zu den Grenzen führten, beobachten konnten. Ich hatte mich zwar gefragt, ob es recht wäre, die Engländer in dieser Weise auszunutzen, aber es schien mir unwahrscheinlich, daß irgend jemand mich umbringen wollte, ehe man mich ausgefragt hatte, und daher würde Zeit bleiben, meine Freunde zu verlassen, wenn ich erst einmal wußte,

daß ich erkannt worden war, und so würde ihnen nichts zustoßen.
Außerdem hatte mich ihre englische Art beeindruckt – irgendwie schienen sie zu abgesondert, zu isoliert, als daß ihnen etwas Unbequemes oder Außergewöhnliches passieren konnte. Außerdem – ich machte mir da nichts vor – freute ich mich darauf, Julia wiederzusehen.
Ich war keine Minute zu früh am »Aladdin«. Der Träger wuchtete Koffer in den blauen Wagen, der vor dem Haupteingang geparkt war. Das Hotel glich dem »Scheherazade« wie ein Ei dem anderen und war unangenehm nahe bei ihm gelegen. Mein Taxi kam hinter dem Ford zum Stehen, und ich sah Julia, die bisher vom Deckel des Kofferraums verdeckt worden war. Einen Augenblick zögerte ich. Konnte ich wirklich auf ihr Entgegenkommen rechnen? Dann sah sie mich und rannte beinahe auf mich zu, wobei sie einen anderen Träger überholte, der mich für einen Kunden hielt. Sie trug eine zinnoberrote Seidenbluse und einen weißen Rock und sah aus wie der Sommer in der ersten Februarwoche.
»Aziz Bey, wie reizend! Kommen Sie mit uns mit?« Sie schüttelte mir die Hand, ihre Handfläche war kühl und fest.
»Ich hoffe es – wenn nämlich Ihr Angebot noch gilt.«
»Aber natürlich. Peter, Aziz ist doch noch gekommen. Er will mit uns fahren.«
Peter Yapton zog seinen Kopf unter der Motorhaube hervor und wischte sich die Hände an einem Lumpen sauber. Langsam überzog ein Lächeln sein knochiges Gesicht.
»Sehr gut. Wir können gleich abfahren, falls Jeremy nicht gerade irgendwo sein zweites Frühstück einnimmt. Ist das Ihr Koffer? Wir haben reichlich Platz dafür. Da ist er ja.«
Jeremy Goring kam die Treppe herunter und steckte eine Brieftasche in die Innentasche seines Jacketts.
»So, das ist erledigt«, sagte er. »Ihr beiden schuldet mir jeder etwa zweihundert libanesische Pfund, aber das können wir später noch genau feststellen. Oh, hallo! Das ist doch Aziz Milyutin, nicht wahr? Kommen Sie mit uns mit?«
»Nur, wenn es Ihnen wirklich nichts ausmacht.«
»Seien Sie nicht albern«, sagte Julia, »es macht ihm natürlich nichts aus.«
»Wir fahren ziemlich langsam, müssen Sie wissen – falls Sie Geschäfte in Ankara haben oder so was, was Ihnen wichtig ist... heute fahren wir nur etwa bis Tripoli.«
»Hören Sie gar nicht auf Jeremy. Der ist ein Sauertopf, bis er endlich seinen Lunch kriegt.«

Ich sah den dreien ins Gesicht – Julia lächelte immer noch ganz heiter; Peter Yapton sah ernsthaft drein, und ich sah ihm an, daß er fürchtete, ich könnte es übelnehmen; Jeremy Goring, volle Wangen, etwas zu rosig für sein Alter, eine leichte Falte zwischen den Brauen. Dann glättete sich seine Stirn, und er lächelte leicht.
»Hört schon auf«, sagte er. »Es macht mir nichts aus, wenn er mitkommt, ich wollte die Dinge bloß ganz klarstellen. Wir wollen doch weder Ärger noch Enttäuschung heraufbeschwören, oder?«
Ich war erleichtert, als ich endlich von der offenen Straße in den hinteren Sitz des Wagens klettern konnte, und noch mehr, als wir uns endlich in den fließenden Verkehr einordneten. Yapton fuhr uns zur Küstenstraße, über das Katzenkopfpflaster und die Straßenbahnschienen um den Hafen, wo ich zwei – nur zwei? – Tage vorher spaziert war, und bald waren wir auf einer kurzen Autobahnstrecke in Richtung Norden. Die Häuser wurden seltener und machten Orangenhainen Platz, deren Bäume mit goldenen Früchten beladen waren, und dann Olivenhainen an Steilhängen, die zum Felsenstrand hin abfielen. Große Landhäuser standen auf felsigen Landzungen, und helle Jachten und Motorboote waren in den kleinen Buchten zahlreicher als Fischerboote. Wir fuhren an einer besonders großen und modernen Häusergruppe vorbei, zu der mehrere Abzweigungen hinführten.
»Das Kasino von Libanon«, sagte Jeremy. »Lohnt durchaus einen Besuch.«
»Da hat es dir wohl gefallen, ja?« Julias Stimme klang etwas spöttisch.
»Die Kabarettvorführung war ganz außergewöhnlich. Aber ich fürchte, Jeremy war an den Spieltischen nicht so erfolgreich.«
»Ich hab' ein ganzes Bündel verloren. Aber sonst war die Bedienung gut.«
Ich betrachtete die drei und hörte ihnen zu, versuchte aus ihnen schlau zu werden – eine Gewohnheit, die ich zu Beginn meiner Artistentage angenommen hatte, als ich zum erstenmal die Mitglieder der Truppe kennenlernte. Jeremy Goring kam mir etwas närrisch vor – redselig, angeberisch, eigensüchtig, aber ein unterhaltender Gesellschafter. Peter Yapton war seriöser, hatte den stärkeren Willen und war geneigt, Jeremy abwechselnd zu necken und zu besänftigen. Sie schienen eng befreundet zu sein, jedenfalls standen sie sich näher als Julia. Julia bewunderte ich von Anfang an. Sie

schien mir eine vollkommene Verbindung von Selbständigkeit und Weiblichkeit, zurückhaltend, kühl, aber mit viel Gefühl. Anscheinend war keiner der Männer ihr Liebhaber, was mich überraschte, obgleich sich beide leicht flirtend um sie bemühten. Ob sie das aber aus Rivalität oder aus Höflichkeit taten, vermochte ich nicht zu sagen. Ich fragte mich, wie sie wohl zusammen zu dieser seltsamen Reise Anfang Februar gekommen waren. Ein weißer Wagen mit einem Kühler, der wie ein grinsendes Gebiß aussah, überholte hinter uns einen Lastwagen und setzte sich auf unsere Spur. Ich hatte ihn schon hinten am Hafen das erstemal gesehen. Ich sagte mir, daß es keinen Grund zur Aufregung gab, daß uns viele andere Autos aus Beirut gefolgt sein mußten, und daß wir auf der Hauptstraße waren.

»Lunch in Byblos, Peter. Das hatten wir doch beschlossen, nicht wahr?«

»Und den frühen Nachmittag verbringen wir da, um uns umzusehen. Wenn Aziz nichts dagegen hat.«

»Natürlich nicht«, sagte ich.

Nach nicht ganz einer Stunde bogen wir von der Hauptstraße ab und fuhren über einen kleinen Hügel in eine winzige Stadt, die sich mit zusammengedrängten Häusern um einen kleinen Hafen herum zwischen Dünen und Olivenhaine schmiegte. Es gab Fragmente von Steinmauern und alte Gebäude zwischen arabischen Lehmhütten und eine kleine Burg auf dem Hügel darüber. Ein Schild verkündete »Ibail« unter einem arabischen Kringel und »Byblos« in Klammern darunter. Der weiße Wagen, ein alter Citroën, folgte uns bis zum Hafen und parkte etwa zwanzig Meter hinter uns. Der Fahrer war ein dunkles Männchen in einem zerknitterten grauen Anzug. Sein Haar war dünn und flatterte um seinen Kopf, und seine Haut sah fleckig und ungesund aus. Als wir ausstiegen, zündete er sich eine Zigarette an und entfaltete eine arabische Zeitung.

Ich folgte den Engländern über Pflastersteine und Treppenstufen zum Kai, wo sie stehenblieben und in das tiefe Wasser blickten, auf dem Essensreste, Orangenschalen, Zigarettenschachteln schwammen. Ab und zu sprang in der Stille ein Fisch. Sie redeten miteinander, und dann wandte sich Julia mir zu, die seidene Bluse betonte ihre kleinen Brüste.

»Vielleicht weiß es Aziz«, sagte sie.

»Was soll er wissen?« fragte ich.

»Wo man hier am besten essen kann. Kennen Sie diesen Teil der Welt? Kommen Sie öfter her?« fragte sie.

Das verwirrte mich, und ich wurde vorsichtig.
»Ich bin noch nie hiergewesen.«
»Es tut mir leid. Ich habe nur Spaß gemacht. Ich dachte, Sie reisen vielleicht öfter geschäftlich in den Libanon und hätten hier schon mal für eine Mahlzeit Station gemacht.«
»Nein, nein. Das ist mein erster Besuch hier.«
»Na ja, dann warten wir hier, während sich die beiden anderen umsehen. Sie können sich melden, wenn sie etwas Vernünftiges gefunden haben.«
Sie setzte sich auf einen Poller und schlug die Beine übereinander. Daß dabei ihr Rock weit über ihr Knie heraufrutschte, schien ihr nichts auszumachen. »Haben Sie eine Zigarette?«
»Tut mir leid, nein. Ich rauche selten. Es ist nicht gut für die Lungen und verlangsamt die Reaktionsfähigkeit, und die ist in meinem Beruf sehr wichtig.«
»Als Geschäftsmann?« Sie lachte wieder, und mir wurde kalt, aber sie ging der Frage nicht weiter nach. »Ich habe meine im Auto gelassen. Sind Sie ein Engel und holen Sie sie mir? Hier sind die Schlüssel.«
Ich nahm sie und ging die Straße zurück. Ihre Zigaretten und das Feuerzeug lagen auf dem hinteren Sitz. Die Zigaretten waren türkisch: »Yeni Harman« stand auf der orangefarbenen Packung, »Neue Ernte«.
»Milyutin?« sprach hinter mir eine Stimme. Ich war halb im Wagen, um die Zigaretten zu erreichen, und ich war so überrascht, daß ich mich hineinsetzte. Es war der Fahrer des weißen Wagens. Sein Kopf erschien in der offenen Tür, und der leichte Wind hob die dünnen Strähnen seines dunklen Haares. Er hatte Schuppen auf den Schultern, und sein Atem stank sauer.
»Darf ich?« Er sprach Russisch und deutete in den Wagen. Ich rutschte ein Stück, und er stieg neben mir ein und schloß hinter sich die Tür.
»Meine Freunde ...«, begann ich.
»Ich brauche nicht lange. Ich bin Eyup.« Er sprach den Namen aus, als erwartete er, daß er mir etwas sagte. »Katkov schickt mich.«
Ich wartete.
»Er möchte wissen, was passiert ist und was Sie vorhaben.«
»So?« Ich merkte, daß sich meine Hände über den Knien verdrehten, und steckte sie in die Taschen. Ich wußte noch nicht, ob er mich für Aziz oder für Akim hielt.
Eyup rieb sich die Augen mit nikotinverfärbten Fingerspitzen. »Erstens sind Sie nicht in der Rue Mar Mitri angekom-

men; dann berichtete Akbaba, daß Alex tot sei und Anya einen Schock habe. Akbaba werden wir nicht wieder verwenden.«
Wieder wartete ich.
»Die andere Seite ging sehr gut. Unsere Seite. Die Amerikaner fanden die Leiche, wie wir vorausgesehen hatten, und schafften sie ins amerikanische Hospital, ohne daß die Polizei etwas merkte. Jetzt können Sie sicher sein, daß man Sie für tot hält, und das ist die Hauptsache. Aber Katkov will immer noch wissen, warum Sie nicht zu dem Treff gekommen sind. Er ist sehr zornig. Sind das Ihre Zigaretten?«
Ohne auf eine Antwort zu warten, schüttelte er eine aus dem orangefarbenen Päckchen, das zwischen uns lag. Die fünf Sekunden, die er zum Anzünden brauchte, genügten mir, um meine Gedanken einigermaßen zu ordnen. Ich war jetzt zumindest ziemlich sicher, daß er mich für Akim hielt. Aber ehe ich sprechen konnte, gestikulierte er in Richtung auf das Fenster hinter uns.
»Hallo«, sagte er. »Ihre Freunde. Ich habe sie im Rückspiegel gesehen.«
Ich drehte mich um. Goring und Yapton liefen rasch auf den Wagen zu, weil sie wohl annahmen, wir wollten ihn stehlen. Sie erkannten mich, blieben stehen und sprachen miteinander. Goring, das konnte ich sehen, wollte näher kommen, aber Peter hielt ihn zurück, und Goring gab mit einem Achselzucken nach. Sie drehten sich um und gingen den Weg zurück, den sie gekommen waren, aber unsicher und mit ein paar Blicken über die Schulter zurück.
»Niemand hat mir gesagt«, ich sprach langsam und deutlich, »niemand hat mir gesagt, daß der Ersatzmann mein Bruder Aziz sein würde.«
Eyup war plötzlich still. Das Weiße in seinen Augen sah jetzt noch viel gelber aus gegen die Blässe seiner Haut. Er räusperte sich.
»Nein. Stimmt. Alex muß ja ein Idiot gewesen sein, daß er Sie Aziz sehen ließ.«
»Es hat ihn sein Leben gekostet.«
»Wollen Sie sagen, daß Sie in die Minet El Hosn gegangen sind und ihn umgelegt haben?«
»Wir sind Aseris.«
»Sie könnten auch Kurden sein. Wir haben Aziz in die Minet El Hosn gesetzt, weil wir wußten, die Amerikaner würden ihn dort sehen, und dann wandern Sie genau dahin zurück, ein paar Stunden, nachdem Sie angeblich gestorben sein sol-

len. Und was haben Sie sich denn davon erhofft? Sie wußten doch gut genug, daß Alex nur ein Werkzeug war.«

»Jetzt ist es geschehen.«

»Ich hoffe, Sie fühlen sich jetzt wohler.« Ich schwieg.

»Hören Sie«, fing er wieder an, »anscheinend ist nichts Schlimmes daraus entstanden. Alex' Leiche schwimmt im Hafen, Anya ist in der Botschaft und hat ein Beruhigungsmittel bekommen, und man wird sie nach Rußland zurückfliegen. Nur Sie sind noch ein Fragezeichen. Katkov will wissen, ob Sie weitermachen. Gehen Sie weiter nach seinem Plan vor?«

»Ich fahre nach Ankara. Diese Leute nehmen mich mit.«

Er dachte einen Augenblick nach und kratzte sich am Kopf. Es fielen noch mehr Schuppen. »Wie Sie wollen. Ich werd's ihnen jedenfalls sagen, und dann können sie sich ja mit Ihnen in Verbindung setzen, wenn's ihnen nicht paßt. Ich nehme an, so wollten Sie es haben, da Sie sich an der Busstation von ›Air Liban‹ gezeigt haben. Der arme Jussuf ist beinahe gestorben, als er Sie da ankommen sah. Das müssen Sie wohl erwartet haben. Es war jedenfalls eine erfolgreiche Methode, den Kontakt herzustellen. Na ja, ich fahre jetzt mal zurück und werde Katkov sagen, was ich von Ihnen gehört habe. Er wird sich ja nicht sehr freuen, aber er muß schließlich selber sehen, wie er die Sache haben will. Es war mir ein Vergnügen, Sie kennenzulernen; man erzählt sich Sagenhaftes von Ihnen.«

Er stieg aus, ich folgte ihm und schloß die Tür ab. Ich sah ihm nach, wie er seinen Wagen rückwärts bis zur Ausfahrt in die Hauptstraße fuhr.

Ich hatte eine Menge Stoff zum Nachdenken, als ich wieder zum Hafen hinunterging. Offensichtlich waren »sie« Akims Brötchengeber, der KGB oder sonst was. Wenn das der Geheimdienst war, schien es erstaunlich, daß der schäbige kleine Mann glaubte, man könne es sich dort vielleicht überlegen, mich auf meine eigene Weise verfahren zu lassen. Wenn ein Agent, oder wie immer man die Leute nannte, sich so dämlich benommen hatte, wie sie es von Akim annahmen, dann mußten sie doch eigentlich die erste Gelegenheit ergreifen, um ihn außer Aktion zu setzen, ehe er mehr Schaden anrichten konnte. Die einzig mögliche Erklärung war, daß Akim auf dem Weg nach Ankara war, um etwas zu erledigen, was nur er erledigen konnte; daß er jedenfalls zur Zeit unersetzlich war. Das war tröstlich, mindestens so lange die maßgeblichen Leute glaubten, daß ich Akim sei.

Die Engländer warteten auf mich an der Stelle, wo ich Julia verlassen hatte. Sie und Peter sahen mächtig verlegen drein. Jeremy war verärgert. Er machte einen Schritt auf mich zu.
»Endlich. Wir möchten gern wissen, warum Sie Julias Wagen als Treffpunkt mit diesem verdächtigen Subjekt benutzen, das uns aus Beirut gefolgt ist.«
»Wirklich, Jeremy, du brauchst doch wirklich nicht gleich so grimmig zu sein.« Julia hatte eine weiße Hand auf sein dunkles Wollhemd gelegt. Sie lächelte mich an, aber mit einem unsicheren Ausdruck in den Augen.
»Es tut mir leid«, sagte ich. »Ich wußte nicht, daß es Ihr Wagen ist ...«
»Was spielt das für eine Rolle?«
»Hör schon auf, Jeremy.«
»Ich habe ein Geschäft mit ihm abgeschlossen, wegen ... Orangen, und wir hatten uns mündlich geeinigt, bevor ich abfuhr. Es bedeutet ihm viel, und er war sich über ein oder zwei Kleinigkeiten nicht klar. Er wollte sie klarstellen, solange ich erreichbar war. Das ist alles. Es tut mir leid, daß ich Ihre Gastfreundschaft mißbraucht habe.«
Ihr Lächeln wurde viel herzlicher. »Siehst du, Jeremy, kein Grund zur Aufregung.« Sie wandte sich wieder mir zu. »Haben Sie meine Zigaretten?«
»Die habe ich im Wagen gelassen. Leider hat mein Freund eine geraucht.«

8

Das Essen und der Nachmittag vergingen angenehm. Nahe beim Hafen hatten die Engländer ein kleines Restaurant gefunden, mit bröckelnden Wänden, staubigen Ecken und nur wenigen Kunden außer uns, aber die Bedienung war gut. Offenbar wurde es von einer Familie betrieben; der Vater kochte, die Söhne bedienten, und irgendwo im Hintergrund verrichtete der schattenhafte Stamm der Frauen die einfacheren Dienste. Es kam mir ideal vor. Familien sollten immer so zusammenarbeiten, und in den großen Städten ist das kaum noch der Fall. Ich dachte damals bei mir, so soll es einmal in meiner Familie sein; aber wir werden Bauern sein und kein Restaurant betreiben.
Später gingen wir zum Zephyr zurück, und Yapton fuhr uns die Küstenstraße empor nach Tripoli, das wir gegen sechs Uhr erreichten. Ein amerikanischer Wagen, ein roter offener

Oldsmobile, setzte sich, kurz nachdem wir Byblos verlassen hatten, hinter uns, aber ich dachte mir wenig dabei – zweifellos gab es Hunderte von Wagen, die annähernd mit unserer Geschwindigkeit auf dem Weg von Beirut nach Tripoli waren, und wir verloren den Wagen eine lange Zeit aus der Sicht, als er an einer Tankstelle haltmachte. Mir fiel schließlich auf, daß auch Jeremy Goring an ihm interessiert war – er blickte immer wieder über seine Schulter und schien sich ausgesprochen Sorgen zu machen, als der Wagen uns wieder einholte. Ich war ein bißchen überrascht, daß er uns dann nicht überholte. Der Fahrer hatte doch bewiesen, daß er schneller als wir fahren konnte, wenn er wollte.

Das Land war hügelig, und bald fuhren wir zwischen niederen Felshängen und dem Meer. Flache Wasserpfannen in natürlichen oder künstlichen Höhlungen säumten auf beiden Seiten die Straße. Yapton erzählte uns, daß sie der Gewinnung von Meersalz dienten. Später wichen die Felsen und Oliven einer Ebene, die reich an Zitrushainen war, und mein Geist belebte sich wie immer, wenn ich gutes Land sah. Mir gefiel auch Tripoli – es war eine offenere, geschäftigere Stadt als Beirut. Hier hatte ich das Gefühl, daß die Leute auch arbeiteten und nicht nur Geld machten und ausgaben. Und die Fahrt hatte mir so großen Spaß gemacht; ich war noch nie über eine längere Entfernung in einem Privatwagen gefahren und fühlte mich richtig entspannt, als wir vor dem »New Royal Hotel« an der Place du Tell vorfuhren. Als wir uns Zimmer nahmen, machte ich einen bösen Fehler.

Die anderen gingen direkt zum Empfang und fragten, ob Zimmer frei seien, während ich mich in der Halle umsah und hinausblickte über die breite Straße mit ihren Palmen und auf die Büsche in dem gepflegten öffentlichen Park gegenüber. Die Sonne schien immer noch hell von der See her, die drei Kilometer entfernt war, und vom Zephyr strahlte ein warmer goldener Schein zurück, während der Träger den Kofferraum unseres Wagens leerte. Der Oldsmobile parkte unmittelbar dahinter. Julia rief nach mir, und als ich mich vom Fenster abwandte, kamen drei Männer herein. Sie hatten Sporthemden und dunkle Hosen an und trugen ihre Jacken wie Capes um die Schultern. Offenbar waren es Amerikaner. Zwei waren jung, der eine dunkel, der andere blond, mit kurzgeschorenen Köpfen und glatten, runden Gesichtern. Der dritte war älter und größer. Er hatte angegrautes Haar und einen kleinen aschblonden Schnurrbart mit grauen Stellen. Er trug einen schwarzen Hut mit schmalem

Rand, und die Augen darunter waren ebenfalls grau, harte Lichtpunkte, von weichen Fältchen umgeben. Ich ging rasch an das Empfangspult, um vor ihnen dazusein, und landete dort, die Amerikaner hinter mir, die Engländer um mich herum und der Empfangschef vor mir, der mir das Gästebuch und einen Kugelschreiber hinhielt. Für die Engländer war ich Aziz, aber für die Amerikaner mochte ich Akim sein, und weil ich keinen Paß auf Akims Namen hatte, schrieb ich »Timur Demirelli«.

»Bitte Ihren Paß«, sagte der Empfangschef.

Ich steckte die Hand in die Tasche und fühlte zwei Pässe. Welcher war der richtige? Ich zögerte. Sollte ich einfach einen davon herausziehen? Nein, das wäre idiotisch gewesen. Meine Nerven versagten, und mir fiel nicht ein, zu sagen, mein Paß befinde sich im Koffer. Ich holte beide heraus, wählte den richtigen und gab ihn ab. Den mit meinem eigenen Namen steckte ich wieder in die Tasche. Einer der Amerikaner lachte, und ich drehte mich nach ihm um. Es war der ältere. Seine Hand fuhr an seinen Schnurrbart, und seine blassen Augen richteten sich gedankenlos auf die Uhr über dem Empfangspult. Dann wanderten sie zu mir zurück und lächelten. Mir gefiel dieses Lächeln nicht.

Goring sprach mit einem der jüngeren Männer, dem blonden mit dem Babygesicht. Als wir nach oben gingen, fragte Julia, ob er ihn kenne.

»Ja, den kenne ich«, sagte Goring kurz. »Ich habe ihn ein- oder zweimal in Ankara getroffen. Ihre Arbeit führt sie manchmal in unser Büro.«

»Was macht er denn?«

»Arbeitet für die amerikanische Regierung.«

Es war eine Erleichterung, in mein Zimmer zu kommen, das besser war als jenes in der vorigen Nacht, wenn auch nicht so schick wie das im »Scheherazade«. Ich packte aus, wusch mich, wechselte den Anzug und ging dann wieder in die Halle hinunter. Gorings Freund saß allein dort. Ich setzte mich an einen Glastisch und bestellte mir ein Bier, während er mich um die Ränder eines *Time*-Magazins herum beobachtete. Ich war gerade bei meinem zweiten Glas, als die Engländer die Treppe herabkamen. Julia hatte jetzt ein hellgrünes Kleid an, es war schlicht geschnitten, hatte aber einen tiefen halbrunden Ausschnitt. Sie trug runde Ohrclips aus einfachem weißem Plastik, die zu ihrem breiten Gürtel und den Sandalen paßten, und sie hatte etwas mit ihrem Haar gemacht, das es länger und voller als vorher erscheinen ließ. Mir gefiel es. Sie

und Yapton kamen gleich zu mir, während Goring sich an den Amerikaner heranmachte.
»Martini«, sagte sie und sank in einen Korbstuhl neben mir. »Sie rauchen ja nicht, also nehme ich eine von meinen.«
»Ist das Bier so gut wie in der Türkei?« fragte Yapton.
Ich zögerte. »Es ist jedenfalls kalt.«
»Gut, dann nehme ich auch ein Bier.«
Etwas später kamen die anderen Amerikaner herunter, und Goring gesellte sich zu uns. Wir gingen durch in das kleine Restaurant, das fast leer war bis auf einen Tisch mit europäischen Ingenieuren aus der Raffinerie von El Mina, dem Hafen von Tripoli. Die Mahlzeit verlief merkwürdig still, obgleich Julia versuchte, eine Unterhaltung in Gang zu bringen. Aber Goring war schlechter Laune, und Yapton sprach ohnedies nicht viel. Wir aßen und durch etwas hindurch, was auf der Speisekarte »schawarme« hieß, was aber Julia von Ankara und ich von Aserbeidschan her als »döner kebab« kannten. Man macht es, indem man runde Scheiben von Lammfleisch auf einen Spieß reiht und davon dünne Schnittchen abschneidet, während es von außen her gar wird. Als wir bei den »baklava« waren, süßen, sirupgetränkten Pastetchen, fragte Julia, was mit dem Rest des Abends anzufangen sei.
»Wir wollen morgen abend in Antakya sein«, sagte Yapton. »Da müssen wir sehr früh aufbrechen.«
»Das ist doch gar nicht so weit — zweihundertundfünfzig Kilometer.«
»Aber mit zwei Grenzposten und von Latakia ab mit Bergen. Wir wollen sie doch nicht in der Dunkelheit durchfahren. Ich meine, wir sollten um neun Uhr losfahren. Ich gehe früh ins Bett.«
Julias Lippen preßten sich entschlossen aufeinander.
»Na gut«, sagte sie dann, »du gehst früh zu Bett und chauffierst uns nach Latakia, während ich schlafe. Wer von euch beiden wird mich jetzt also ausführen?«
»Ich bezweifle, ob es hier sehr viel Nachtleben gibt«, sagte Goring und winkte mit dem Löffel in die Dämmerung draußen. »Das ist hier eine sehr arbeitsame Stadt, weißt du. Nichts als Fabriken und der Hafen. So eine Art Hull der Levante.«
»Der Reiseführer erwähnt zwei Nachtklubs.«
»Vermutlich voller Matrosen und leichter Mädchen.«
»Es ist ein anständiger Führer.«
Goring löffelte schweigend den Rest von seinem Sirup.

»Ich führe Sie gern aus«, sagte ich und fühlte eine zitternde Erregung, die ich seit zehn Jahren nicht mehr gekannt hatte. Eine Spur von Zweifel drückte sich auf ihrer hohen Stirn aus, dann lächelte sie.
»Warum nicht, Aziz Bey? Haben Sie vielen Dank.«
»Nun mal langsam, Julia, schließlich ist er ein ...«
Plötzlich sah sie zornig aus.
»Ein was, Jeremy? Ich kann gut auf mich aufpassen. Ich bin auch in eurer Gesellschaft nicht zu Schaden gekommen.«
»Nun laß mal. Das habe ich nicht gemeint.«
»Was hast du dann gemeint?«
Ich hatte nicht ganz verstanden, wovon sie redeten, aber Gorings Antwort konnte ich gut genug folgen.
»Du weißt genau, was ich meine. Er ist für uns ein vollkommen Fremder. Er nennt sich Aziz, hat zwei Pässe und schreibt sich hier unter dem Namen Timur Demirelli ein. Und wir sind verfolgt worden, seitdem er in Beirut zu uns gestoßen ist. Die Geschichte mit dem Orangenhandel war nichts als Quatsch: Wer hat denn schon mal von einem Türken gehört, der Orangen kauft. Die haben doch selber genug davon. Meiner Ansicht nach solltest du ihn auffordern, selber zu sehen, wie er nach Ankara kommt, statt auch noch einen Nachtbummel in einer unbekannten Stadt mit ihm zu unternehmen.«
Ich hatte keine Lust, am kommenden Morgen sitzengelassen zu werden, da ich nicht wußte, wie ich nach Ankara kommen sollte und zugegebenermaßen eine nur vage Vorstellung davon hatte, wo Tripoli im Verhältnis zu Ankara überhaupt lag. Außerdem wollte ich nicht für den restlichen Abend auf Julias Gesellschaft verzichten.
»Ich gebe Ihnen mein Wort«, sagte ich, »daß Julia völlig sicher bei mir ist.«
»Natürlich bin ich das. Und was Aziz macht, geht euch überhaupt nichts an.«
Yapton hatte uns schweigend zugehört. Nun sah er Julia mit einiger Zärtlichkeit an.
»Paß gut auf dich auf«, sagte er, und mehr nicht.
Vor dem Hotel wandten wir uns nach links, und dann wieder links, aus dem Place du Tell in die Rue du Tell. Wir fanden den Nachtklub im Souterrain unter einem Restaurant und einer Kaffeebar. Es war ein größerer Raum, der sehr fröhlich mit Plastikblumen und Weinreben dekoriert und mit weißgestrichenen gußeisernen Tischen und Stühlen mit gebogenen Beinen ausstaffiert war. Am einen Ende gab es eine Bar

unter einer gestreiften Markise und am anderen eine niedere Plattform mit einem Schlagzeug, einem Klavier und Notenständern darauf. Das Lokal war leer bis auf einen Barmixer in weißer Jacke und einen Klavierspieler in Hemdsärmeln, der leise und nachdenklich vor sich hin spielte, während er durch den Rauch einer Zigarette blinzelte, die er nur von den Lippen entfernte, um sich eine neue anzuzünden. Ich führte Julia an einen Ecktisch, half ihr auf einen der kleinen, nicht sehr bequemen Stühle und sah mich nach dem Barmixer um. Er stand bereits hinter mir.

»Sliwowitz, wenn es so was hier gibt«, sagte sie. Ich begriff nicht, warum man das hier nicht haben sollte, was nur zeigte, daß ich noch nicht daran gewohnt war, nicht mehr als jonglierender Artist zumeist in osteuropäischen Ländern zu reisen.

»Eine halbe Flasche«, sagte ich, »und zwanzig Yeni Harman.«

»Keine Yeni Harman, Sir. Einzige türkische Zigaretten sind Diplomat in Fünfzigerpackung.«

»Dann also die.«

Sie lachte, als er ging.

»Sie sind aber sehr galant«, sagte sie. »Sie brauchen mich aber nicht so zu verwöhnen; wahrscheinlich werden Sie diese halbe Flasche sehr teuer finden.«

»Sie waren sehr gut zu mir«, sagte ich ernsthaft, »und nicht nur, weil Sie mich mitgenommen haben. Es war mutig von Ihnen, gegen den Wunsch von Peter und Jeremy mit mir auszugehen.«

»Ach die. Wenn ich immer nur täte, was die sagen, würde ich außer Ruinen und teuren Restaurants nichts zu sehen bekommen.«

»Warum reisen Sie dann mit ihnen?«

»Es sind Freunde, sie hatten gleichzeitig mit mir eine Woche Zeit, und ich traue mir eine solche Reise allein nicht zu.«

Der Kellner kam mit der Flasche, zwei Gläsern, einem Teller Pistazien, Salzstangen mit Kümmel und den Zigaretten. Es war eine flache weiße Packung mit dem türkischen Stern und Halbmond darauf. Ich öffnete sie. Die Zigaretten waren oval, und als sie eine anzündete, war der Geruch parfümierter als bei denen, die sie sonst rauchte.

»Die sind für den Export gemacht«, sagte sie, »und sie machen sie so, wie der Ausländer findet, daß türkische Zigaretten schmecken sollten.«

Sie rauchte nur zwei, und ich ließ die Schachtel auf dem Tisch, als wir gingen.

Sie schlürfte genießerisch ihren Sliwowitz und genoß den schwach bitteren Geschmack von Pflaumen über einer Wodkabasis.
»So sollten Sie ihn trinken«, sagte ich, schüttete mir den ganzen Inhalt des kleinen Glases in den Hals, wischte mir den Schnurrbart und füllte wieder auf.
»Sie *sollten*«, sagte sie und lachte wieder. »Aber sicher trinken ihn selbst in Jugoslawien die Frauen langsam.«
»Natürlich. Jedenfalls die anständigeren.«
Es waren noch ein paar Besucher gekommen, Geschäftsleute, einer oder zwei mit Ehefrau oder Freundin, die meisten allein; und dem Pianisten hatte sich ein Schlagzeuger zugesellt, der lange Zeit an den Schrauben und Muttern seiner Instrumente herumfummelte. Der Klavierspieler wurde jetzt entschiedener und weniger interessant in seinem Spiel, und der Schlagzeuger verlieh ihm einen fahrigen Rhythmus mit seinen Drahtbürsten. Julia summte die Melodie mit.
Ich trank meinen Sliwowitz und füllte unsere Gläser wieder auf. Wir saßen eine Weile schweigend; ich war etwas unsicher. Sie war so hübsch, so unabhängig, so frei, und so ungleich den Tänzerinnen, die ich auf unseren Tourneen gekannt hatte. Das waren dünne, zarte Geschöpfe gewesen, die sich nach Luxus sehnten, aber in Jahren strengen Trainings und sorgfältiger Erziehung unterdrückt worden waren und das Ideal zu verkörpern hatten, wonach jeder Russe im Ausland ein Botschafter seines Landes ist, der die Fahne der sozialistischen Kultur hochhalten muß. Und doch entsprach auch Julias freundliche Offenheit, ihre heitere Freude an allem, was um sie herum geschah, nicht meiner Vorstellung von westlichen Frauen.
Ein Saxophonist hatte zu spielen angefangen.
»Tanzen wir mal«, sagte sie.
Mir fielen die »Caves du Roy« ein, und die Knie wurden mir weich, aber Julia stand schon und führte mich zur Tanzfläche, ehe mir eine Ausrede einfiel. Glücklicherweise erwartete sie von mir keinen Twist oder so etwas Ähnliches. Sie legte ihre Arme auf die natürlichste Weise der Welt um mich, und ich fühlte die angenehme Wärme ihrer Brüste an meinem Hemd und den Druck ihrer Schenkel gegen die meinen. Ich stellte fest, daß meine Füße sich ganz richtig verhielten, und ich trat nur auf die ihren, als ich versuchte, die zwei oder drei anderen Paare zu umgehen, die sich auf ganz ähnliche Weise herumschoben. Es begann mir Spaß zu machen.
»Da sind Freunde von uns«, sagte sie und drehte uns ein

bißchen herum, so daß ich über ihre Schulter sehen konnte. Zwei der Amerikaner, der ältere und der dritte, den ich zuvor noch gar nicht richtig wahrgenommen hatte, saßen nicht weit von unserem Tisch entfernt. Als wir an ihnen vorbeitanzten, hoben sie die Gläser, und Julia hob leicht die Hand auf meiner Schulter. Einen Augenblick zweifelte ich an ihr.
»Kennen Sie sie?« fragte ich.
»Genausowenig wie Sie?«
Sie mußte meine Unruhe gespürt haben, denn als wir uns hinsetzten, sagte sie unvermittelt: »Wissen Sie was, wir zahlen und gehen ein bißchen spazieren. Ich möchte mit Ihnen reden, und das geht hier nicht. Gehen wir doch ans Meer nach El Mina.«
Ich rief den Kellner und erledigte die Rechnung. Er wollte vierzig libanesische Pfund, was mir sehr viel vorkam.
Draußen half ich ihr in ihren blauen Regenmantel, und sie schob ihren Arm in meinen. Eine Weile lang schlenderten wir nur so dahin. Es war ziemlich warm, doch gab es im Norden und Osten dunkle Wolken und gelegentlich Blitze. Julia kam näher an mich heran, ich legte meinen Arm um ihre Schulter und fühlte ihr dunkles Haar an meiner Wange. Wieder hatte ich ein überwältigendes Gefühl von Glück und merkwürdigerweise auch Hingabe.
»Die Amerikaner haben Sie gestört, nicht wahr?«
»Ja.«
»Warum? Sind das Verfolger?«
»Ich weiß es nicht. Vielleicht.«
Wir sprachen sehr leise und langsam, als ob für uns jeder Satz ein Schritt zu einem gegenseitigen Verstehen sei, von dem wir womöglich noch weit entfernt waren.
»Ist das, weil Sie gar kein Türke sind?«
»Ich bin Türke, aber nicht türkisch. Wie haben Sie das gemerkt?«
»Ach, eine Menge Sachen. Ihre Pässe. Das ist doch sehr merkwürdig. Nicht viele Leute haben zwei Pässe. Einer davon muß falsch sein, und das bedeutet wahrscheinlich, alle beide sind falsch. Dann sah ich im Nachtklub Ihre Uhr; da steht Ihr Name in kyrillischen Buchstaben drin. Und noch mehr so was.«
»Es tut mir leid. Sie müssen glauben, ich wollte Sie hinters Licht führen.«
»Nein. Aber ich habe etwas Angst. Sind Sie ein Spion?«
»Nein.« Es entstand eine Pause. Offensichtlich erwartete sie, daß ich mehr sagte. »Ich habe Rußland verlassen. Ich nehme

an, nun bin ich ein Flüchtling. Ich bin Türke und will in die Türkei.«
»Dann ist es ja gut. Wir nehmen Sie mit.«
Wir ließen die Docks rechts liegen, und die Straße öffnete sich auf einen baumbestandenen Kai, an dem noch ein, zwei Cafés geöffnet waren. Das Wasser schwappte schwarz unter den Lichtern, und eine Brise trug den Geruch von Tang, Fisch und Öl herüber. Wir setzten uns an einen windgeschützten Tisch, und ich bestellte Kaffee. Ich blickte in ihre dunklen Augen unter dem Seidenschal, den sie sich um den Kopf gebunden hatte.
»Sie brauchen mich nicht mitzunehmen«, sagte ich. »Es ist nicht mehr weit, und ich habe reichlich Geld. Die Pässe mögen falsch sein, aber ich weiß, daß mich wenigstens einer davon durchbringt.« Das muß stimmen, dachte ich. Akim war unterwegs nach Ankara. »Ich komme sicher auch allein durch.«
Sie lächelte.
»Da bin ich nicht so sicher«, sagte sie. »Es muß alles sehr seltsam und verwirrend für Sie sein. Und Ihre Freunde sind sehr hartnäckig.«
Ich hatte den Wagen gehört, aber nicht darauf geachtet, und stellte nun fest, daß er vor uns hielt. Es war der rote Oldsmobile. Der ältere Amerikaner stieg aus, der jüngere blieb am Steuer. Er kam zu uns herüber und stellte sich vor uns auf. Er trug einen kurzen Mantel, in dessen Taschen er die Hände vergraben hatte. Sein gefurchtes Gesicht lag im Schatten, und er sprach mit ausdrucksloser Stimme.
»Milyutin?« fragte er.
»Ja.«
»Wir hätten gern mal mit Ihnen gesprochen, vielleicht können Sie mir ein paar Minuten folgen.«
»Ich denke nicht daran, Miß Bramber hier allein zu lassen.«
Er schien sie jetzt zum erstenmal wahrzunehmen, und seine Blicke fuhren scharf auf sie zu.
»Engländerin?«
»Ja.« Sie erwiderte seinen Blick mit derselben Kälte.
»Ich nehme an, Sie wissen, was Sie tun, Miß Bramber. Wir könnten Sie beide zum Hotel zurückfahren, und dann mit Milyutin reden, wenn Sie zu Bett gegangen sind.«
»Aziz, ich möchte lieber mit einem Taxi mit Ihnen zurückfahren.«
»Okay, okay. Dann reden wir eben ein andermal mit ihm. Aber, Verehrteste, ich hoffe, Sie wissen, was Sie tun.«

Ohne sich zu rühren, sah er uns nach, als wir den Kai entlang auf ein turmartiges Gebäude zugingen, das sich am Wasser erhob. Dort standen drei Taxis, und wir nahmen das erste davon. Der Oldsmobile folgte uns zum Hotel.
Im Taxi sagte sie: »Ich hoffe, er hat recht. Ich hoffe, ich weiß, was ich tue.«
Im Hotel blieb sie auf der Treppe stehen, küßte mich kurz und sehr leicht auf die Wange und drückte meinen Arm.
»Danke für den Abend, Aziz. Bis morgen früh.«
Viel später in dieser Nacht fiel mir ein, mich zu fragen, was wohl der Amerikaner sich gedacht hatte, als sie mich Aziz nannte. Für ihn sollte ich Akim sein.

9

Das Frühstück verlief sehr still über Kaffee, warmem Brot, weißem Käse und Oliven; Goring war noch immer mißgelaunt und Yapton noch stummer als gewöhnlich. Julia lächelte und redete, doch fühlte ich eine gewisse Reserve, etwas Verzeihungheischendes in der Art, wie sie meine Anwesenheit akzeptierte. Goring wurde munterer, als Julia darauf bestand, noch ein paar Lebensmittel einzukaufen, bevor wir den Libanon verließen. Auf den Straßen zeigte er so viel Interesse wie eine Frau auf den Champs-Élysées, mißbilligte aber zunehmend Julias Auswahl und demonstrierte das schließlich dadurch, daß er eine große Dose schwarzen Kaviar kaufte.
»Aber Kaviar kannst du doch in Ankara kaufen«, sagte Julia. »Du bekommst dort auch sehr gute gebackene Bohnen.«
»Die sind nicht das richtige, wenn sie nicht von Heinz sind.«
»Kaviar ist nicht das richtige, wenn er nicht vom Kaspischen Meer stammt. Ich mag Kaviar, wenn er vom Kaspischen Meer stammt, und Türken, wenn sie aus der Türkei stammen!«
Plötzlich starrten sie mich alle drei an: Goring mit unverhohlener Abneigung, Julia und Yapton sehr verlegen.
»Julia hat uns erzählt, was Sie ihr vergangene Nacht gesagt haben«, murmelte Yapton. »Nehmen Sie es nicht übel, wir hatten das meiste davon schon selbst erraten. Ich glaube, und meine das nicht persönlich, daß sie verrückt ist, Sie mitzunehmen. Die Geschichte Ihrer Flucht kann gar nicht die ganze Wahrheit sein: das erklärt nicht, warum Sie nicht einfach um politisches Asyl gebeten haben, und ebensowenig, warum diese Amerikaner und andere Leute uns gefolgt sind ...«

Goring unterbrach ihn. »Ich gebe ehrlich zu, daß ich mich fürchte. Gestern abend, als ich Pralitz sagte, daß wir Sie mit nach Ankara nehmen wollten, hörte er einfach auf zu reden. Er wurde ganz kalt. Das sah ihm überhaupt nicht ähnlich. Er war immer sehr gesellig, wenn ich früher mit ihm zusammen war.«

»Aber Julia sagt, sie habe versprochen, Sie mitzunehmen, und sie will ihr Versprechen halten«, schloß Yapton. »Also gaben wir nach.«

»Danke«, sagte ich. »Ich danke Ihnen vielmals.«

Ich hoffte, es klang so ehrlich, wie ich es meinte.

Yapton fing an, uns zur rechtzeitigen Abfahrt zu drängen.

Etwa um zehn Uhr fuhren wir aus Tripoli hinaus, hinter uns der Oldsmobile. Die Berge traten langsam nach Osten zurück, als wir uns der syrischen Grenze näherten, und die Landschaft wurde gestaltlos und langweilig; meist umgepflügtes Land, von gelegentlichen Pflanzungen mit Orangen, Bananen und Tabak unterbrochen. Yaptons und Gorings Laune hob sich, und sie sangen wieder solche Lieder wie in Baalbek. Ich sah sie an, betrachtete die Linien an Julias Hals und erkannte zum erstenmal, daß die beiden mindestens fünf Jahre jünger waren als Julia.

Die Grenze wurde von einem Fluß gebildet, dem Nahr el Kebir, und die libanesische Seite war gut ausgestattet, mit einem großen Zollschuppen für die Wagen. Die Beamten und die Polizei waren gut rasiert und trugen gebügelte Uniformen, und die Toiletten hatten Wasserspülung und funktionierten sogar. Ich durchlitt einen Augenblick der Angst, als sie meinen Paß auf den Namen Timur Demirelli betrachteten — nicht weil ich dem Paß nicht traute, sondern weil ich nicht sicher sein konnte, daß die libanesische Polizei nicht nach mir fahndete. Sie winkten uns jedoch durch, die Barriere ging hoch, und wir fuhren über die Stahlbrücke. Ein Mann watete im Fluß und warf ein rundes, steinbeschwertes Netz im flachen Wasser aus. Dem bedeuteten Grenzen nichts. Ich sah zurück nach der grünweißen Flagge mit der Zeder in der Mitte und fragte mich, wieso ich keine Zedern gesehen hatte.

Die syrische Seite sah völlig anders aus. Die Gebäude waren kaum mehr als Schuppen; die Polizei unhöflicher. Man sammelte unsere Pässe ein und ließ uns in einem winzigen Raum mit Holzbänken warten, in dem ein viel zu heißer Ofen getrockneten Dung verbrannte, während unser Wagen durchsucht wurde. Ich fragte mich, ob man uns auch durchsuchen wollte und ob ich dann wegen meiner Waffe Schwierigkeiten haben würde und wegen des Goldes; aber jedenfalls war ich erst mal froh, daß ich sie bei mir trug und nicht im Koffer gelassen hatte.

»So waren sie schon, als wir herfuhren«, sagte Julia, und sie lächelte mir aufmunternd zu.

Die Tür ging auf, und die Amerikaner kamen herein.

»Hallo«, sagte der ältere, der uns in El Mina angeredet hatte. Er trug nun einen Trenchcoat und lächelte, seine Blicke waren aber genauso berechnend wie vorher.

»Hallo«, sagte Goring und rutschte mit fast schuldbewußter Miene auf seinem Platz herum.

»Das dauert wahrscheinlich eine ganze Weile. Da könnten wir uns auch gleich bekannt machen; denn wir gehen ja mit Ihnen zusammen durch. Ich heiße Hilmer, Sie können Jack zu mir sagen. Das sind Steve Pralitz und Joe Baden. Milyutin kenne ich, Miß Bramber auch, und Steve kennt Jeremy Goring.«

Yapton stellte sich vor.

»Möchten Sie vielleicht eine Tasse Kaffee? Wir haben genügend Zeit. Es ist nicht ihr Fehler; sie müssen für jeden von uns vier Formulare ausfüllen, und die armen Schweine können kaum Arabisch, geschweige denn die Handschrift in unseren Pässen entziffern.« Hilmer unterbrach sich, steckte den Kopf zur Tür heraus und brüllte: »Ali. ALI!«

Einer der Soldaten kam angerannt.

»*Saba khave amel mâruf. Très vite.* Wir kommen oft hier lang und kennen Ali schon. Irgendwann wird er uns mal Kaffee bringen, ehe wir ihn bitten.«

Der Kaffee kam, türkischer Kaffee und Wassergläser, worauf Hilmer in seinen Taschen nach Geld suchte.

»He, Steve, hast du syrisches Geld? Ja? Merk dir, was ich dir schulde. So wollen Sie also nach Antakya? Miß Bramber, da möchte ich Sie um einen kleinen Gefallen bitten. Zunächst möchte ich mich aber entschuldigen für mein unflätiges Benehmen gestern abend. So benimmt man sich nicht gegenüber einer Dame. Und ich weiß jetzt, daß Sie eine sind; fragen Sie mich nicht, woher: Einser-Examen in London, feiner Job bei der UNESCO, Sie sind okay, und wie! Darf ich Julia sagen?«

Julia schlürfte ihren Kaffee und sah ihn über die winzige Tasse hinweg aus mißtrauisch zusammengekniffenen Augen an. Er fuhr fort.

»Julia, ein entzückender Name. Wer von diesen Glücklichen

hier ist denn Romeo? Nun, Julia, Sie haben hier einen ... Schützling, den Sie Aziz nennen, in seinem Paß heißt er Timur, und ich sage Akim zu ihm. Ich weiß nicht, wieviel Sie von ihm wissen, aber was immer er Ihnen gesagt hat, ich behaupte, daß er Russe ist und weder Ihnen noch mir, noch unseren Leuten irgend etwas nützen kann. Vielleicht hat er Ihnen schon etwas davon gesagt, vielleicht hat er behauptet, daß er ein russischer Flüchtling sei. Lady, der ist ebensosehr ein Flüchtling wie Richard Nixon. Ich wünsche ihm nichts Schlechteres als jedem kommunistischen Bastard. Ich will nichts weiter als eine halbe Stunde mit ihm allein sein.«

»Sie sind mit den Wagen fertig, Jack«, sagte der Blonde namens Baden von dem kleinen Fenster her.

»Okay, Joe. Jetzt geh mal da raus mit deiner goldenen Armbanduhr und sieh zu, ob du sie noch zehn Minuten hinhalten kannst. Behaupte, du hättest die Zollerklärung verloren oder so. Du kannst sie ihnen ja verkaufen, wenn du willst, aber verschaff mir diese zehn Minuten.«

»Wenn es Ihnen nichts ausmacht«, sagte Yapton, »möchten wir eigentlich lieber weiterfahren. Wir möchten nicht gern in die Dunkelheit kommen.«

»Natürlich nicht. Also fünf Minuten, Joe.« Er wandte sich wieder Julia zu und bot ihr eine Chesterfield an. »Julia, wir, Steve, Joe und ich, haben einen Auftrag zu erfüllen. Einen für Uncle Sam, für England, für die NATO wichtigen Auftrag. Nicht die Art von Auftrag, über die man viel redet, lassen wir's also bei diesem Hinweis. Im Augenblick verlangt es nun dieser Auftrag, daß wir eine halbe Stunde mit dem Genossen Milyutin plaudern, nur diese eine halbe Stunde, und dann können Sie ihn mitnehmen, wohin Sie wollen. Wir haben hier keine Befugnisse, die könnten wir zwar bekommen, aber es dauert zu lange und würde vielleicht die anderen, vor denen Milyutin sich zu verbergen sucht, auf seine Spur bringen. In diesem Teil der Welt spricht sich alles rasch herum. Also bitte ich Sie um folgendes: Suchen Sie sich einen hübschen, einsamen Platz zwischen hier und Latakia aus, halten Sie an und lassen Sie uns diese halbe Stunde mit Milyutin zusammen, dann lassen wir ihn laufen, und Sie sehen uns nicht wieder. Wie wäre das, Julia? Das ist doch ganz harmlos, und wir scheiden dann als Freunde.«

Julia schwieg einen Augenblick, dann drückte sie die Chesterfield auf dem Fensterbrett aus.

»Peter hat recht«, sagte sie, »wir sollten uns wirklich auf den Weg machen.«

»Okay, okay. Ich verstehe. Sie haben Milyutin ein Versprechen gegeben und wollen es nicht brechen. Das ist anständig; ich habe das erwartet. Aber denken Sie noch mal nach, besprechen Sie sich miteinander, und Sie werden einsehen, daß ich nichts Außergewöhnliches verlange. Zum Teufel, ich will ihn ja nicht entführen oder so was! Bloß mit ihm reden, das ist alles. Wir sehen uns also vielleicht noch an der Straße.«

Er stand auf und öffnete die Tür. Baden und zwei syrische Beamte kamen aus einem benachbarten Schuppen, und wir kriegten unsere Pässe wieder. Jetzt standen ein Tanker und ein Fernlaster hinter dem Oldsmobile. Ich blickte über die Brücke zurück und machte drüben im Libanon zwei Wagen aus, die gerade den Zoll passiert hatten, einen weißen Wagen und einen roten VW. Sie waren zu weit entfernt, als daß ich die Insassen erkennen konnte.

Als wir etwa fünf Kilometer weit nach Syrien hineingefahren waren, kamen wir an einem kiesbestreuten Parkplatz mit einem Windschutz aus Bambusstäben vorbei.

»Hier hätten wir halten können«, sagte Goring.

»Wozu?« fragte Julia.

»Für Hilmer. Damit er mit Aziz reden kann.«

»Du machst wohl Witze?«

Yapton, der am Steuer saß, blickte Julia ausdruckslos an, und ungefähr fünf Minuten lang herrschte Schweigen.

»Hast du es denn nicht vor?« fragte Goring.

»Natürlich nicht.«

»Ich fände es ganz harmlos. Mir wäre wohler, wenn wir hielten.«

»Sollen wir anhalten, Aziz?« Sie sah zu mir herüber.

»Nein«, sagte ich. »Lieber nicht.«

»Und ich sehe wirklich auch nicht ein, warum.« Das klang endgültig, und sie blickte wieder nach vorn auf die gerade, weiße, staubige Straße hinaus. Aber Goring gab nicht nach.

»Sieh mal, Julia, keiner von uns kann sich leisten, in solche Sachen verwickelt zu werden. Ich bezweifle, daß es bei der UNESCO geschätzt wird – die müssen doch furchtbar neutral bleiben, nicht wahr? Ich weiß, daß ich beim ICED rausfliegen würde, wenn mir auch nur die Nase läuft.«

»Jeremy, wenn Hilmer mit Aziz reden will, kann er das beim Mittagessen in Latakia tun oder warten, bis wir in Antakya im Hotel sind.«

Ich sagte: »Würde es nicht einfacher für Sie sein, wenn ich mich von Antakya aus selbständig machen würde? Wir sind dann in der Türkei, und das ist für mich die Hauptsache. Ich spreche Türkisch, ich habe einen türkischen Paß, ich habe Geld.«

»Das klingt vernünftig«, sagte Yapton. Julia sah ihn erstaunt an und biß sich auf die Unterlippe.

»Na gut«, sagte sie schließlich. »Wenn es Ihnen recht ist, Aziz, und die beiden hier glücklich macht, machen wir es doch so.«

Goring blieb mißgestimmt. »Warum nennst du ihn immer Aziz«, murmelte er, »warum nicht Timur oder Akim?«

»Weil er Aziz heißt.«

»Wie kannst du so sicher sein?«

»Ich bin es eben.«

Die Überzeugung in ihrer Stimme überraschte mich. Mir schien es ein Zeichen zu sein, daß sie sich – vielleicht weil sie den vorhergehenden Abend mit mir allein zusammengewesen war – entschlossen hatte, mir zu trauen.

Es war fast zwei Uhr, als wir in Latakia, einer kleinen Hafenstadt aus bröckelnden Fassaden und verwittertem Holz, ankamen.

Diesmal kannten die Engländer ein Restaurant, von dem aus man hinter Glasfenstern den großen, leeren Hafen übersehen konnte. Es besaß einen Musikautomaten, eine Tiefkühltruhe mit Schaufenster, die übliche Coca-Cola-Reklame und sonst fast nichts. Es wirkte zugig und nicht allzu sauber, aber das Essen war gut, es gab gegrillte Hähnchen mit einer scharfen Knoblauchsoße. Die Amerikaner saßen draußen in ihrem Wagen und sahen uns zu. Als wir Kaffee tranken, kam Pralitz gummikauend herein und fragte nach Zigaretten. Als er sich von der Theke abwandte, sagte er: »Ich soll von Jack ausrichten, daß er keine Lust mehr hat, in Ihrer Staubfahne hinter Ihnen herzufahren, und wann Sie uns nun endlich den Gefallen tun?«

Wir sahen ihn nur an und sagten nichts.

»Jack sagt, Syrien reicht ihm. Er hat keine Lust, die Nacht in der Türkei zu verbringen.«

»Wenn Mr. Hilmer nicht in die Türkei will, dann soll er entweder aufgeben oder hereinkommen und hier mit Aziz Bey reden. Wir warten zwanzig Minuten, dann fahren wir alle vier weiter nach Antakya.« Der eigensinnige Ton in Julias Stimme war uns nun schon vertraut.

»Kommt nicht in Frage, Lady. Jack will Milyutin allein sprechen, hier will er nicht.« Er nahm den Arm von der Theke. »Na, dann bis bald.«

Als wir zum Wagen gingen, spritzten ein paar schwere Regentropfen um uns auf den Boden und machten dicke Flecken auf den mit Rissen durchzogenen Gehsteig.
»Ich fahre, Peter«, sagte Julia. »Wir kommen in die Berge.«
Einen Augenblick blieb sie bewegungslos am Steuer sitzen, dann schüttelte sie plötzlich erschauernd den Kopf. Sie griff zum Handschuhfach, zog einen Fetzen Papier heraus, schrieb etwas darauf und hielt ihn mir hin.
»Falls ich das später vergessen sollte, Aziz. Meine Adresse in Ankara. Schauen Sie vorbei, wenn Sie hinkommen und irgendwas brauchen oder wenn Sie sich einsam fühlen.« Sie beugte sich vor, startete mit einer entschlossenen Handbewegung den Wagen, blickte durch den Rückspiegel auf den hinter uns wartenden Oldsmobile und fuhr mit einem solchen Ruck an, daß wir alle in die Sitze zurückfielen.
Die Straße wurde rasch steiler, sie führte zunächst durch terrassierte Felder und dann in waldige Hügel.
Der Regen fiel in schweren Tropfen, und die Wischer zischten über die Windschutzscheibe. Julia fuhr schnell und sicher, sie hielt das Steuerrad ziemlich weit oben und hatte den Kopf vorgeneigt. Ich sah das federleichte dunkle Haar am Ansatz ihres Nackens. Aus dem Regen wurde ein Wolkenbruch, und in den Bergen vor uns flammten Blitze. Um vier Uhr war es unter den dichten Kiefern und Eichen unnatürlich dunkel. Julia schaltete die Scheinwerfer an, und hinter uns konnte ich die zwei hellen runden Scheiben des Oldsmobile erkennen, der uns um jede Kurve herum getreulich auf der Fährte blieb. Plötzlich blinkten die Scheinwerfer auf und blendeten mich durch die Wasserbäche hindurch, die über das Rückfenster strömten. Wir hörten kurze, fordernde Trompetenstöße aus ihrer Doppeltonhupe.
»Ich glaube, der will, daß du anhältst«, sagte Goring.
Julia reagierte, indem sie aufs Gas trat, und einen Augenblick lang erweiterte sich der Abstand zwischen den Wagen, doch wurde er sogleich wieder kürzer.
»Er kommt näher.«
Julia nahm den Zephyr zur Straßenmitte und blieb dort, und weiter ging es in die Berge und in das Gewitter hinein. Die Hupe hinter uns tönte immer drängender.
»Julia, sei doch kein Narr! Wir haben doch keine Chance, wenn uns jemand entgegenkommt!«
»Für wen hält sich der Kerl?« Sie sprach mit zusammengebissenen Zähnen, und ihre Knöchel wurden weiß. »Der kann mich doch nicht mit Gangstermethoden kirre machen.«

»Laß ihn doch wenigstens vorbei. Wenn er sich den Hals brechen will, laß ihn doch.«
Ich bekam es selber mit der Angst zu tun. Obgleich die Scheinwerfer voll aufgeblendet waren, konnten wir selbst dann nicht viel von der Straße erkennen, wenn gerade keine Kurve kam. Der Donner zerriß den Himmel über uns, und die Windschutzscheibe wurde undurchsichtig, als führen wir durch eine Wasserwand. Julia bremste, und die Hinterräder gerieten kurz ins Schlittern. Doch der Oldsmobile kam immer näher, seine helleren Scheinwerfer schnitten wie Monde durch das Regendunkel. Ein, zwei Sekunden hing er neben uns auf der Straße, dann aber nahm er die Führung. Als sein Kofferraum auf gleicher Höhe mit unserem linken Kotflügel war, ging er langsam nach rechts. Julia und Peter schrien auf, Goring stöhnte.
»Was macht der denn da?«
»Halt um Gottes willen an!«
Eine scharfe Kurve um eine Felsspitze herum wurde kurz von unseren vier Scheinwerfern erleuchtet und raste auf uns zu. Die Räder fuhren kreischend ineinander, beide Wagen schleuderten hin und her und rasten dann zusammen knirschend und eine braune Wasserfontäne versprühend mit einem Knall gegen die Klippe. Die Motoren starben ab.
In der plötzlichen Stille hörten wir nur das Trommeln des Regens auf dem Wagendach und das Grollen des Donners. Keiner von uns war verletzt, obgleich Julia mit dem Kopf auf ihre Hände gefallen war. »Diese verdammten blutigen Narren!« schrie sie.
Die Tür, gegen die ich gefallen war, wurde aufgerissen, und eine Hand ergriff mich beim Kragen.
»Raus, mein Junge.«
Ich fiel auf die Straße und suchte mit der Hand nach Akims Waffe, doch ehe ich auch nur in ihre Nähe kam, wurde mein Arm auf den Rücken verdreht, und man riß mich auf die Füße. Baden sprang Pralitz bei und verdrehte mir auch den anderen Arm. Rücken und Beine waren mir vom Sturz auf die Straße feucht geworden, und der Regen strömte mir bereits in den Hals. Ich hatte keine Kraft zum Atmen, geschweige denn zur Gegenwehr.
Hilmer befand sich auf der anderen Seite des Wagens in dem schmalen Zwischenraum, der noch zwischen Klippe und Wagen offen war. Er hatte nun auch ihre Tür aufgerissen.
»Den Schlüssel zum Kofferraum, Mädchen«, hörte ich ihn brüllen; dann trat er zurück, weil sie ausstieg.

»Sie blödes Ungeheuer, Sie Oberidiot, Sie kriegen meine Schlüssel nicht!«
»Hören Sie mal, Verehrteste. Milyutin wird seinen Koffer haben wollen, und wenn nicht, dann will ich ihn.« Und er wollte an ihr vorbei in den Wagen greifen und die Schlüssel holen. Julia sprang ihm fast auf den Rücken, und ich sah ihre Finger sich in seinen drahtigen Haaren verkrallen. Sie war klein, und er war groß, er brauchte sich nur zu schütteln, um sie abzuwerfen und in den Graben zu schmeißen. Ich wollte ihr helfen, da wurden meine Arme hochgerissen, und Schmerz durchzuckte mich. Ich stieß nach Badens Schienbein, und Pralitz trat gegen meines. Badens Knie fuhr mir zwischen die Beine. Ich wäre gestürzt, wenn mich nicht meine verrenkten Handgelenke hochgehalten hätten. Yapton drückte sich zwischen den Wagen durch und ging auf Hilmer zu.
»Was immer Sie für Gründe für dieses Verhalten haben, Sie dürfen nicht das Recht brechen. Geben Sie mir diese Schlüssel.«
Hilmer richtete sich auf, die Schlüssel in der Hand, zwischen beiden war die offene Wagentür. »Häng dich auf, Tommy!« sagte er.
Yapton wollte nach den Schlüsseln greifen, Hilmer fing sein Handgelenk mit beiden Händen ab und schlug es gegen die Türkante. Der Engländer stolperte zurück und hielt sich die angeschlagenen oder gebrochenen Knochen. In diesem Augenblick kam ein Wagen hinter uns die Straße herauf. Er röhrte vorbei und spritzte Schlamm und Steine über uns. Er war weiß, und zwei Männer saßen darin. Die Amerikaner schenkten ihm kaum einen Blick, und er war so schnell um die Kurve, daß Julia nur Zeit für einen wirkungslosen Schrei hatte. Hilmer las die Schlüssel von der Erde auf und ging zum Kofferraum.
»Welches sind Ihre?« fragte er.
Die zwei Koffer, die ich mir in Beirut gekauft hatte, lagen obenauf, und das sagte ich ihm. Er zog sie heraus und warf sie auf den Rücksitz des Oldsmobile.
»Bringt ihn rein.«
Baden und Pralitz schoben mich auf den Hintersitz, und Hilmer fuhr ein paar Meter weiter, so daß beide Wagen wieder getrennt standen. Julias Gesicht erschien am Fenster. Ihre eine Wange war schmutzig, und ihr Haar wurde ihr vom Regen platt um den Kopf gedrückt.
»Glauben Sie bloß nicht, daß Sie so leicht davonkommen. Mein Wagen ist beschädigt, und Peter ist verletzt.« Ihre

Stimme kam nur schwach durch den Regen. »Wenn mein Wagen noch geht, fahren wir direkt durch zur Grenze und zeigen Sie bei der Polizei an.«
»Mädchen, es tut mir leid. Sie sollten sich nicht in Dinge verwickeln lassen, die Sie nichts angehen. Jetzt sehen Sie mal, ob der Wagen anspringt, und dann fahren Sie hübsch bis zur Grenze. Sie ist eine halbe Stunde entfernt, und ich glaube nicht, daß Sie die Gendarmerie dazu bewegen können, bei diesem Wetter hier heraufzufahren. Hier haben Sie Ihre Schlüssel. Wenn ich Sie wäre, würde ich bis Antakya durchfahren und ein Bad nehmen.«
Die Scheinwerfer füllten das Innere des Oldsmobile sekundenlang mit Licht, drehten dann ab, und fort war Julia.
Hilmers Feuerzeug flammte auf, er zündete sich eine Chesterfield an.
»Laßt einen Arm los.«
Er streckte mir die Zigarette hin. Ich schüttelte den Kopf.
»Na, los. Es ist Ihre letzte. Nein?« und er zog selbst daran, so daß ihre Glut das Netz feiner Linien um seine Augen erhellte.
»Was ist in seinen Koffern?«
Baden hatte inzwischen meine Koffer und Taschen durchsucht; er hatte die Waffe, das Gold, die Brieftasche und die Pässe auf dem Vordersitz ausgebreitet.
»Nur Kleidung. Und diese Dinger.« Der schwarze Lederkasten mit meinen Messern. Hilmer ließ das Schloß aufschnappen.
»Sehr hübsch, sehr hübsch.« Er balancierte eines davon auf der Handfläche und tat, als wolle er es werfen. »Okay. Seine Kleidung durchsuchen wir später. Jetzt mal raus mit ihm, damit wir es hinter uns haben.«
Mir wurde klar, daß sie mich umbringen wollten. Sie hatten Akims Tod gewünscht, aber ich war Akim und noch am Leben. Ich fragte mich, wie sie es tun würden. Pralitz, der nicht einen Moment seinen Griff um meinen Arm gelockert hatte, zerrte mich daran aus dem Wagen und auf die Füße. Die anderen folgten.
»Los, über den Graben mit ihm, von der Straße weg.«
Sie zogen mich ein Stück in den Wald hoch, und im Zwielicht unter den Bäumen sah ich Baden zwei Meter entfernt vor mir stehen. Er machte einen katzenhaften Sprung auf mich zu und landete breitbeinig vor mir, die Schultern halb zur Seite gedreht. Sein rechter Arm schwang vor sein Gesicht, Vorderarm und Handkante waren gestreckt und so hart und fest wie ein Stück Stahlrohr. Er verhielt einen Augenblick, kon-

zentrierte sich auf meinen Hals, und sein Körper war gespannt wie eine Feder, um dem Schwung Nachdruck zu verleihen. Instinktiv fuhr ich zurück und entblößte dabei meine Halsschlagader.
Aus zwanzig Meter Entfernung blitzte eine Schußwaffe auf, Baden verlor das Gleichgewicht und wurde gegen einen Baumstumpf geschleudert. Er rollte auf den Boden, umklammerte mit der Linken seinen zerschossenen rechten Arm und starrte mit blödem Ausdruck auf die rote Feuchtigkeit, die ihm bereits durch die Finger lief.
Eine Stimme rief durch den Regen:
»Mr. Hilmer, ich würde dem Mann eine Aderpresse anlegen. Das war eine fünfundvierziger Kugel.«

10

Sie waren zu zweit. Sie kamen leise durch die Bäume, glitten durch Regen und Zwielicht, mit einer Maschinenpistole der eine – einer sowjetischen PPS 43 – und der andere mit einem 45er amerikanischen Colt. Sie hatten dunkelblaue Regenmäntel an, die an den Schulterpartien schon völlig durchgeregnet waren, und trugen breitkrempige Hüte. Der mit dem Colt war riesengroß, ein richtiger Kleiderschrank, der Colt wirkte wie ein Spielzeug in seiner Hand. Den kleineren erkannte ich, Eyup. Die Amerikaner beugten sich über Baden, der angefangen hatte, Laute von sich zu geben, ein Mittelding zwischen Schreien und Stöhnen. Eyup packte mich beim Ellbogen und führte mich zur Straße zurück. Wir gingen etwa fünfzig Meter weiter um die Klippe herum, wo der Citroën geparkt war. Er ließ mich einsteigen und reichte mir eine rundliche Flasche. Ich nahm einen tiefen Schluck, bevor ich merkte, wie gräßlich es schmeckte. Auf dem Etikett stand: »Whisky, made in Syria«. Ich lehnte mich zurück und wischte mir das Gesicht trocken.
»Das war ein guter Schuß«, sagte ich. Man muß schon in einem Zirkus gearbeitet haben, um zu wissen, wie gut. Der einzige Mann in meiner Bekanntschaft, der so gut mit einem 45er Colt umzugehen wußte, übte täglich drei Stunden und hatte Handgelenke wie junge Bäume.
»Georg ist gut«, sagte Eyup und nahm auch einen Schluck. »Das sollten Sie doch wissen.«
»Natürlich«, sagte ich und erinnerte mich daran, daß ich auch

für diese Männer Akim war. Mir fiel auch ein, daß Eyup in Byblos von einem Mann namens Georg Katkov gesprochen hatte, anscheinend einem Freund von Akim.
Georg rief etwas.
»Entschuldigen Sie«, sagte Eyup. Er stieg aus, und ich sah ihm nach, wie er wieder unter den Bäumen verschwand, die Waffe immer vor sich im Anschlag. Merkwürdig, daß ein Mann von so harmlosem Aussehen und Gebaren so bedrohlich wirken konnte. Sie kamen zusammen zurück, der Riese voran mit meinen Koffern, Eyup wie eine Krabbe halb neben ihm. Die Räder mahlten durch Schlamm und Kies, während noch die Hintertür zuknallte und Eyup neben mir auf den Sitz fiel; seine schwere, kantige Waffe rutschte zwischen uns an meinen Knien vorbei.
Ich sah Georg Katkov am Steuer, sein Stiernacken quoll ihm über den Kragen, seine Augen spiegelten sich im Rückspiegel. Sie sahen klein aus in den breiten Flächen seines massiven Gesichts, standen weit auseinander und schienen wenig mit der irgendwo dazwischen sitzenden Nase zu tun zu haben. Aber ihr Blick war klug, es waren scharfe eisblaue Lichter. Im Gegensatz zu Hilmers Augen konnten sie tatsächlich lächeln.
»Vielen Dank, Georg«, sagte ich.
»Du bist ein dummes Schwein, Akim.« Er schaltete in den höchsten Gang, nahm seinen nassen Hut ab und legte ihn auf den Sitz neben sich. Er war so kahl wie die Hagia Sophia. »Sie werden uns nicht folgen. Baden braucht einen Arzt, und ich habe ihnen aus zwei Reifen die Luft herausgelassen. Akim, du bist ein dummes Schwein. Haben Sie dich geschlagen?«
»Ein bißchen.«
»Du wolltest es ja so.«
Ich versuchte, einen klaren Gedanken zu fassen, aber es tat mir alles weh, besonders an einigen Stellen der Schienbeine und Arme hämmerte der Schmerz wie in einem hohlen Zahn. Mir war schwach und übel, und mein Mund füllte sich mit Galle, saurem Whisky und dem Eisengeschmack von Blut. Was tun, damit sie nicht merkten, daß ich nicht Akim war?
»Man hätte mir sagen müssen, daß das in Baalbek mein Bruder war.«
Die gigantischen Schultern hoben sich zu einem Achselzucken. »Da ist Samjatmin schuld. Es war ein blödsinniger Einfall, und noch dämlicher war es, dich ihn sehen zu lassen. Ich erfuhr es auch erst nachher. Aber du mußt ja verrückt

geworden sein. Was für einen Sinn hatte es denn, Alex umzubringen?«
»Was passiert jetzt?« fragte ich.
»Wir bringen dich nach Antakya, von dort aus werde ich morgen früh Samjatmin anrufen. Er ist schon in Ankara. Ich überlasse es ihm, zu entscheiden, ob wir dich weiterbringen oder ob du lieber allein reisen sollst. Er ist nicht zufrieden mit dir. Du wirst dich etwas mehr anstrengen müssen als bisher, seit Mosul.« Er lachte und sagte dann etwas, was ich für Arabisch hielt. Es war ein Witz und eine Frage, eine Frage, auf die er von mir eine Antwort erwartete.
»Georg«, sagte ich. »Mir wird schlecht.« Es war mir ernst.
Er hielt an, und ich übergab mich im Straßengraben. Eyup stieg mit mir aus und lief etwa zwanzig Meter an der Straße zurück, um mit seiner Waffe Deckung zu geben. Die Luft war jetzt sehr kalt, und ich zitterte krampfhaft, als ich wieder einstieg.
Georg sah mich voller Abscheu an. »Heilige Mutter Gottes! Lassen wir den blöden Hund schlafen.«
Das tat ich auch. Ganz vage wurde mir bewußt, daß die beiden gelegentlich sprachen, sehr wortkarg. Ich wachte an der Grenze auf. Der Schneeregen hatte aufgehört, und die Wolken schienen höher zu hängen und über die grauen Gipfel über der Baumlinie hinwegzusegeln; aber es war Abend geworden. Eyup half mir aus dem Wagen und in einen Holzschuppen, ähnlich dem an der libanesischen Grenze. Diesmal war ich für den heißen Ofen dankbar, und als ich den Whisky zurückwies, bestellte er etwas Kaffee. Langsam fühlte ich mich kräftiger. Georg blieb draußen und plauderte mit den Grenzposten, während sie Wagen und Gepäck durchsuchten. Ich fragte mich, was Eyup mit seiner Maschinenpistole gemacht hatte, und ich erkundigte mich auch danach. Anscheinend hatten sie rechtzeitig vorher haltgemacht und die Waffe unter dem Wagen an einem Magnethalter befestigt. Die Frage überraschte ihn, und ein-, zweimal traf er Anstalten, etwas zu sagen, und da ich nicht wußte, wie ich mich als Akim benehmen sollte, stand ich auf.
»Ich glaube, ich schnappe lieber noch etwas Luft.«
Ein Stück auf der Straße weiter nach Norden schimmerten weiße Grenzpfähle vor schwarzen Bäumen, und dahinter stand eine Gruppe von Gebäuden, die unseren ähnelten. Davor hob sich eine schlanke Fahnenstange wie ein Pfahl aus Licht; daran eine feuchte Fahne, rot wie Blut, aber mit einem weißen Zeichen in der Mitte klebte sie am Mast, der türkische

Halbmond mit dem Stern. Mir wurden plötzlich die Hände und der Nacken heiß, ein freudiger Schock durchfuhr mich, so als stünde eine frischgewonnene Geliebte vor mir und machte sich am Reißverschluß zu schaffen. Es war eine höchst überraschende Gefühlsregung, ja eine Offenbarung. Die Türkei, Anatolien, das einzige Land, in dem mein Volk frei ist und sich selbst regiert.
Eyup tippte mir auf die Schulter, und ich blickte zum Wagen, von wo Georg und einer der Posten uns zuwinkten. Die Holzstufen tönten unter unseren Füßen, Nässe zischte um sie, und der Wagen schnurrte weiter. Die Gewichte an den Barrieren verschoben sich, die langen, schmalen Balken hoben sich in die Luft.
»*Hoş geldiniz*«, sagte der türkische Grenzpolizist als Begrüßung.
»*Hoş bulduk*«, antwortete ich.
Nach vier Kilometern in der Türkei fuhren wir oberhalb der Baumgrenze in einer felsigen und rasch dunkler werdenden Landschaft an den Straßenrand, und die beiden stiegen aus. Neugierig folgte ich ihnen. Eyup kroch unter das Fahrgestell und holte seine Waffe heraus. Georg öffnete den Kofferraum und reichte mir meinen Messerkasten. Ich nahm ihn mit beiden Händen, und wieder sagte er etwas auf arabisch zu mir. Seine Blicke bohrten sich in meine, und nun lächelte er nicht mehr.
Er sprach Russisch. »Ich sagte, die mußte ich an der Grenze erst erklären.«
Ich sah ihn blöde an. Seine riesige Faust fuhr wie ein abgehackter Weidenstumpf auf mich zu und schlug mir so hart ins Gesicht, daß ich stolperte und den Kasten fallen ließ. Ich griff nach ihm, und sein schwerer Stiefel trat herab und nagelte meine Hand förmlich auf der Straße fest.
»Sie haben Ihr Arabisch verlernt, Oberst Milyutin.«
Er ließ meine Hand frei, aber als ich auf die Knie kam, hob sich sein Fuß zu meinem Kinn und warf mich wieder um.
»Sie sind nicht Oberst Milyutin.«
»Dann muß er der Zwilling sein«, sagte Eyup.
Ich blickte in ihre harten weißen Gesichter und in die Öffnung von Eyups Maschinenpistole.
»Natürlich ist er der Zwilling. Oder jedenfalls wird er das behaupten. Aziz. Zurück mit ihm in den Wagen.«
Jetzt sprangen sie rauh mit mir um, traten mir ans Schienbein und ließen mich mit der Stirn gegen den Türrahmen stoßen. Ich hörte den Kofferraum zuschlagen und fragte mich, ob

Georg meine Messer aufgehoben hatte. Der Wagen bewegte sich vorwärts. Trotz der Schmerzen war ich dafür dankbar: Immerhin ging es weiter in die Türkei hinein. Ich spie Blut und einen abgebrochenen Zahn aus und hielt mir die verletzten Knöchel. Sie redeten, und ich hörte zu. Die Dunkelheit wurde dichter, und die Scheinwerfer verwandelten den Nieselregen in schimmernde Schleier.

»Und was jetzt?« murmelte Eyup.

»Wir halten uns bis Antakya an unser Programm. Ich werde morgen früh Samjatmin anrufen, wie verabredet, und erst sehen, was er zu sagen hat.«

»Auf den hier müssen wir gut aufpassen.«

»Werden wir schon.«

»Was meinten Sie damit, daß er behaupten würde, er sei Aziz?«

»Er braucht ebensowenig Aziz zu sein, wie er Akim ist. Vielleicht ist er ein anderer.«

»Es gab nur Zwillinge, keine Drillinge.«

»Na schön. Dann ist er also Aziz. Aber er war über einen Tag mit den Engländern zusammen, und die Amerikaner könnten ihn gekauft haben. Vielleicht haben die uns vorhin nur Theater vorgespielt.«

»Jedenfalls müssen wir vorsichtig sein.«

»Und ob. Und jetzt sei still. Der blöde Hund hat immer noch Ohren.«

Nach etwa einer Stunde ging es stetig bergab. Bäume streckten ihre nassen Zweige in das grelle Licht der Scheinwerfer, und Steinhäuser hingen über uns am Hang. Der Wagen holperte über Pflastersteine und hielt vor einem dreistöckigen Hotel.

»Warte hier und paß auf ihn auf.« Georg wuchtete sich aus dem Wagen, und ich sah ihm nach, wie er durch eine Schwingtür verschwand. Er kam mit zwei Schlüsseln zurück, die an schweren Gummikugeln hingen, die Dinger, die von Hotels so gern verwendet werden, um ihre Gäste daran zu hindern, sie in ihren Taschen davonzuschleppen.

»Sie brauchen unsere Pässe, fürs Hotelregister«, sagte er und suchte im Handschuhkasten, »aber sie haben zwei Zimmer im obersten Stockwerk, wo sonst niemand wohnt. Mach ihm sein Gesicht sauber.«

Er zog den Kopf zurück, und Eyup wischte mir mit einem Taschentuch das Gesicht ab. Der Kofferraum wurde geöffnet, und ich sah einen Träger mit Koffern nach oben gehen, darunter auch meinen Messerkasten. Georg kam zurück.

»Gut, gleich nach oben. Es ist kaum jemand um den Weg.«
Ich fühlte kurz die Wohltat sanften Regens in meinem Gesicht, bevor das harte Licht der Hotelhalle auf mich fiel. Das Hotel sah dem in Beirut sehr ähnlich, das ich mir gesucht hatte, nachdem ich Alex getötet hatte.
Julia stand beim Empfang und sprach mit dem Mann hinter dem Schalter. Sie drehte sich um, sah mich, und ihre Hand fuhr zum Mund. Ich zögerte, da packten mich Georg und Eyup an den Ellbogen und schleppten mich beinahe bis zur Treppe. Dann merkten sie, daß ich mich nicht wehrte, und setzten mich mit Schafsgesichtern ab.
Der oberste Korridor war eng und leer. Er wurde von einer nackten Birne mit Zeitschalter erleuchtet, die ausging, bevor Georg die Türen aufbekam. Sie stellten die Koffer in ein Zimmer und schoben mich vor sich her in das andere.
»Bestell was zu essen«, sagte Georg, dann wandte er sich mir zu.
»Leeren Sie Ihre Taschen.«
Ich warf die Brieftasche und das schwarze Säckchen mit dem Gold auf ein Tischchen. Georg durchsuchte die Brieftasche sehr langsam und gründlich, er nahm jede Banknote einzeln heraus. Er fand die Karte mit der Adresse in Ankara und auch den Zettel mit Julias Adresse. Er holte meine Messer her und prüfte sie, wobei er auch die Ohrringe fand, die ich für Anya gekauft und inzwischen ganz vergessen hatte. Er packte alles wieder ein und ließ den Kasten auf dem Tischchen bei der Brieftasche und dem Säckchen.
»Ihre Jacke und die Hosen.«
Ich stand auf und zog sie aus. Er durchsuchte sie mit derselben Gründlichkeit.
»Machen Sie den Mund auf.«
Er klopfte an jeden Zahn und lächelte.
»Die sind besser als die Akims. Bei ihm war einer hohl und drei waren falsch. Sie können sich wieder anziehen.«
Eyup kam mit einem Kellner und zwei Tabletts zurück. Es gab Kuttelsuppe mit einem verlorenen Ei, Schisch Kebab mit Pilaw und Trinkwasser in blaßgrünen Flaschen mit Verschlüssen aus Silberfolie. Georg und ich aßen schweigend, während Eyup mich beobachtete. Erst als Georg fertig war, fing Eyup zu essen an. Ich kam wieder zum Denken.
Flucht hieß das Gebot der Stunde. Ich wollte herausfinden, wer eigentlich der Verantwortliche für Akims Tod war, aber die Lage sah für mich nicht aussichtsreich aus, solange sie so völlig die Initiative in der Hand hatten. Samjatmin – wer

immer das war – hatte wohl kaum Verwendung für mich. Er konnte mich nach Rußland zurückschicken, wo ich mich vielleicht wegen des Fluchtversuchs verantworten mußte. Womöglich fand er es aber noch bequemer, mich einfach auf der Stelle umlegen zu lassen; so hatte ja der Plan ursprünglich gelautet. Und so begann ich die Möglichkeiten zu erwägen, wie man aus diesem Zimmer entkommen konnte. Es war klein; zwei Betten, zwei Stühle, zwei Tische füllten es fast aus. Die Tür ging nach innen auf. Georg oder Eyup blieben stets zwischen ihr und mir, Eyup mit der Pistole, Georg mit siebzig Kilo Muskelfleisch. Ich dachte an das Fenster, vor dem ein dünnes, ungesäumtes Stück Baumwolle als Vorhang hing. Ich hörte Verkehrsgeräusche, sogar Schritte und Stimmen: Offensichtlich ging es zur Hauptstraße hinaus; aber es war drei Stockwerke hoch. Im Zirkus war ich oft aus sieben oder acht Metern Höhe abgesprungen, hier waren es aber mehr, und unten waren Platten oder Pflastersteine. Es sei denn – und ich fing an, mir den Grundriß des Hotels vorzustellen –, es sei denn, wir befanden uns über dem Haupteingang, über dem ein Betonvordach auf die Straße hinausragte. Es war möglich. Das Zimmer war gleich an der Treppe.

Ich schob die letzten Körnchen Reis zusammen und wartete ab, was jetzt kommen würde. In dem Augenblick klopfte es hart und eindringlich. Georg winkte Eyup mit dem Kopf, und der stand auf und öffnete die Tür. Ich vermutete, er wollte sie nur einen Spalt breit öffnen, aber die Kraft des Stoßes warf ihn auf das Bett neben mich, und ehe die beiden irgend etwas dagegen tun konnten, war Julia schon im Zimmer. Sie hatte ihr grünes Kleid an und war sehr blaß, ihre Haare flatterten, und ihre Augen blickten wild.

»Was machen Sie mit Aziz?« fragte sie.

Georg sprach zu ihr, und gleichzeitig Eyup zu mir.

»Ich glaube, Sie haben sich im Zimmer geirrt.«

»Wenn Sie etwas zu ihr sagen«, zischte Eyup auf russisch, »bringen wir Sie um. Nicht vor ihr, aber gleich hinterher.« Er drückte mir Daumen und Zeigefinger tief in den Bizeps.

»Was machen Sie mit Aziz Bey?« wiederholte sie mit höherer, fast überschnappender Stimme. Georg hatte sich erholt und schob sie sachte zur Tür hinaus. »Fassen Sie mich nicht an. Aziz, wollen Sie hier raus?« Sie sprach plötzlich mit fester Stimme, wie eine Lehrerin zu einem begriffsstutzigen Schüler.

Ich nickte so leicht und so entschieden wie möglich, und sie verschwand.

Georg drehte den Schlüssel herum.
»Das war das Mädchen, das ihn aus Beirut mitgenommen hat«, sagte Eyup.
»Englisch?«
»Ich denke schon. Englischer Wagen.«
Sie sahen mich grimmig an.
»Gut. Fangen wir an. Aziz, bitte von Anfang an. Sie werden schon merken, wenn wir Ihnen nicht glauben.«
Sie unterbrachen mich nicht, bis ich meine Rückkehr von Baalbek nach Beirut beschrieb. Ich erzählte, die Engländer hätten mich in ihrem Wagen mitgenommen, dann hätte ich Alex getötet, dann sei ich in ein anderes Hotel gegangen.
»Warum haben Sie das getan?«
»Was sollte ich sonst tun?«
Georg schlug mir über den Mund.
»Nicht nachdenken, die Wahrheit sagen.«
Die Wahrheit? Daß ich die töten wollte, die an Akims Tod schuld waren, so wie ich Alex getötet hatte?
»Was konnte ich schon tun? Ich war als Ausländer in einem fremden Land.«
Wieder schlug er zu. Ein Ring mit einem Stein, der im Fleisch seines kleinen Fingers fast verborgen war, fuhr rücklings über meine Wange.
»Sie hätten direkt zum russischen Konsulat gehen, Ihren Fluchtversuch beichten und um Vergebung bitten können. Oder Sie hätten ziellos eine Weile herumirren können, ehe Sie verschwanden. Aber nein. Sie nahmen die Identität Ihres Bruders an, sogar die Dinge, die er in seinen Taschen hatte«, er wies zu den Sachen auf dem Tisch vor ihm, »und Sie machten sich in der Richtung auf den Weg, den er einschlagen sollte, ganz zweckvoll und schnell. Sie hielten die Verstellung gegenüber Eyup aufrecht und vermutlich auch gegenüber Hilmer. Jetzt sollen Sie mir sagen, warum.«
Sie fingen von vorn an, aber nun von einer anderen Seite, und mir wurde aus ihren Fragen zweierlei klar: daß die beiden keine Ahnung hatten, was mit mir geschehen war, ehe Eyup sich mit mir in Byblos getroffen hatte, und sie mich verdächtigten, entweder vom amerikanischen Geheimdienst oder von den Engländern bestochen worden zu sein, die Rolle meines Bruders zu übernehmen. Eine Reihe von Fragen gab mir Rätsel auf.
»Ein roter Volkswagen ist Ihnen gefolgt. Wissen Sie das?«
»Ich habe an der libanesischen Grenze einen roten Volkswagen bemerkt.«

»Kennen Sie Davut Sefardili?«
»Hat Davut Sefardili mit Ihnen Kontakt aufgenommen?«
»Ich weiß gar nicht, wovon Sie reden.«
Er schlug mich noch einmal.
»Davut Sefardili hat einen roten Volkswagen.«
»Hat er Sie bezahlt, damit Sie für den israelischen Geheimdienst tätig werden?«
»Nein.«
Sie machten Teamarbeit, saßen eng neben mir, berührten mich beinahe, feuerten eine Fragensalve nach der anderen ab, schrien manchmal, flüsterten dann wieder, schlugen seltener zu, aber hypnotisierten mich fast mit den ewigen Wiederholungen. Besonders Georg, der mir gegenübersaß, die riesigen Hände entspannt auf den massigen Knien, aber jederzeit bereit, mir damit ins Gesicht zu fahren; Georg, der mich mit seinen glänzenden kleinen Augen förmlich durchbohrte, über seiner Glatze die Deckenbirne, Georg schien langsam jeden Widerstandswillen in mir zu lähmen. Schweiß mischte sich in das Blut auf meinem Gesicht, und ich fühlte, wie mir das Hemd am Leib klebte.
Nach etwa zwei Stunden entspannte er sich plötzlich, lehnte sich im Stuhl zurück und lächelte. Seine kleinen Zähne blitzten, und aus dem Lächeln wurde ein Lachen, kein falsches, sondern ein offenes, fast entzücktes Lachen. Es brachte mich aus der Fassung, und ich lächelte tatsächlich schwach zurück, obwohl mir der Gedanke kam, daß er vielleicht aus Freude über diese angenehme Art, einen Abend zu verbringen, lachte. Seine Hand fiel mit einem festen, aber freundschaftlichen Klaps auf mein Knie.
»Was du auch vorhast, Aziz, du gefällst mir. Fast so gut wie Akim. Gib ihm Cognac.« Und er zog eine silberne Reiseflasche heraus, die er Eyup reichte.
Eyup goß etwas in ein Glas ein, und ich schlürfte vorsichtig, dann leerte ich es vollends. Der Alkohol tat meinem Magen wohl und verbreitete eine angenehme Wärme in mir. Unsere Blicke trafen sich wieder, und noch immer lag Wärme in seinen Augen, ein Ausdruck ruhigen, freundschaftlichen Interesses.
»Wir sind Russen, Aziz. Nicht Kommunisten, Flüchtlinge, nicht KGB oder sonst was. Wir sind Russen und können einander verstehen. Was wünschen Sie sich? Einen ruhigen Ort, an dem man sein eigenes Leben in Ruhe leben kann? Diesen ganzen Quatsch hier vergessen? Ein ruhiges Fleckchen wie diese Farm in Aserbeidschan, von der Akim zu erzählen

pflegte, wenn er betrunken war? Jetzt habe ich recht, ja? Aber warum hast du denn gedacht, wenn du Akims Rolle spielst, kommst du dieser Sache näher?«

Ich war erschöpft. Ich war allein, verwirrt und verschreckt gewesen. Einen Augenblick lang spürte ich, daß ich einen Freund besaß. Ein gutes Schweigen entstand im Zimmer, eine freundliche Stille, die kaum vom Geräusch eines einsamen Autos in den jetzt verlassenen Straßen gestört wurde.

Rasche Schritte entfernten sich von unserer Zimmertür, und eine dumpfe Explosion ganz in der Nähe erschütterte uns, dann folgte in einiger Entfernung ein drängendes, ununterbrochenes blechernes Klingeln. Eine schrille weibliche Stimme schrie zweimal »Ates, Ates«, »Feuer, Feuer«, und dann drang vom Nebenzimmer ein dumpfes Geräusch an unsere Ohren.

Eyup riß die Tür auf und drehte sich um. »Es ist unser Zimmer, wo wir das Gepäck haben.«

Die Freundlichkeit verschwand aus Georgs Gesicht, aber er dachte nicht an micht. »Schnell, nichts wie hin.«

Eyup ging. Georg, der immer noch keinen Meter von mir entfernt saß, erhob sich langsam. Julias Schrei schien mir wieder Mark in die Knochen gebracht zu haben. Ich schlug ihm hart mit dem Glas ins Gesicht, das ich immer noch in der Hand hielt, und spürte, wie es zerbrach. Er verfing sich mit den Knien in der Bettkante und fiel mit seinem ganzen gewaltigen Gewicht rücklings um, vergeblich mit den Armen einen Halt suchend. Das Bett kippte um, und sein Kopf schlug hart auf den glatten Steinfußboden auf.

Ich griff nach meinem Messerkasten und dem Goldbeutel und warf mich mit der Schulter gegen das nicht sehr solide Fensterkreuz. Fast das ganze Fenster brach heraus und fiel nach unten. Ich suchte einen Augenblick mein Gleichgewicht auf der Fensterbank, und das Inferno in Orange und Zinnober hinter dem Fenster nebenan warf hektische Schatten auf die Straße. Sechs Meter unter mir lag das Hotelvordach. Ich ließ mich fallen und landete glatt und leicht, und ohne die Bewegung abzufangen, rollte ich mich über den Rand des Vordaches auf die Straße. Mein Kopf war wieder klar, und ich wurde fast fröhlich in der frischen Luft, die immer noch von Nieselregen durchsetzt war. Die Pflastersteine und die Straßendecke glänzten unter dem Licht der Straßenlaternen, und von der anderen Seite der Straße rief jemand »bravo«.

Eine kleine Menschenmenge hatte sich schon von einem nahe gelegenen Teehaus aus angesammelt, die Gesichter hoben sich zu den brennenden Fenstern. Während ich noch hinsah, zersprangen die Scheiben, und die Flammen schossen heraus. Ich zögerte, wollte mich eigentlich in der Menge verstecken, dann fiel mir ein, daß meine beiden Pässe im Hotel waren.

Die Hotelhalle füllte sich mit Gästen in Schlafanzügen und Nachthemden, einige hielten halbgefüllte Koffer an sich gepreßt. Ein Mann stand so weit wie möglich von den Fenstern entfernt. Er hatte überhaupt nichts an und trug in seinen Armen eine Frau, die in nichts als eine rote Decke gehüllt war. Sie traf keine Anstalten, sie mit ihm zu teilen. Gegenüber standen Julia, Yapton und Goring etwas abgesondert. Julia starrte besorgt zur Treppe. Hotelbedienstete rannten herum, und überall klingelte es. Es herrschte allgemeine Verwirrung. Ich ging hinein und schob mich zum Empfang durch. Der Portier schrie ins Telefon, anscheinend wollte er die Feuerwehr rufen, und ich vergrößerte das Chaos, indem ich nach meinem Paß schrie und auf die Fächer hinter seinem Rücken deutete. Er hob die Augen zum Himmel und redete weiter auf den ein, mit dem er telefonierte, also ging ich um den Empfangstisch herum. Als ich den Paß gefunden hatte, stellte sich heraus, daß es der auf meinen Namen war. Jemand zupfte mich am Ärmel. Julia.

»Nehmen Sie das.« Fünfzig türkische Liras. »Wir treffen uns im Archäologischen Museum morgen früh um elf.«

Eyup jagte die Treppen herunter, den Blick auf mich gerichtet. Bevor ich mich bewegen konnte, war er mit einem Träger zusammengestoßen, der einen roten Sandeimer in die andere Richtung schleppte, und beide gingen in einem Schauer von Sand, Armen und Beinen zu Boden. Der Eimer hüpfte mit unbeschreiblichem Scheppern von Stufe zu Stufe.

Ich winkte Julia zu und rannte hinaus. Ich überquerte die Straße und gesellte mich zu der Menschenmenge, die in das Feuer starrte, während der Lärm von Sirenen und Feuerglocken durch die engen Straßen immer näher kam.

Ein roter Volkswagen parkte fünfzig Meter entfernt, und die Straßenlaterne warf ihren Schein auf ein weißes Gesicht und dunkle Gläser hinter der Windschutzscheibe. Ich sah ihn an, er sah mich an. Dann wischten die Scheibenwischer den Regen von der Scheibe, die runden Scheinwerfer gingen an, und der Käfer fuhr an mir vorbei in die Dunkelheit.

11

In einer Nebenstraße fand ich einen kleinen Kiosk, der noch offen hatte und in dem ich mir etwas zu trinken und zwei altbackene Käsebrötchen kaufen konnte. Schon fühlte ich nur allzusehr die Kälte und Feuchtigkeit, da zwischen mir und dem Regen nichts als der leichte Anzug war. Der Kioskbesitzer kam heraus, um für die Nacht dichtzumachen, und er wies mich zu einem nahe gelegenen »han«. Der erwies sich als ein altes steinernes Gebäude mit einem viereckigen Innenhof und Schlafhäusern nach zwei Seiten. Es war wirklich nicht mehr als ein Nachtasyl. Ich zahlte zweieinhalb Lira und wurde bei Kerzenlicht zu einem Feldbett geführt. Ich zog die Schuhe aus und legte mich in den wattierten Schlafsack. Der Raum hatte kaum Luft, und um mich herum hörte ich Schnarchen, aber ich schlief bald ein, der Cognac wirkte noch. Ich erwachte erschreckt und steif und mit einem Anflug von Fieber; aber als mir einfiel, daß ich mich mit Julia verabredet hatte, wurde mir besser. Ich ging auf die Straße, um die drei Stunden totzuschlagen, die ich noch warten mußte. Ich kaufte einen Reiseführer mit Karten, eine Straßenkarte, einen Rucksack und ein Bündel kleiner, reifer Bananer als Frühstück. Sie waren wunderbar, duftend frisch, und ich spülte sie mit einem Becher warmer Milch hinunter, die ich einem Straßenhändler abkaufte. Dann strich ich herum.
Um drei Viertel elf machte ich mich zum Archäologischen Museum auf, etwas nervös, weil ich den Orontes überqueren mußte, um dorthin zu gelangen, und dazu mußte ich fast ins Stadtzentrum zurück. Aber ich sah niemanden, den ich kannte, und soweit ich es beurteilen konnte, sah auch niemand mich. Der Orontes stand sehr hoch, braunes Wasser wirbelte um die Pfeiler der römischen Brücke. Hinter der Brücke ging ich links die Hauptstraße entlang und fand das Museum, ein hübsches, niedriges, modernes Gebäude.
Weder von Julia noch von ihrem Wagen war etwas zu sehen, trotzdem ging ich hinein und schaute mir die Ausstellung von Kunstwerken und Mosaiken aus der Römerzeit an.
Nach einer halben Stunde wurde mir klar, daß Julia sich verspätet hatte. Ich ging zum Eingang zurück, und es war nichts von ihr zu sehen. Zum erstenmal fragte ich mich, was ich tun würde, wenn sie nicht käme, und mir wurde klar, daß ich von ihr abhängig war. Ich hatte kaum Bargeld; ich hatte keine Ahnung, was ich als nächstes tun sollte, außer, daß ich in genereller Richtung nach Ankara unterwegs war; ich wollte

auch etwas über das Hotel, über Georg und Eyup hören. Aber es waren nicht nur materielle Hilfe und Informationen. Ich brauchte die Geborgenheit, die Realität ihres Daseins, so flüchtig es, was mich betraf, auch sein mochte. Sie war der einzige Mensch geworden, dem ich noch trauen konnte in einer Welt, in der jeder Taxichauffeur oder Polizist, jeder beliebige Autofahrer oder Hotelier plötzlich zu einer Bedrohung werden konnte. Ich war allein, und ich lauschte auf den Klang ihrer Schritte auf dem schadhaften Pflaster vor der Tür.

Endlich hörte ich sie.

Ich stand in der langen Galerie zwischen den Schaukästen, und sie kam daher in ihrem blauen Regenmantel über einem gelben Kleid, das dunkle Haar aus der Stirn gekämmt. Zehn Schritte entfernt lief sie plötzlich schneller und warf sich mir fast in die Arme. Sie küßte mich rasch, freundschaftlich, schwesterlich.

»Ich bin so froh, daß Ihnen nichts passiert ist«, sagte sie und hielt meine beiden Hände fest.

»Es geht mir gut. Und Ihnen?«

»Natürlich gut, warum denn nicht?«

»Bestimmt? Hat Sie denn niemand verdächtigt?«

»O nein, ich war viel zu vorsichtig. Ich trug das Benzin in zwei Wärmflaschen nach oben – Goring hat natürlich so was – und legte sie wieder in seinen Koffer, ehe mich jemand sah. Aber Ihre Freunde, oder Feinde, wer immer sie sind, die stecken in der Tinte. Die Polizei verhört sie immer noch.«

»Weshalb?«

»Nun, natürlich konnten die Feuerwehrleute sagen, daß es Brandstiftung war, und das Feuer entstand in einem der Zimmer, das sie genommen hatten – und dann fand man eine Maschinenpistole unter den Trümmern. Daraufhin wurden sie durchsucht, und man fand auch noch Revolver, alles ohne Waffenscheine. Dafür werden sie sowieso festgehalten und vermutlich deportiert. Ist das gut so?«

»Das ist wunderbar. Ich weiß nicht, wie ich Ihnen danken soll, und auch für die fünfzig Lira. Bitte, darf ich Ihnen das zurückzahlen?«

»Ach, später, irgendwann mal. Was werden Sie jetzt tun?«

Sie ging um einen der Schaukästen herum und sah bedrückt und besorgt drein.

»Machen Sie sich keine Gedanken«, sagte ich. »Ich bleibe bei dem, was wir in Syrien ausgemacht haben. Von hier aus komme ich allein weiter.«

Sie lächelte ein bißchen wehmütig.
»Geht das wirklich? Sie wissen, daß es mir nichts ausmacht, aber Jeremy und Peter sind wirklich böse. Nach dem, was gestern abend passierte, nahm Peter mir die Schlüssel weg und sagte, er gäbe sie mir erst wieder, wenn wir weit von Ihnen weg seien. Eigentlich meint er es sehr nett, er will ja nur, daß ich nicht in Schwierigkeiten gerate. Sie warten jetzt draußen und haben gesagt, nach fünfzehn Minuten holten sie mich raus. Nur, was tun *Sie* jetzt?«
»Ich bewege mich in Richtung Ankara, mit dem Bus oder dem Zug oder sonstwie.«
»Zunächst muß es ein Bus sein, jedenfalls für die erste Strecke. Einen Zug gibt es nicht. Aber haben Sie Geld?«
»Das hier.« Ich zog den Beutel hervor und ließ ein, zwei Goldmünzen in meine Hand gleiten.
»Die sind wunderschön. Kann man sie verkaufen?«
»Ich nehme an. Ich weiß nicht, was sie wert sind.«
Sie biß sich auf die Lippen.
»Hören Sie. Ich kann noch hundert entbehren. Sie können es mir wiedergeben, wenn Sie nach Ankara kommen. Haben Sie noch meine Adresse?«
Mir fiel ein, daß Georg sie mit meiner Brieftasche an sich genommen hatte.
»Nein, die ist im Hotel.«
»Nun, dahin können Sie nicht zurück. Sie sind ein geheimnisvoller Fremdling, und man sucht Sie überall. Hier. Ach, verflixt, jetzt habe ich nichts zu schreiben bei mir.«
Ich zog meinen Reiseführer aus der Tasche, und sie fand ihren Lippenstift, mit dem sie ihre Adresse noch einmal auf ein Vorsatzblatt schrieb.
»Nun muß ich gehen, und Sie sollten hier auch verschwinden.«
Sie küßte mich, und ich hielt sie einen Augenblick fest und fühlte die Wärme ihrer Brüste durch mein Hemd und ihre schmale Taille in meinen Händen.
»Auf Wiedersehen. Kommen Sie mich in Ankara besuchen, nicht nur, um das Geld zurückzuzahlen.«
Fort war sie, und ich hörte ihre Schritte durch das Museum hallen und langsam leiser werden. Ein Motor sprang an, und auch sein Geräusch verlor sich in der Ferne.

12

Ich ging in nördlicher Richtung aus Antakya hinaus, die lange Straße entlang, die pfeilgerade durch die Orontes-Ebene schneidet, durch reiche Mais- und Baumwollfelder und Weiden auf den westlichen Hügeln. Nach einem Kilometer hörte ich das charakteristische Motorengeräusch eines Volkswagens hinter mir und drehte mich um. Er war rot und hielt neben mir an. Der dunkelhaarige Mann trug noch immer seine Sonnenbrille. Er beugte sich aus dem Fenster und redete mich leise auf türkisch an. Ein Anflug eines Lächelns umspielte seinen Mund, aber seine Augen waren nicht zu erkennen.
»Ich fahre nach Ankara«, sagte er. »Soll ich Sie mitnehmen?«
Ich zögerte; ich hatte ein bißchen Angst. Die Straße erschien mir plötzlich sehr leer.
»Ich würde lieber allein reisen, mit dem Bus.«
»Wie Sie wollen. Ich sehe Sie vielleicht unterwegs noch mal. Falls Sie es sich anders überlegt haben, winken Sie mir.«
Er kurbelte das Fenster hoch und fuhr weiter.
Lastwagen überholten mich, und ich merkte, daß sie öfter die Fahrt verlangsamten, wenn sie sich näherten, und erst beschleunigten, wenn ich kein Zeichen gab, und so wurde mir klar, daß ich auf keinen Bus zu warten brauchte. Als ich das nächste Mal einen heranrattern hörte, drehte ich mich um und winkte. Es war ein großer Mercedes, ein Achttonner, nur schon sehr alt und schäbig, der Fahrersitz war ölverschmiert und die Lederpolster durchgesessen, so daß das Roßhaar überall herauskam. Ein mißtönender Lärm begleitete die Fahrt, und der metallene Boden rüttelte und vibrierte gegen Bremsschaft und Pedale. Blaue Perlen und Amulette hingen haufenweise an der Windschutzscheibe, und am Dach standen die Worte »Maschallah«, »in Gottes Hand«. Der Fahrer war ein heiterer, kleiner Mann, aber grau vor Müdigkeit; er fuhr wie in Wahnsinniger, seine Reaktionen waren automatisch, unkontrolliert.
»Wohin?« fragte er.
»Ankara«, schrie ich, um den Lärm zu übertönen.
»So weit fahre ich nicht. Ich muß in Iskenderun eine Ladung aufnehmen und heute abend in Adana abliefern. Dann morgen hierher zurück. Aber ich finde jemand für Sie, der Sie von Adana aus mitnimmt.«
Ich hatte mich inzwischen einigermaßen an das Schütteln, Krachen und Kreischen auf der ebenen Straße gewöhnt, als sie anfing, bergan zu steigen, erst langsam, dann ging es

durch schwindelerregende Haarnadelkurven; der Lastwagen schlingerte und schwankte, der Motor mahlte kurz vor dem Absterben, während Achmet versuchte, in den niedersten Gang zu schalten. An manchen Stellen verlief die Straße unglaublich steil den Hang hinauf. Zum Glück kam das Wasser auf halber Höhe zum Kochen, und wir hielten eine halbe Stunde an einer der breiteren, ebeneren Strecken. Achmet wickelte ein schmutziggraues Stück Brot und ein Messer ohne Griff aus, das er mir mit einem krümeligen Stück süßem Halwa reichte.

Als wir weiterfuhren, war mir fast schlecht von der Hitze, dem süßen Geschmack in meinem Mund und dem Gestank der öligen Dieselabgase. Der Kopf tat mir weh, der zerbrochene Zahn in meinem Mund begann zu pochen, und Schweiß strömte mir über das Gesicht. Meine Kehle war rauh, und die Drüsen an meinem Hals begannen zu schwellen. Achmet merkte, wie ich dran war, und öffnete das Fenster; aber nun, da wir auf der Seeseite der Berge waren, war die Luft nebelfeucht, und ich mußte ihn zitternd bitten, es wieder zu schließen.

Ich atmete auf, als wir gnadenvolle zwei Stunden in Iskenderun hatten, wo wir in der Nähe des Hafens hielten, um riesige Pirellireifen zu laden. Ich saß im Fahrerhäuschen in einen rauhen Kelim gehüllt, der genauso ölverschmiert war wie alles andere, und zitterte nun ganz unverhohlen. Bevor wir losfuhren, verschwand Achmet für zwanzig Minuten und kam mit einer kleinen Pillenflasche zurück. Ich wußte nicht, was es war, aber ich nahm zwei davon. Es war deutsche Medizin, aber der Preis stand auf türkisch darauf und lautete über 8,50 Lira, die ich ihm bezahlte. Am späten Nachmittag verließen wir Iskenderun.

Ich erinnere mich an eine Allee hoher Eukalyptusbäume in der Nähe eines Feuerwehrhauses, an Raffinerien und eine Strecke brauner Felsenküste. Dann schlief ich ein.

Mein Schlaf war weder tief noch erfrischend. Der Lärm bohrte sich schmerzhaft in jede einzelne Gehirnzelle; in keiner Stellung konnte ich mich vor dem Druck und dem Rütteln von Stahl an Hals, Wangen und Seite schützen. Endlich, viel später, überquerten wir einen Fluß über eine Kettenbrücke und fuhren durch die Straßen einer großen, geschäftigen Stadt. Sie schien wirklich groß, obgleich es nicht sehr viele hohe Gebäude gab und die Beleuchtung spärlich war. Wir fuhren hinter Lagerhäusern auf einen großen, mit Lastwagen gefüllten Platz, und endlich stellte Achmet den Motor ab.

»Adana«, sagte er. »Hier drehe ich um. Aber warten Sie, ich sehe mal nach, ob hier jemand nach Ankara fährt.«
Er blieb eine Weile verschwunden, und obgleich mir trotz meiner Decke kalt war, fiel ich in einen jetzt viel tieferen Schlaf. Einmal schreckte mich heftiges Poltern und Krachen im Laderaum auf, als der Mercedes entladen wurde, dann schlief ich wieder ein. Endlich weckte mich Achmet, indem er mich an der Schulter packte und schüttelte.
Er half mir herunter, und als ich an der frischen Luft stand, war mir wohler, nur steif war ich und hatte überall blaue Flecken. Mein Kopf war klar, und ich nahm alles um mich herum mit einer merkwürdigen Genauigkeit wahr. Nur tat jetzt mein Hals sehr weh, und ich hatte Schwierigkeiten beim Reden. Wenn ich früher öfter krank gewesen wäre, hätte ich gewußt, daß sich jeder noch so kranke Patient kurze Zeit wohler fühlt, wenn er tief geschlafen hat.
Neben Achmet stand ein großer, kräftig gebauter Mann, dessen Größe noch übertrieben wurde durch einen dicken Schaffellmantel und eine Schaffellmütze, deren Ohrenschützer hochgebunden waren. Wie Achmet war auch er grau im Gesicht vor Müdigkeit, und Schmutz lag um seine tiefliegenden, blauumschatteten Augen. Er reichte mir eine riesige Hand mit braunen abgebrochenen Nägeln und lederner Haut.
»Das ist Calgar. Er nimmt Sie bis Kayseri mit, das ist in Ihrer Richtung.«
Ich fummelte im Führerhäuschen herum, bis ich den Rucksack fand und herunterziehen konnte. Der Reiseführer hatte hinten eine Straßenkarte, und ich sah, daß Kayseri eine große Stadt im Herzen von Anatolien war, etwa zwei Drittel des Weges von Adana bis Ankara. Ich dankte beiden und faltete die Karte zusammen. Calgar sah mich kritisch an. »Ist das alles, was Sie besitzen?« Seine Stimme war rauh, aber freundlich. »In den Bergen wird Schnee liegen, und vermutlich auch fast die ganze Strecke hinterher. Es kann sehr kalt werden.«
»Der Motor wird mich schon warmhalten.«
Er zuckte schicksalsergeben die Schultern. »Inschallah. Wenn wir keine Panne haben.«
Achmet klopfte mir auf die Schulter und stieg in seinen Mercedes, und Calgar führte mich durch die Reihen von Lastwagen und Haufen von nassen, übelgelaunten Trägern. Wir kamen an einen Schuppen mit einem rohen Ladentisch auf einer Seite.

»Haben Sie gegessen?«
Ich schüttelte den Kopf.
»Das sollten Sie aber.« Er zog eine schäbige Nickeluhr aus irgendeiner Tasche seiner schmutzigen Jacke. »Wir müssen bald los. Ich gebe Ihnen fünf Minuten Zeit.«
Ich aß etwas trockenes Brot mit altem Käse, aber meine Kehle ließ kaum mehr als einen Mundvoll durch; wenigstens schaffte ich aber ein Glas warmer, süßer Milch. Ich bot Calgar davon an, doch sagte er, er habe schon gegessen. Er stand in einiger Entfernung und sah mir zu, ohne sich zu bewegen, ein Bild ungeduldiger Geduld.
Sein Lastwagen war kleiner als der Achmets, älter und in schlechterer Verfassung. Die ursprüngliche Polsterung war verschwunden, und die Sitze bestanden nun aus Brettern, über die man alte Kissen genagelt hatte. Ich merkte bald, daß sie rutschten, wann immer scharf gebremst wurde. Auf dem Boden vor meinem Sitz lag ein großer Haufen Ketten, und ich mußte mit fast bis ans Kinn gezogenen Knien sitzen, die Schienbeine gegen das Armaturenbrett gestemmt. Nahezu die einzige Gefahr, gegen die wir angemessen ausgerüstet waren, war der böse Blick: er besaß noch mehr blaue Perlen und streichholzschachtelgroße Korane als Achmet.
Als wir uns durch die feuchten und elenden Vororte von Adana schlängelten, fragte ich ihn, wann wir Kayseri erreichen würden.
»Heute nacht nicht mehr«, sagte er. »Ich muß noch etwas nach Urgup und Nevşehir liefern, wenn aber viel Schnee liegt, kommen wir vielleicht nicht mal bis dahin.«
Ich kriegte mit Mühe meine Karte wieder auseinander und sah, daß die Orte, die er genannt hatte, kleine Nester abseits der Hauptstraße waren und etwa achtzig Kilometer südwestlich von Kayseri lagen. Zwischen ihnen und uns lag das Taurusgebirge mit über viertausend Metern Höhe.
»Es sind zusammen ungefähr dreihundertfünfzig Kilometer«, fuhr er fort, »und wir haben fast zwölf Stunden Tageslicht.«
»Was haben Sie geladen?«
»Maschinen. Hauptsächlich Ersatzteile. Im Winter geht alles kaputt, und die haben nie genug auf Lager.«
Mein Gefühl klaren Wohlbefindens dauerte etwa zwei Stunden, während wir über eine dunkle, nasse Ebene fuhren, die nur selten von Anpflanzungen und elenden Dörfern mit fleckigen weißgetünchten Hütten belebt wurde, und schließlich den Fuß der Berge erreichten. Hier wurde der Boden steinig, und das bebaute Land wurde von Gestrüpp und wil-

den Oliven abgelöst. Die Straße wurde kurvenreich und steil, und durch den dichter werdenden Nebel konnte ich das schneebedeckte Massiv alpiner Gipfel erkennen. Der Nebel wurde zu Schneeregen und schließlich zu Schnee, gegen den die Scheibenwischer eine Weile lang ankämpften und dann, als er dichter wurde, aufgaben. Calgar zog den Laster an den Straßenrand, und wir kamen mit einem Ruck zum Halten, der mich nach vorn geworfen hätte, wenn ich nicht zwischen den Ketten eingeklemmt gewesen wäre. Als er die Tür öffnete, drang kalte Luft in meine Kehle.

Er machte sich eine Weile an den Dingern zu schaffen, und ich warf inzwischen einen Blick in meinen Reiseführer. Danach befanden wir uns im Kilikischen Tor. Hier hatte Alexander der Große eine Armee hindurchgeführt. Calgar erschien wieder mit Schnee auf der Mütze und auf den Augenbrauen.

»Sie schaffen es nicht mehr«, sagte er. »Jedenfalls nicht von selber. Sie können aber nachhelfen. Ich zeige es Ihnen.«

Am Motor des Scheibenwischers war ein kleiner verchromter Schalter, mit dem man sie in Bewegung setzte und der sich mitbewegte, wenn sie hin- und hergingen. Er zeigte mir, wie ich ihn zwischen Daumen und Zeigefinger nehmen und die Wischer von Hand bedienen konnte. Der Motor keuchte, hustete, sprang mit einem Knall an, und wir fuhren weiter.

Die nächsten anderthalb Stunden waren die reine Hölle. Ich mußte mich auf den Knien mehr oder weniger ohne Stütze vorlehnen, einen Ellbogen auf das Armaturenbrett legen und mit der andern Hand den Schalter bedienen. Er war klein und ließ sich schwer bewegen, und der Schnee fiel immer heftiger. Mein Arm tat mir weh und wurde taub. Hals und Kehle waren ein pochender Klumpen Schmerz. Der Schnee wirbelte und verging vor meinen Augen, und das Motorengeräusch des fast immer im niedersten Gang fahrenden Wagens klang wie ein Straßenbohrer.

Dann, ganz plötzlich – oder vielleicht war ich nur in einer Art Dämmerzustand gewesen – wichen auf beiden Seiten die Felsen, und die Sonne schien von einem Himmel, der wenigstens stellenweise blau war, auf ein breites Tal, dessen sanfte Hänge in makellos weißen Schnee gebettet waren. Koniferen tauchten auf beiden Seiten auf und umgaben ein Märchendorf spitzgiebliger Holzhäuser vor einem Hintergrund von Berggipfeln und Gletschern in unendlicher Klarheit. Auf unserer Seite führte die Straße in ein anderes Dorf, und wieder hielten wir an, diesmal vor einem Teehaus aus Stein.

»Çay«, sagte Calgar, »Tee«, und seine Stimme klang merk-

würdig entfernt, aber völlig klar durch die magische Stille. Ich hörte plötzlich das Blut in meinen Ohren sausen.
Es blieb mir kaum Zeit, die bissige Kälte in Nasen und Ohren wahrzunehmen, weil er mich halb über die Pflastersteine und in einen kleinen dunklen Raum schleppte. Hier war die Luft heiß wie in einem Ofen und duftete schwer nach dem Harz des Kiefernholzes, das in zwei rotglühenden Öfen verbrannt wurde. Ich erinnere mich an einen Jungen mit brauner Haut und schwarzen glänzenden Augen, der mir ein Tulpenglas voll mit topasfarbenem Tee brachte; das machte mir so weit den Hals frei und den Kopf klar, daß ich mitbekam, was Calgar am Nebentisch mit zwei anderen Männern besprach. Er beugte sich zu mir hinüber, und ich roch seinen müden, schalen Atem.
»Weiter unten wird die Straße ausgebaut, und die beiden sagen, da sei nichts als Schlamm und Schnee. Ich werde die Schneeketten anmachen.«
Ich versuchte aufzustehen, weil ich dachte, ich könnte helfen, aber er drückte mich wieder auf den Stuhl, und ich hörte ihn weiteren Tee bestellen.
»Du solltest ihn hierlassen«, sagte eine Stimme. »Wir können uns um ihn kümmern, bis es ihm besser geht, und dann besorgen wir ihm einen Laster.«
Ich schüttelte den Kopf, um ihn zu klären, und die Bewegung wirkte, als hätte ich ihn gegen die Wand geschlagen. Aber ich kam genügend zu mir, um Calgar und einen Mann neben ihm in den Blick zu bekommen. Calgar sah ganz verwirrt aus, und ich merkte trotz meines Fiebers, daß er ein einfacher Mann war, einer von der Sorte, die von einem einmal gefaßten Plan nur unter ungeheurem Druck wieder ablassen.
»Ich habe versprochen, ihn nach Kayseri zu bringen.«
»Er sollte in diesem Zustand nicht reisen.«
»Aziz Bey, Sie können hierbleiben. Der Wirt hat ein Zimmer. Möchten Sie?«
»Ich möchte lieber weiterfahren. Ich möchte bei Calgar bleiben.«
Der Wirt zuckte mit den Achseln.
»Ich borge dir ein paar Decken«, sagte er zu Calgar. »Man muß ihn warmhalten. Du kannst sie auf dem Rückweg wieder mitbringen.«
Calgar hob mich in das Führerhäuschen, das jetzt, da die Ketten an den Reifen waren, bequemer und geräumiger war, und dazu hatte ich nun auch die schweren Kelims des Wirtes. Calgar grinste, als er den Motor anließ.

»Wenigstens hat es aufgehört zu schneien, und Sie brauchen nicht den Wischer zu bedienen«, sagte er. »Vielleicht können Sie schlafen. Dann geht die Grippe schneller weg.«

Der Rest der Fahrt sind verwirrte Bilder und Träume – Akbaba in den Restaurants von Athen, grinsend hinter Alpenveilchen, die sich in die Flammen vom Hotel verwandelten. Georg schlug mir ins Gesicht, bis wieder die Blitzlichter der »Caves du Roy« losgingen, und der Albino vom KGB bot mir ein Zimmer in seinem Teehaus in den Bergen an. Zehn Minuten lang hielt sich ein roter Volkswagen, den der Tod chauffierte, auf der Straße vor uns. Goring und Yapton sangen Lieder, bis Eyup sie mit den Worten unterbrach: »Hier gibt es kein Kabarett.« Baden hieb auf mich ein, sein Karatehieb schmetterte gegen meinen Hals, und ich schrie immer wieder auf russisch um Hilfe.

Der Laster hatte angehalten. Es gab elektrische Straßenbeleuchtung und Stimmen, Männerstimmen, tief, gütig, sanft. Hände trugen mich auf eine kalte Straße und legten mich auf den Holzfußboden eines anderen Teehauses, und ernste Gesichter beugten sich über mich. Sie fuhren auseinander, und Nikita Chruschtschow, ja wirklich, es schien Chruschtschow zu sein, kniete stark und behäbig neben mir, den Pelzhut über die Ohren gezogen und eine Jacke unter dem offenen Mantel fest über den Bauch gespannt. Er sprach beruhigend auf russisch auf mich ein. Fast kehrten die Alpträume zurück, als er eine schwarze Tasche aufmachte und eine Spritze herausholte, denn wenn es nicht Chruschtschow war, dann war es vielleicht Georg. Ich spürte die Nadel gar nicht.

Die letzten Träume handelten von der Kindheit in Aserbeidschan. Sie waren glücklich und friedlich mit Vater, Mutter und allen Geschwistern, Akim eingeschlossen. Mein Großvater nahm mich aufs Knie, obgleich ich schon zehn Jahre alt war, und er sagte: »Die Erde ist gut und schwarz. Sie hat uns seit Generationen gehört. Ein Mann ist kein Mann, wenn er nicht die Erde besitzt, die er pflügt.«

13

Als ich erwachte, roch es nach Lavendel.

Das Zimmer war schlicht, klein, fast leer, aber hübsch. Ein hohes Bett mit einer dicken, weichen Matratze und Messingstangen füllte es fast aus. Wände und Decken waren aus Holz, einem rauchgrauen, seidig glänzenden Holz; Zeder vielleicht oder auch Olive. Ein Ofenrohr führte vom Boden in der Fensterecke hoch zum Dachboden. Das Fenster selber war klein und hatte einen Vorhang aus gewebter Baumwolle. An der Wand links von mir hing ein kleiner Gebetsteppich, sonst gab es keine Bilder oder anderen Schmuck. Ich wandte den Kopf, der auf vielen Kissen lag, und bemerkte eine Wasserkaraffe mit einer Waschschüssel auf einem kleinen Tisch. Und schon war ich müde und schlief wieder ein.

Beim zweitenmal erwachte ich etwas besorgt. Irgendeine Erinnerung daran, wie ich hierhergekommen war, störte meinen Schlaf; ich hatte wohl russisch gesprochen. Vielleicht war ich in Rußland. Vielleicht hatte man mich erwischt, bewußtlos gemacht und zurückgebracht. Ich schob mich in eine fast sitzende Stellung hoch und konnte so aus dem Fenster sehen. Im Sonnenlicht türmten sich rote Dächer bis zu einem Felshang. Ich strengte Augen und Ohren an, um irgendein Kennzeichen mitzubekommen, aber das Zimmer lag zu hoch, als daß ich auf die Straße hätte sehen können, die Stimmen waren zu entfernt, als daß man Sprachunterschiede hätte verstehen können. Dann, als meine Lider schon wieder zu flattern anfingen, machte ich auf dem Felsen einen Fahnenmast aus. Die Fahne flatterte rot. Ich riß die Augen mit Gewalt auf, da erfaßte ein Windstoß die Fahne, gerade so weit, daß ich das Weiße in den roten Falten sehen konnte, und ich sank ungeheuer erleichtert zurück, kindlich erleichtert: Mir standen Tränen in den Augen. Eine Minute oder eine Stunde später knarrte eine Diele, und der Holzriegel an der Tür hob sich. Es war gut, daß ich die Fahne gesehen hatte, denn der Mann, der da hereinkam, hatte immer noch diese erstaunliche Ähnlichkeit mit Nikita. Rundlich und schwer, beinahe kahl, und in einem schlechtsitzenden Anzug lächelte er mich an, nichts als Güte im Blick. Seine breite Gestalt verdunkelte beinahe das Fenster. Er hielt ein Glas Milch in einer Hand, in der anderen ein Klinikthermometer. Am Hals hing ihm ein Stethoskop.

»Sie sind wach«, sagte er auf russisch. »Wie geht es Ihnen?«

»Ich fühle mich wohl, aber schwach«, antwortete ich auf türkisch, und von da an unterhielten wir uns nur auf türkisch. Meine Stimme klang leise und rauh, und ich spürte einen Druck in den Ohren. Als ich mich verschluckte und husten mußte, stach es schmerzhaft in meiner Lunge. »Chruschtschow« runzelte die Stirn und kam näher. Er steckte mir das Thermometer in den Mund und prüfte meinen Pulsschlag. Seine Finger waren dick, aber trocken und fest. In der Stille hörte ich es in meiner Brust pfeifen und rasseln.

»Das Fieber ist fast herunter.« Er klopfte mir die Brust ab. »Und die Flüssigkeit in der Lunge geht ab. Aber Sie müssen ganz ruhig liegen, Sie brauchen sehr viel Ruhe.«

Er stützte mit dem Arm meinen Kopf und ließ mich die Milch trinken.

»Sie können mir zuhören, aber antworten Sie nicht.« Seine Stimme klang heiser, erkältet. »Ich heiße Kasimir Ashkenasy und bin Arzt aus dem Ural. Ich habe hier in der Türkei ...«, er sah meine fragend gerunzelte Stirn, »... in Nevşehir seit dreißig Jahren meine Praxis und werde Kazim Bey genannt. Als Sie vor drei Tagen mit dem Lastwagen hier ankamen, waren Sie im Delirium. Sie schrien etwas auf russisch, die Umstehenden holten mich, und ich nahm Sie mit zu mir. Sie haben eine Lungenentzündung, ich habe Sie mit Penicillin behandelt, und das Schlimmste ist vorüber. Sie sind in meinem Haus, und Sie können so lange mein Gast sein, wie Sie wollen, oder bis ich Ihnen erlaube, aufzustehen. Gut so? Jetzt werden Sie wieder schlafen, denn in der Milch war ein leichtes Beruhigungsmittel. Hier ist eine Glocke. Klingeln Sie, wenn Sie wieder wach sind.«

Er lächelte, tätschelte mir die Hand und verschwand mit der Geräuschlosigkeit eines dicken Mannes.

Er ließ mich über eine Woche lang nicht aus dem Zimmer, und die Tage schienen mir immer länger, je kräftiger ich wurde und in die leichte Erregbarkeit des Genesenden verfiel. Oft war er unterwegs, zum Operieren oder zu Hausbesuchen, wie ich annahm, und eine sehr alte Frau in schwarzen Kleidern, einem schwarzen Schal und riesigen Filzpantoffeln brachte mir dann zu essen: Milch, Pudding, später Schisch Kebab mit Pilaw und manchmal ein Hähnchen. Sie fegte auch das Zimmer und brachte mir Wasser zum Waschen. Sie sprach selten, und wenn ich nach Kazim fragte, pflegte sie nur zu sagen: »Der Doktor ist ein guter Mann.« Er ließ mir auf meinen Wunsch viele Bücher da, Geschichtliches und Geographisches über Anatolien. Kazim verbrachte aber doch viel Zeit bei mir. Wir spielten Schach, und er sang manchmal russische und türkische Lieder zur Sas, die er sehr gut beherrschte; wir unterhielten uns über vieles. Ich erfuhr, daß er keine Angehörigen mehr hatte, daß er in den dreißiger Jahren, als seine Leute – Juden, wie der Name schon ahnen ließ – als »wurzellose Kosmopoliten« verschrien wurden, in

die Türkei gegangen war. Er war damals schon zugelassener Arzt gewesen und von Ankara nach Nevşehir gezogen, weil die kleine Marktstadt ihn mehr anzog als die Aggressivität der modernen Großstadt. Er schien im großen ganzen sehr zufrieden zu sein; aber einmal sagte er, kein Arzt, der seine Arbeit ernst nähme, könnte eigentlich glücklich sein: er sähe zu viel Leiden. »Darum«, sagte er, »trinken Ärzte so viel.« Er trank Wodka oder Cognac. Nach vier oder fünf Gläsern pflegte er milder gestimmt zu sein, und er fing an zu lachen, in Ausbrüchen von fast olympischem Ausmaß, wann immer er sich an die Schwächen und Dummheiten seiner Patienten erinnerte. Später, wenn er melancholisch wurde, wurde er auch leiser, und dann begann er zu singen. Wenn er nicht weggerufen wurde, blieb er oft bis nach Mitternacht und oft noch lange, nachdem ich bereits eingeschlafen war. Ich erzählte ihm von Aserbeidschan und meinem Leben als Tänzer und Zirkusartist, aber nichts von den Ereignissen der jüngsten Zeit, außer daß ich mich im Libanon von meiner Truppe entfernt hatte, um eben in die Türkei zu kommen. Er mußte sich gedacht haben, daß mehr dahinter steckte als das: Wie war mein türkischer Paß zu erklären? Und einmal, zu Beginn der Genesungsperiode, fragte ich ihn, ob ich nicht für mein Essen und die Medizin bezahlen könne. Er verließ das Zimmer und kam mit einem verlegenen Lächeln und Akims schwarzem Beutel voll Goldmünzen wieder. Die Hälfte davon war weg, aber statt dessen gab es einen Packen türkischen Geldes.
»Ich bin kein reicher Mann, Aziz Bey«, sagte er. »Ich nahm mir die Freiheit, etwas von Ihrem Gold auf dem Markt zu verkaufen, für, wie ich glaube, einen guten Umtauschkurs. Hier ist eine Aufstellung. Sie werden sehen, daß ich Ihnen nur die Antibiotika berechnet habe, die hier sehr teuer sind.« Er fragte mich nicht, wie ich zu dem Gold gekommen war. Am neunten oder zehnten Tag meines Aufenthalts führte er mich in seinen Wohnraum hinunter. Es war ein großer, langer Raum, der sich über die ganze Breite des Hauses erstreckte und auf jeder Seite ein Fenster hatte. Der Boden war dick mit prächtigen Teppichen ausgelegt, doch sonst gab es keinen Luxus. An einer Wand war ein bis zur Decke reichendes Bücherregal, gegenüber hingen Regale voller türkischer Keramiken. Ein großer Schreibtisch stand an dem von der Straße am weitesten entfernten Fenster, er hatte viele und tiefe Brandflecken von Zigaretten. Drei oder vier Korbsessel und ein niederer Tisch vervollständigten die Einrich-

tung. In einer Ecke stand der gußeiserne Ofen, dessen Rohr mein Zimmer heizte. Es war nicht zu wenig und nicht zu viel darin: es war ein Zimmer, in dem ich mich trotz der spartanischen Sessel wohl fühlte, nur konnte man sich nicht vorstellen, daß es eine Frau lange darin ausgehalten hätte. Ich sah aus dem Fenster auf die Straße und sah gegenüber ein Holzhaus stehen, das wohl praktisch mit Kazims Haus identisch war: ein tief herabgezogener Giebel über einem verputzten unteren Stockwerk. Die Straße hatte Katzenkopfpflaster, die Rinnsteine waren mit grauem, vereistem Schnee gefüllt, und kein Mensch ging vorbei.

»Morgen dürfen Sie mit mir ausgehen«, sagte Kazim mit seiner tiefen, rauhen Stimme, »aber Sie werden vernünftigere Kleidung brauchen als die, in der Sie gekommen sind. Stiefel, Schal, Hut und einen guten Mantel.«

»Sie sind so gut zu mir. Was wird das denn kosten?«

»Ich bin gar nicht gut. Es wäre nur gegen meine Berufsehre, wenn ich einen so guten Patienten verlieren würde, nachdem es ihm gerade erst bessergeht. Dreihundert Lira sollten reichen.«

Ich schaute in Akims Beutel. Es waren noch etwa achthundert Lira drin.

»Könnten Sie das restliche Gold verkaufen?«

»Natürlich.«

Er kaufte mir ein paar schwere Stiefel mit dicken Socken, einen dicken Mantel mit Schaffellkragen, einen Pelzhut, wie ihn Calgar getragen hatte, und brachte noch elfhundert Lira zurück. Am Tag darauf liefen wir die Straße hinauf in die Stadt zu einem großen Restaurant auf der langen, breiten Hauptstraße. Er ließ mich für das ausgezeichnete Essen bezahlen: eine Linsensuppe mit Rauchgeschmack, mit Reis und Hühnerleber gefüllten Kohl, Lammschmorbraten und Baklavas in Honig. Kazim trank ununterbrochen Raki und erlaubte mir auch zwei oder drei Gläser. Auf der Rechnung standen nicht ganz zwanzig Lira, was mir in Anbetracht meiner dicken Notenbündel sehr wenig vorkam.

Kazim war in bester Laune. Er wurde offensichtlich von den wenigen Männern, die noch dort aßen, bewundert und verehrt. »Sie denken sich wohl kaum«, sagte er, als wir erst einmal saßen und er sich die Suppe mit einem großen Löffel in den Mund schob, wohlverwahrt hinter einer riesigen Serviette, »Sie können sich wohl kaum vorstellen, daß ich die meisten von ihnen täglich treffe. Aber das gefällt mir so daran – jeden Tag gehen wir aufeinander zu, als hätten wir

uns ewig nicht gesehen oder eine gefahrvolle Reise hinter uns. Wir freuen uns immer so, uns zu sehen.«
»Wer sind denn diese Leute?«
Er wies mit einer großzügigen Geste durch den schlichten, ziemlich dunklen, hohen Raum. »Das ist hier wie ein Klub. Drei oder vier Rechtsanwälte, der Zahnarzt, zwei Lehrer. Die Akademiker oder – wie wir manchmal sagen – die Intellektuellen. Die Geschäftsleute und der andere Arzt, ein Kurpfuscher, verbringen die meiste Freizeit in den Räumen der Gerechtigkeitspartei. Wir sind die Republikaner.«
»Und sie sind alle Patienten von Ihnen?«
»Meine besten – sie bezahlen nämlich. Ich habe viel mehr Patienten, aber es gibt kaum eine soziale Krankenversicherung und ...« Er zuckte schicksalsergeben mit den Achseln.
Am nächsten Tag fuhr er mich mit seinem schäbigen, sehr alten, spitznasigen Pontiac auf die andere Seite der Stadt. Hier hatte er einen kleinen Praxisraum im Erdgeschoß eines kleinen, modernen Appartementhauses, das etwas verloren in einem Meer von gefrorenem Schlamm und Matsch mitten zwischen Lehmhütten stand. Im Flur standen dichtgedrängt dünne, knochige Männer wie Achmet und Calgar, sie trugen schwere Sergeanzüge und Schaffelle, und ihre Frauen schwarze Röcke und Schals. Sie warteten mit stoischer Geduld, hörten mit gespannter Aufmerksamkeit zu, wenn Kazim sie behandelte, murmelten lange und verschwenderische Danksagungen und riefen Allah zum Zeugen seiner Weisheit und Großmut auf, wenn sie gingen. Die, die ihm etwas bezahlten, gaben ihm Münzen oder sehr schmutzige, verkrumpelte Scheine, die sie aus Börsen und tief versteckten Taschen ihrer Kleidung hervorkramten. Viele bekamen von ihm Medikamente statt Rezepte, und mir wurde klar, daß er erstere oft verschenkte oder weit unter Preis abgab. Nach einer reichlichen Stunde fuhren wir wieder zu seiner Wohnung zurück, wo er mich ins Bett packte, bevor er seine Besuchsrunde begann.
»Das ist jetzt die schlechteste Jahreszeit«, sagte er bei seiner Rückkehr. »Jetzt ist der Winter nicht mehr ganz so hart, und es ist ebenso feucht wie kalt, also gibt es viel Grippe, meist mit Komplikationen. Auch der Tuberkelbazillus wacht jetzt auf. Die Menschen hier haben wenig Widerstandskraft. Zwar essen sie genug, aber nichts Frisches. Die frischen Gemüse aus dem Süden sind so lange zu teuer, bis ihre eigenen Gärten Ernte tragen. Im Sommer ist es anders. Dann habe ich nichts zu tun, außer mal etwas zu nähen oder einen Kno-

chenbruch. Besonders bei denen, die von der Regierung Landmaschinen bekommen haben, aber nicht wissen, wie man damit umgeht ...« Und wieder ließ er sein olympisches Lachen ertönen.
Der Winter wurde immer milder. An den meisten Nachmittagen schien die Sonne schon recht warm, aus dem Wasserschnee wurden Pfützen, und die Rinnsteine wurden zu Bächen. Wir hatten jetzt März. Eines Nachts kam ein Schneesturm, der die Stadt unter einer mehr als dreißig Zentimeter dicken Schneeschicht zurückließ. Bis zum Mittag taute sie bereits, und überall in den Straßen hörte man das Rauschen und dumpfe Aufschlagen von Dachlawinen, und kristallklares Wasser rieselte um die schmelzenden Haufen auf dem Pflaster. Bis zwei Uhr war die Temperatur von minus fünf Grad Celsius in der Nacht zuvor auf erstaunliche zwanzig Grad plus angestiegen. Ich fing erneut an zu husten, und Kazim sperrte mich wieder fünf Tage lang ein, während es draußen regnete, als wären eine Million Wasserhähne offengelassen worden.
Dann kam die Sonne heraus, und sie trocknete rasch alles bis auf die ganz hartnäckigen Pfützen, die als feiner grauer Schlamm zurückblieben, bis auch sie zu weißem Staub wurden, der alles bedeckte. Kasimir nahm mich im Pontiac mit in die Weinberge auf den Hügeln im Süden und Westen, und wir machten ein Picknick – geräuchertes Lammfleisch mit Knoblauch und Paprika – und tranken dazu Bier aus Halbliterflaschen. Die Hügel waren baumlos und mit feinem, wehendem Staub bedeckt; der Wind versuchte sich bereits an den gepflügten Furchen, doch Reihen von winzigen grünen Hälmchen zeigten an, wo der Weizen schon feste Wurzeln geschlagen hatte. Auch die Reben schlugen bereits in spitzen grünen Flämmchen aus, und Kazim sah es mit Genugtuung.
»In ein, zwei Tagen bekommen wir im Restaurant gefüllte Weinblätter und keine Kohlblätter mehr«, sagte er.
Und ich dachte schon wieder an Ankara.

14

Es ging mir mit jedem Tag besser, und ich fing an, wieder mit meinen Messern zu üben und Gymnastik zu treiben.
Während der ersten Wochen in Nevşehir hatte ich kaum an Vergangenes oder Zukünftiges gedacht, doch nun schien mich

das eine wieder mächtig auf das andere zuzutreiben. Wieder fühlte ich die Last der Rache, die ich Akim schuldete; ich wollte Julia wiedersehen; vor allem wollte ich nun ganz dringend in der Türkei seßhaft werden und wußte, das ging nicht, bevor die Vergangenheit bereinigt war.
Kazim war von meinen Messern fasziniert.
»Damit könnten Sie überall in der Türkei Ihr Brot verdienen. Arme wie Reiche lieben das, besonders, wenn es so gut gemacht wird.« Es klang wie ein Echo aus den Tagen mit Akbaba in Athen.
Am Montag der dritten Märzwoche sagte ich, ich würde zu Beginn der nächsten Woche nach Ankara aufbrechen. Wir gingen in der Sonne zum Restaurant, die Straßen waren jetzt trocken und sauber, und wir kamen an dem neuen Hotel vorbei, als ich das sagte. Ein langer amerikanischer Wagen, ein dunkelgrünes Kabriolett, stand davor geparkt. Kazim warf einen Blick hin.
»Sie haben noch nicht den Hauptanziehungspunkt in der Umgebung kennengelernt«, sagte er. »Sehen Sie, die Touristen sind schon da; die haben wir den ganzen Sommer lang.«
»Und was ist das?« fragte ich.
»Göreme. Ein Tal voller Kirchen, die man aus dem Felsen geschnitten hat. Eremiten, Mönche lebten da, ehe die Türken kamen. Byzantiner, Griechen waren das.«
Ich erinnerte mich, davon in den Büchern gelesen zu haben, die er mir geliehen hatte.
»Für Kirchen interessiere ich mich nicht sehr.«
»Diese sind anders. Wie beim Mond ist es die ganze Umgebung, das Tal selbst, das so aufregend ist. Der Besuch lohnt sich wirklich.«
Ich dachte an den folgenden Tagen nicht weiter daran, aber da ich gesagt hatte, ich würde am Montag abreisen, war ich am Donnerstag vorher schon unruhig. Ich bat Kazim, mir für Freitag ein Taxi zu besorgen.
Das Taxi war fast so alt und klapprig wie der Pontiac. Der Chauffeur war ein dünner, mißgelaunter Mann in mittleren Jahren, der Turan hieß. Er ließ sehr deutlich erkennen, daß er nur aus Dankbarkeit gegenüber dem Doktor bereit war, mich zum vorher abgemachten Preis zu fahren, und nachdem er das gesagt hatte, sprach er nicht mehr viel.
Wir fuhren auf einer ungepflasterten Straße nach Osten durch die staubigen Hügel, rutschten und schleuderten über ausgetrocknete Rinnen und durch Schlammpfützen, die fast bis zur Achse reichten. Die Sonne brannte heiß vom Himmel,

doch bestand Turan darauf, die Fenster geschlossen zu halten. Ich verstand warum, als wir auf einer trockenen Strecke hinter einem Lastwagen fahren mußten. Dicke weiße Staubwolken blähten sich um uns auf, der Staub war so fein, daß er durch alle Ritzen drang, obgleich die Fenster zu waren. Meine Augen und mein Hals schmerzten, und Turan fing an, gräßlich zu husten. Ich konnte erraten, welcher Krankheit wegen Kazim ihn umsonst behandelt hatte.

Die Landschaft bekam allmählich ein geisterhaftes Aussehen. Die Straße war an manchen Stellen quer durch den Felsen geschnitten worden, wo sonst eine leichte Krümmung oder Steigung nötig gewesen wäre, und als ich von einer Anhöhe aus durch die staubigen Scheiben schaute, sah ich Täler, die buchstäblich in die Hochebene eingeschnitten worden waren. Aus der Entfernung sah es so aus, als fielen sie senkrecht, nicht in Hängen, ab, wie Riesenritzen in der Erdkruste. Ich blätterte in meinem Reiseführer und fand die Erklärung dafür. Ericyes Dag, ein riesiger, schneebedeckter Gipfel von großer Majestät erhob sich etwa vierzig Kilometer entfernt aus der Ebene. Dieses Massiv war einst ein Vulkan gewesen, und wir fuhren jetzt durch ein Lavafeld aus Tuffgestein, das so weich ist, daß man es mit einem Messer schneiden kann.

Turan schwenkte in eine schmale Fahrspur nach links ein, und diese Straße fiel scharf in einen der tiefen, senkrecht eingeschnittenen Gräben ab. Die Landschaft wurde nun völlig außergewöhnlich, ja unirdisch. Es war, als sei man aus einem Raumschiff auf einen anderen Planeten ausgestiegen. Vom Boden des Grabens, der mindestens fünfzig Meter tief sein mußte, erhoben sich gigantische Kegel fast bis zur Höhe des Plateaus. Jeder Kegel war von Höhlen wie eine Bienenwabe durchlöchert, es waren Hunderte von Höhlen, viele davon offensichtlich von Menschenhand zu spitzen Bögen geformt, einige durch Treppen verbunden. In der kristallklaren Luft und dem weißen Sonnenlicht hoben sie sich schwarz vom braunen und rosa Tuffgestein ab. Die Klarheit der Luft erhöhte den unwirklichen Charakter des Ganzen. Es ging kein Luftzug, und jeder Umriß und jeder Schatten hob sich überklar von der Umgebung ab. Es gab kaum Pflanzenwuchs.

Als wir am Talboden angekommen waren, hielt Turan vor einer großen Höhle am Straßenrand, deren Eingang von einem starken Stahlgitter verschlossen war. Er stieg aus und versuchte sich am Schloß, dann sagte er:

»Diese und noch zwei andere sind die interessantesten für die Touristen, aber Sie sehen ja, die sind verschlossen.«

»Was machen wir denn da?«
»Im Dorf gibt es einen Führer. Den könnten wir holen. Aber manchmal ist er beschäftigt, dann muß man warten.«
»Gut«, sagte ich, »Sie fahren hin und holen ihn, während ich mich umsehe. Rufen oder hupen Sie, falls Sie mich nachher nicht gleich sehen.«
Er machte ein mürrisches Gesicht und zuckte die Achseln; er hatte gehofft, er könnte den Besuch abkürzen. Ich sah ihm nach, wie er weiter talabwärts fuhr; dann wandte ich mich dem nächstgelegenen Kegel zu, der etwas breiter als die anderen und näher an der Talwand war. Nach kurzem Klettern war ich in der ersten Höhle und fand mich in einer kleinen Kapelle mit einer Kuppeldecke. Es gab an ein oder zwei Stellen Farbspuren, und das Ganze war aus dem Felsen geschnitten worden, als sei es eine normal gebaute Kirche.
Ich kletterte wieder hinaus und ging durch das Tal an einen Klippenhang gegenüber, wo die Höhlen größer waren. Der Anstieg dort hinauf war schwieriger, obgleich hier auf der Nordseite die Felsen im Schatten lagen und es mehr Feuchtigkeit gab. Ich folgte einem Pfad, der von Regenrinnen zerfressen war und stellte fest, daß ich mir mit fest aufgesetzten Schritten selber genügend Halt verschaffen konnte. Die Höhlen waren größer und die Dekorationen üppiger. Heilige mit überlangen Körpern schwebten in hartem Orange und Rot an den Wänden, und als sich meine Augen an die Düsternis gewöhnt hatten, sah ich Einzelheiten: den kühnen Wurf der stilisierten Falten, die steife liturgische Segens- und Unterwerfungsgeste, die ich von den Besuchen her kannte, welche ich früher aus Neugier in orthodoxen Kirchen Rußlands gemacht hatte.
Zwei Türen führten ins Innere, und ich ging durch die eine, wobei mir die Taschenlampe gute Dienste leistete, die mir Kazim für den Zweck mitgegeben hatte. Ich befand mich in einem rechteckigen Raum mit einer tieferen Decke, er war schmucklos, die Spuren der Meißel waren noch sichtbar. Ein langer Tisch füllte fast das ganze Innere, von den Wänden aus ragten Bankreihen nach vorne – und alles aus Stein. Die Decke war wie von Feuer oder unzähligen Lampen geschwärzt, und ich nahm an, daß ich mich in einer Art Refektorium oder Konferenzraum befand.
Inzwischen fand ich die Stille, die Leere und die Dunkelheit bedrückend. Was für Menschen waren das gewesen, die sich vor der Sonne und den Feldern in diese düsteren kleinen Löcher zurückgezogen hatten? Warum hatten sie sich ihre

Kirchen aus dem Felsen gehackt, anstatt sie ins Offene zu bauen? Was war der Zweck solchen Tuns? Was hatte es ihnen oder anderen Menschen eingebracht?
Ich kehrte in den Kirchenraum zurück und hörte einen Wagen ankommen; das Geräusch des Motors dröhnte überlaut in der klaren Luft. Ich ging zum Eingang, weil ich glaubte, Turan käme mit dem Führer zurück, aber dann merkte ich, daß das Geräusch von der anderen Seite, von der Hauptstraße, herüberdrang.
Das lange, grüne, amerikanische Kabriolett schwenkte zum Talboden ein, es glänzte trotz der Staubschicht auf seinen Kotflügeln in der Sonne. Der Motor blieb einen Augenblick im Leerlauf, dann wurde er abgestellt. Eine Tür öffnete sich mit einem Ruck, und ich sah sie alle drei aussteigen: Hilmer, einen Kopf größer als die anderen, den kurzgeschorenen Kopf leicht zu ihnen hinabgeneigt, trug seinen kurzen Automantel. Pralitz und Baden hatten bunte Pullover über dunklen Sporthemden zu gebügelten Sommerhosen an. Sie blieben eine kurze Weile mit den Händen in den Hosentaschen stehen und redeten miteinander; ich konnte nicht verstehen, um was es ging. Hilmer machte eine weite Geste über das ganze Tal, und ich drückte mich an die Höhlenwand. Dann stiegen Pralitz und Baden wieder in das Kabrio. Der Wagen fuhr langsam das Tal entlang in der Richtung, in der Turan verschwunden war, und Hilmer blieb allein an der Straße zurück. Er wanderte langsam ins Tal hinein und lehnte sich an einen Felsbrocken, der von der Klippe gestürzt war; er rauchte eine Zigarette und suchte mit den Blicken methodisch die durchlöcherten Wände über sich ab. In diesen Momenten nötigte er mir wirklich Achtung ab. Er wußte, daß ich vermutlich hier war, er mußte immerhin annehmen, daß ich bewaffnet sein könnte, und als wir uns das letztemal gesehen hatten, hatte er mich umbringen wollen. Und doch stand er völlig entspannt da, wie ein Tourist, der sich überlegt, wo er in einem Tal voll bemalter Höhlen beginnen soll. Ich beobachtete ihn, vertraute darauf, daß mich der tiefe Schatten vor ihm verbarg, und wagte nicht, außer Sichtweite zu gehen, damit er nicht, wenn ich dann wieder nach ihm schaute, verschwunden war und ich nicht wußte, wohin. Er warf die Kippe weg und richtete sich auf. Dann rief er leise, aber deutlich: »Aziz Bey?«
Schweigen folgte auf das wispernde Echo.
»Aziz Bey.«
Diesmal war es keine Frage, er war seiner Sache sicher. Ich

dachte, er müßte mich gesehen haben, denn er kam schnell und entschieden den Pfad herauf, den ich auch genommen hatte, direkt auf meine Höhle zu. Auf halbem Weg hielt er inne und betrachtete den Pfad vor sich, und meine Achtung steigerte sich. Er hatte nicht mich gesehen, wohl aber die frischen Spuren und Eindrücke, die ich im weichen Tuff hinterlassen hatte. Ich wartete nicht, bis er die Spur wieder aufnahm. Ich verschwand durch die Kapelle in dem Türloch, das ich noch nicht untersucht hatte. Eine kurze Wendeltreppe brachte mich in eine neue Kapelle; sie war größer als die untere und verschwenderisch ausgemalt, mit mehr Blautönen als die anderen. In einer Wand war oben ein großes Loch, durch das ich ins Freie klettern konnte. Draußen hörte ich wieder Motorengeräusch, stellte aber fest, daß ich von hier aus nicht zur Straße zurücksehen konnte. Ich befand mich in einem Winkel des Tals, wo es dreißig Meter tief steil abfiel. Hier konnte ich nicht bleiben. Ich sprang schwerfällig zu einem Busch hoch und zog mich daran höher, fast bis auf die Höhe des Plateaus, von wo aus ich um die Ecke kroch, damit ich vom Ausgang der Kapelle nicht gesehen werden konnte, aber selbst die Straße und den Eingang zu meinem Höhlenkomplex vor Augen hatte.
Hilmer hatte ihn fast erreicht. Das Auto, das ich gehört hatte, kam hinter ihm in Sicht, und er sah sich nicht sofort danach um; anscheinend dachte er, es seien Pralitz und Baden, die zurückkämen. Aber sie waren es nicht. Dieser Wagen kam auch von der Hauptstraße her, und als sich der Staub legte, war ich kaum überrascht, darin den alten weißen Citroën wiederzuerkennen, der mich schon einmal vor Hilmer gerettet hatte.
Dann, als er die Höhle erreichte, drehte er sich um, doch da war es zu spät. Georg und Eyup rannten schon durch das Tal auf ihn zu. Hilmer verschwand unter mir, und ein Schuß ertönte und ließ den Tuff vor Georg aufspritzen, als sei eine Granate eingeschlagen.
Die Russen warfen sich getrennt in Deckung, zwei weitere Schüsse zerrissen die Stille, und diesmal gab es nur eine Staubexplosion. Eyup war getroffen, seine Hände fuhren an den Schenkel, und er rollte sich hinter einen Felsen.
Georg hatte heil die Deckung erreicht, er war in der ersten Höhle, die ich angesehen hatte, im ersten Kegel des Tals. Er feuerte drei Schüsse in schneller Folge ab, dann erstarben die Echos wieder. Wir hörten alle das Motorengeräusch durch die Stille. Georg schrie etwas und deckte Hilmers Höhle mit

einem unablässigen Kugelhagel ein, und unter diesem tödlichen Deckungsfeuer kämpfte sich Eyup auf die Füße und bewegte sich wie eine Krabbe, das eine Bein wie eine Prothese schwingend, auf den Citroën zu. Er riß eine Tür auf, die Windschutzscheibe verwandelte sich in eine Milchstraße, als Hilmer einen Schuß riskierte, Eyup kriegte die Maschinenpistole zu fassen und rollte unter den Wagen. Das grüne Kabrio kam rutschend und schleudernd zwanzig Meter vor ihm zum Stehen, da er die Vorderreifen durchsiebte. Wieder schien das Tal den Atem anzuhalten, dann warfen Pralitz und Baden ihre Waffen vorsichtig auf die Straße. Ihre Türen gingen auf, und sie stiegen mit erhobenen Armen aus.
Hilmers Stimme drang verstärkt und verzerrt durch die Felsenkammern, die uns trennten. Er verfluchte seine Untergebenen mit den fürchterlichsten Schimpfworten. Georgs Kopf hob sich auf der anderen Seite des Tals. Hilmers Waffe knallte einmal, und die Kugel fegte Staub auf Georgs kahlen Schädel. Wieder Stille, diesmal in der Erkenntnis, daß alle beide in der Klemme saßen. Dann rief Hilmer:
»Katkov, Katkov, können Sie mich hören?«
Georg antwortete mit seiner rauhen und tiefen Stimme: »Ich höre, Hilmer.«
»Gut. Ich glaube, wir schließen besser eine Art Waffenstillstand, sonst sitzen wir hier den ganzen Tag fest.«
»Bis Sie keine Munition mehr haben.«
»Ich habe noch zwei volle Magazine, in jedem sind dreizehn Kugeln. Und ich glaubte, Ihr Eyup muß zum Arzt.«
»Nur ein Streifschuß, Bey Efendim«, klang es unter dem Citroën hervor. »Er hat mich nur knapp erwischt.«
»Na gut«, rief Georg, »einigen wir uns. Aber wir sind im Vorteil. Ihr Wagen ist schwerer beschädigt als unserer. Unser Wagen fährt noch.«
»Da wäre ich nicht so sicher, Katkov. Da leckt irgendwas, Wasser oder Öl. Und ich könnte ihm leicht von hier aus den Rest geben.«
Wieder meldete sich Eyup: »Wasser. Einer von seinen Schüssen hat den Kühler getroffen.«
»Und«, fuhr Hilmer fort, »Aziz ist irgendwo in den Höhlen hinter mir. Er ist nicht bewaffnet, sonst hätte er mich nicht bis hierher kommen lassen.«
Nun nannte er mich schon zum zweitenmal Aziz. War ich nicht mehr Akim für ihn? Wenn nicht, was bedeutete ich dann noch für ihn?
»Ich glaube Ihnen nicht. Wo ist sein Taxi?«

Nun rief Pralitz: »Das Taxi ist vier Kilometer weiter im Dorf. Der Chauffeur spielt mit dem Führer im Teehaus Dame. Er sagte, er habe Milyutin hier zurückgelassen.«
»Also, Katkov, die Chancen stehen gleich. Was bieten Sie?«
Georg feuerte dreimal auf Hilmer, der mit Schüssen auf den Citroën erwiderte. Eine Kugel pfiff als Querschläger an Badens Kopf vorbei.
»Nun mal langsam, Chef!«
»Ich könnte Eyup befehlen, Ihre Leute umzulegen, und dann wäre er für Sie frei.«
»So was würden Sie doch nicht tun!«
»Dann hören Sie auf, auf meinen Wagen zu ballern.«
Nun kam das Geräusch eines Wagens vom Dorf her, und plötzlich veränderte sich das ganze Bild. Baden blickte über die Schulter und schrie: »Der hat einen Polizisten mit.« Eyup rollte sich unter dem Citroën hervor und stopfte seine Waffe unter den Rücksitz, Baden und Pralitz scharrten die ihren aus dem Staub wie ertappte Schuljungen. Als das Taxi zum Stehen kam, standen alle drei unbeholfen herum und lächelten scheu. Turan hupte laut und anhaltend und zündete sich eine Zigarette an. Mir fiel ein, daß dies das Zeichen war, um das ich ihn gebeten hatte, und da es eigentlich nicht viel gab, was sie mir vor den Augen des Gesetzes antun konnten, stieg ich auf dem Weg, den ich gekommen war, zur Talsohle hinunter. Als ich durch die erste Kapelle kam, zündete sich Hilmer auch gerade eine Zigarette an. Als einziges Merkmal dafür, daß er kein harmloser Tourist war, hatte er eine leichte Streifwunde über dem einen Auge. Er ließ mir ein bedächtiges, kaltes Lächeln zukommen.
»Aziz Bey. Wie Sie sehen, halten wir Sie nicht länger für Akim Milyutin, und wir haben nichts Böses mit Ihnen vor. Es wäre für Sie von Vorteil, wenn Sie mich in Ankara besuchen würden. Die amerikanische Botschaft weiß mich zu finden.«
Georg rief mir ebenfalls zu, als ich vorbeiging: »Aziz Bey. Samjatmin würde Sie gern in Ankara sprechen. Er hat Ihnen ein gutes Angebot zu machen.«
Als ich ins Taxi einstieg, versuchten Pralitz und Eyup den Polizisten gerade davon zu überzeugen, daß sie mit ihren Wagen zusammengestoßen waren. Der Polizist hörte ihnen nicht zu. Er hatte seinen rechten Zeigefinger in ein Einschußloch im Citroën gebohrt.
Bevor wir die Stelle erreichten, wo der Fahrweg in die Hauptstraße einmündete, sah ich schon den roten Volkswagen stehen. Der dunkelhaarige Mann mit der Sonnenbrille

stieg aus und winkte uns zu. Er kam an den Wagen, legte seine Ellbogen in den Fensterrahmen und sprach durch das Fenster, das ich heruntergekurbelt hatte:
»Ich freue mich, Sie in Sicherheit zu sehen. Es waren so viele da, daß ich mich nicht einmischen wollte. Mein Angebot, Sie nach Ankara mitzunehmen, gilt noch immer, wenn Sie wollen.«
Ich antwortete ohne nachzudenken.
»Vielen Dank, ich habe meine eigenen Pläne.«
Trotzdem folgte er uns bis Nevşehir.
Ich sagte Kazim, daß ich noch diese Nacht verschwinden wollte, und erzählte ihm etwas über die schwierige Lage, in der ich mich befand. Er bedauerte es, fragte aber nicht nach weiteren Einzelheiten, und sobald es dunkel war, schmuggelte er mich durch die Hintertür aus seinem Haus und die Straße hinunter zu einem Teehaus, das von Lastwagenfahrern bevorzugt wurde. Er fand einen, der unmittelbar vor der Abfahrt stand. Wir schüttelten uns die Hände und nahmen Abschied. Ich gedenke seiner in Dankbarkeit.

15

Der Laster donnerte durch die Dämmerung am Gölbaşi-See vorbei und die lange Steigung zwischen den kahlen Hügeln im Süden der Stadt hinauf. Noch ein Paß, und da lag sie vor mir ausgebreitet in dem ausgedehnten Halbkreis der flachen Talsenke. Sobald ich sie sah, beschloß ich, daß es meine erste Aufgabe sein mußte, sie kennenzulernen, sie so kennenzulernen wie keine Stadt je zuvor.
Ich hatte in Göreme und während der langen kalten Fahrt von Nevşehir viel begriffen. Ich wußte nun, daß ich wieder fit war, daß ich meiner Reflexe sicher, meiner Ausdauer gewiß sein konnte. Darüber hinaus hatte meine Entschiedenheit zugenommen, die Mörder meines Bruders zu stellen, und zwar auf eine so sichere und zuverlässige Weise, daß meine Zukunft, die ich in der Türkei zuzubringen gedachte, nicht gefährdet würde. Ich war aber gelassen, ich hatte Zeit. Pläne hatte ich nicht, und das bekümmerte mich auch nicht weiter, ich war bereit, abzuwarten. Und nun, da die Stadt unter mir lag und ich die weite Kurve der Umgehungsstraße im Westen vor mir sah, begriff ich, daß ich erst jedes Handikap beseitigen mußte, das mir daraus entstehen konnte, daß ich die

Umgebung nicht genau kannte, und daß ich mich so lange verborgen halten mußte, bis ich die Stadt vom einen bis zum anderen Ende erforscht hatte. Ich verließ den Laster zwischen Garagen und verwahrlosten Fabriken auf der Westseite und fuhr in einem Bus ins Altstadtviertel. Ich nahm ein Zimmer in einem kleinen Hotel am Hang unterhalb der Zitadelle und im Herzen des Geschäftsviertels mit seinen Banken und Märkten, wo die Straßen eng und steil sind und sich kurvenreich unter den Befestigungen dahinwinden. In diesem Gebiet hatte ich in den folgenden drei Wochen meine Basis, doch wechselte ich drei- oder viermal das Hotel. Jeden Tag ging ich mit meinem Stadtplan los, und jeden Abend markierte ich das Gebiet, das ich erforscht hatte. Ich lief zu Fuß, nahm Busse, fuhr mit dem Gruppentaxi, dem »domuşlar«, und privaten Taxis und berechnete dabei stets die Zeit. Ich ging in die Slums am Rande der Stadt und folgte den schmutzigen Wegen durch endlose Reihen von Lehmhütten; ich wanderte über die Alleen und Gärten auf den Hügeln der Südstadt, wo sich unter knospenden Pappeln und Akazien die Botschaftsgebäude erhoben, bis ganz hinauf zum Palast des Präsidenten. Ich verbrachte warme Nachmittage in der Stadtmitte, wo der Boulevard Atatürk vom Kizilay-Platz an modernen Geschäften vorbei zur Oper führt und in den Jugendpark mit seinem künstlichen See und den Teegärten, einer Miniatur-Eisenbahn und einem Vergnügungspark, der vom Riesenrad und einem Fallschirmturm beherrscht wird. Und ich wanderte durch die Vororte, die sich um Kizilay herumziehen, ruhige Straßen mit Bäumen und Straßenhändlern, wo ich auch Julias Wohnung entdeckte, kahlere Straßen mit größeren Wohnblocks, einige davon modern und teuer, die meisten aber schäbig und mit bereits bröckelnden Fassaden, wo der geheimnisvolle Rudi Fleisch wohnte. Zu Besuchen bei beiden war ich noch nicht bereit.

Auch die Menschen der Stadt lernte ich kennen. Da waren die Bewohner der Slums – tiefliegende, viel zu glänzende Augen, gerötete und eingefallene Wangen, Tuberkulöse. Sie wanderten jeden Morgen aus ihren Hütten herein, sahen sich ohne Hoffnung nach Arbeit um oder schleppten die schweren, messingbeschlagenen Kisten der Schuhreiniger. Einige durchsuchten die Mülltonnen in den reichen Vierteln und schleppten Säcke voll leerer Flaschen von Wohnung zu Wohnung, wo sie winzige Summen bezahlten, um bei den Flaschenfabrikanten einen noch winzigeren Profit zu machen. Dann die jungen Männer – Bauernjungen von robuster Stärke –, die zur

Bausaison aus den verarmten Dörfern der Tiefebene kamen, in der Hoffnung, daß sie im Sommer das Heiratsgeld für die Verlobte zusammenbringen würden, die zu Hause wartete. Sie waren etwas besser angezogen und trugen die Reste ihrer rauhen, aber soliden Militärdienstkleidung. Ich mischte mich in der Stunde vor und nach Geschäftsschluß unter die Angestellten und Verkäufer, die Beamten und die Studenten, die in ihren blauen und grauen Anzügen zu kleinen Büros in riesigen, kahlen Büroblocks in der Altstadt oder glas- und marmorverkleideten Gebäuden in der Neustadt unterwegs waren. Mittags setzte ich mich in die besonnten Snackbars am Kizilay-Platz, wo die beleibten, selbstsicheren Geschäftsleute, die Armeeoffiziere in ihren schöngebügelten Uniformen und mit Eichenblättern auf den hohen Mützen, die ausländischen Lehrkräfte und die Amerikaner saßen. Zweimal sah ich Julia in einer Snackbar namens »Picknick«, einmal war sie mit Yapton zusammen. Sie erkannten mich nicht, ich hatte meinen Schnurrbart auf das ordentliche türkische Maß zurechtgeschnitten und trug eine dunkle Brille.
Im »Picknick« machte ich meine nützlichste Bekanntschaft. Ich bemerkte einen unterernährten Jungen von vielleicht sechzehn Jahren, der die leeren Biergläser einsammelte. Als er an meinen Tisch kam, gab ich ihm fünf Lira und fragte ihn, wann er frei hätte. Er sagte, er habe um halb drei eine Freistunde, und ich bat ihn, er möge mich vor dem großen Kino in der Bulvar-Straße treffen. Ich glaubte, er traute mir nicht, denn er kam mit einem Freund, der noch elender aussah als er. Ich fragte, wie sie hießen – Murteza und Mehmet–, und sagte ihnen, was ich wollte. Ich wollte eine Hütte am Stadtrand und würde dafür fünfhundert Lira zahlen. Sie waren baß erstaunt, und nach einem geflüsterten Gespräch unter vier Augen boten sie mir ihre eigene an. In einem Taxi fuhren wir zu den östlichen Hügeln, von dort gingen wir zu Fuß an den äußersten Stadtrand. Auf dem Weg dahin waren sie still, sie trauten ihrem Glück noch nicht; aber als ich sagte, ich würde sie nehmen, verfielen sie in aufgeregtes Geplauder. Mehmet konnte nun mit seinen zweihundertfünfzig ins Hospital gehen, um seine Tb auszukurieren; das Bett war frei, aber mit dem Geld mußte er das Streptomycin und das PAS bezahlen. Murteza würde ausziehen, das war kein Problem, und nun war er schon näher an den tausend dran, die er versprochen hatte, nach Hause mitzubringen. Die Hütte bestand nur aus einem Raum mit einem Lehmfußboden. Das Dach war aus Wellblech, es gab zwei Betten, einen alten Ofen

und zwei Stühle, das war alles. Aber die Tür schloß gut und war fest. Als die Jungen fort waren, ging ich zu den nächstgelegenen Läden und kaufte ein Vorhängeschloß für die Tür. Dann verschloß ich die Hütte und ging wieder in mein Hotel. Nun hatte ich einen Schlupfwinkel für den Fall, daß ich einen brauchte.
Allmählich hatte ich das Gefühl, daß ich die Bühne und die möglichen Szenenwechsel des Dramas kannte, das sich nun entspinnen sollte, wenn ich auch bisher nur die blasseste Vorstellung von der Handlung besaß. Nun wollte ich mehr wissen.

16

Während jener drei Wochen hatte ich versucht, mir einen Plan zurechtzulegen, wie ich auf sichere Weise die Verbindung mit Georg Katkov herstellen konnte. Ich wollte ihn benutzen, um an den geheimnisvollen Samjatmin heranzukommen, der sein Chef zu sein schien.
Das Dumme war, daß ich in Ankara außer Julia keine Freunde hatte, und sie konnte ich unmöglich benutzen, ohne sie in Gefahr zu bringen. Ich dachte lange darüber nach und kam schließlich auf die folgende, ziemlich unbefriedigende Sicherheitsmaßnahme. Ich wollte Georg in der Botschaft anrufen und ihn bitten, mich in einem der Gartencafés im Park der Jugend zu treffen. Aber zuerst würde ich Briefe an die britische und die amerikanische Botschaft sowie an die Polizeipräsidenten von Beirut und Ankara vorbereiten, die ich im Hotel hinterlegen würde mit der Bitte, sie binnen zwei Stunden zu befördern, falls ich nicht zurückkehrte. Diese Briefe würden die ganze Geschichte seit meiner Verführung durch Anya in Athen enthalten, und eine Kopie wollte ich Georg zeigen, ehe wir zu reden anfingen. Ich glaubte nicht, daß mich dieser Plan sehr lange schützen würde: War die Verbindung erst einmal hergestellt, würden sie mir folgen, mein Quartier finden und die Briefe abfangen. Aber ich hoffte, etwas Zeit zum Luftholen und etwas Bewegungsspielraum würden sie mir schon geben. Und so führte ich eines Abends gegen Ende April diese meine umständlichen Vorbereitungen aus und ging dann von meinem Hotel hinunter durch die Menge der heimkehrenden Arbeiter und späten Käufer zum Post- und Telegrafenamt an der Ecke von Posta Caddesi und Boulevard Atatürk.

Endlich bekam ich eine Telefonzelle, und mit klopfendem Herzen und trockenem Mund steckte ich zitternd mein Fünfundzwanzigkurusstück in den Schlitz und wählte die Nummer, die ich seit Tagen kannte.
»UdSSR Buyuk Elbigi.«
»Ich möchte gern Georg Katkov sprechen.«
»Georg Katkov ist nicht da. Er ist um zehn Uhr zurück, aber da ist hier leider niemand mehr am Telefon. Kann ich ihm etwas ausrichten?«
»Es ist wichtig. Sagen Sie mir, unter welcher Nummer ich ihn um halb elf erreichen kann, und sagen Sie ihm, Milyutin würde anrufen.«
»Um halb elf erreichen Sie ihn unter der Nummer 0 37 42 91.«
Ich legte auf und wischte mir die schwitzenden Hände mit dem Taschentuch trocken, bevor ich auf die Armbanduhr sah. Viertel nach fünf. Fünf und eine Viertelstunde. Ich ging hinaus auf die Straße und nach rechts zum Ulus-Platz hinauf. Ich fand ein Café in einem modernen Block, etwas von der Straße abgelegen, und bestellte mir Milchkaffee und ein Käsebrötchen mit einer Gewürzgurke. Der Kaffee, auf türkische Art zubereitet, schmeckte nicht gut mit der Milch. Ich sah wieder auf die Uhr. Fünf Uhr zweiunddreißig. Mir fiel ein, daß ich, wenn ich Julia überhaupt wiedersehen wollte, dies am besten jetzt täte, bevor ich mich mit Katkov traf. Ich ging zum Boulevard zurück, stellte mich in die Warteschlange und nahm ein Gemeinschaftstaxi zum Kizilay-Platz, fünf Minuten von ihrer Wohnung entfernt. Der Eingang zu den Appartements lag neben dem Eingang zu einem Restaurant, und als ich die Stufen hinabging, richtete sich ein im Türrahmen lehnender Kellner hoffnungsvoll auf. Ich ging an ihm vorbei, eine kahle Betontreppe zum ersten Stock hinauf. Ein Lichtstrahl drang unter ihrer Tür hindurch, und ich drückte auf die Klingel. Schritte kamen über Teppich und Fliesen, und der Knopf drehte sich. Es war Yapton, der mir aufmachte. Er stand groß und vornübergebeugt vor mir. »Ja?« sagte er. Es klang fest, aber nicht kalt.
»Wohnt hier Miß Bramber?«
»Ja.«
»Kann ich sie sprechen?«
»Sie ist da. Kennen wir uns nicht?«
»Sie haben mich aus dem Libanon mitgenommen.«
»Lieber Himmel. Als ob ich das je vergessen könnte. Aber Sie haben diesen Schnurrbart gekürzt, und ich habe Sie nicht erkannt. Julia, es ist Aziz Bey.«

Ich hörte ein Glas klirren und wieder Schritte, diesmal sehr schnelle, und da war sie, in engen schwarzen Hosen und einem tiefblauen Pullover, der die weiße Haut über ihren Brüsten sehr betonte. Ihr Haar war etwas länger, und goldene Ohrringe blitzten darin.
»Wirklich? Ja, tatsächlich. Wie wunderbar!«
Yapton war beiseite getreten, und sie nahm mich bei beiden Händen und zog mich ins Wohnzimmer und auf einen viereckigen, gutgepolsterten Sessel.
»Wie sind Sie hergekommen? Wie lange sind Sie schon hier? Wie lange ist es her – sechs oder sieben Wochen, nein fast acht –, wo haben Sie denn die ganze Zeit über gesteckt? Wir hatten Sie aufgegeben. Wir waren sicher, daß Sie entweder von diesen Russen oder von den Amerikanern geschnappt worden seien, und ich war furchtbar böse auf Jeremy und Peter, weil sie Sie nicht mit nach Ankara nehmen wollten. Aber jetzt ist ja alles gut. Sie sind hier und sehen gut aus.«
Meine Augen folgten ihr durch den großen Raum, der hell war, mit weißen Wänden, langen, niederen Sofas und Sesseln, die mit demselben eierschalenfarbenen Material bezogen waren, dazu viele rote, ockerfarbene, gelbe, braune Kelims und Ziegenhaarteppiche. Sie hatte mich neben einem Kamin placiert, in dem zwei Scheite brannten. Sie bewegte sich rasch und anmutig und nahm plaudernd Flaschen von einem Tablett auf einem runden schwarzen Tisch, fragte mich aber nicht, was ich haben wollte, sondern wartete, bis ich beim Anblick irgendeiner Flasche nickte. Ich hatte keine Ahnung, was es war, ich war viel zu aufgeregt, um klar zu denken.
»Also Bacardi«, sagte sie. »Mit Coca-Cola und Eis?«
Sie gab mir ein schweres, großes Glas in die Hand; ich hatte so etwas bisher nur in westlichen Geschäften gesehen. Es fühlte sich sehr angenehm an – solide und klar. Das Getränk war von einem bläßlichen Rotbraun in der Farbe und schmeckte sehr trocken mit einem süßen Beigeschmack. Julia saß auf dem dicken, langhaarigen orangefarbenen Teppich zu meinen Füßen und hatte die Beine angezogen. Sie sah mich an. Peter Yapton drückte sich etwas unsicher irgendwo im Hintergrund herum.
»Jetzt sagen Sie mir, wo haben Sie gesteckt?«
Ich trank noch etwas und fühlte, wie sich die alkoholische Wärme vom Magen her im Körper ausbreitete. Die kalte Spannung, unter der ich seit meinem Anruf in der Botschaft gelitten hatte, wich nun endlich.

»Es war ganz einfach. Ich ließ mich von Lastwagen nach Norden mitnehmen, aber bis ich zu einem Ort namens Nevşehir kam, war ich krank. Ernsthaft krank. Glücklicherweise war der Arzt dort sehr gütig und nahm mich auf, bis es mir besserging, und behandelte mich auch. Dann kam ich hierher, und da bin ich nun.« Ich sagte nicht, daß ich schon seit drei Wochen in Ankara war .

»Und was werden Sie jetzt tun? Sind diese Männer immer noch hinter Ihnen her?«

»Ich glaube nicht. Ich will mich jetzt um einen legalen Status bemühen, mich naturalisieren lassen und dann Arbeit suchen. Ich schulde Ihnen fünfzig Lira; die kann ich Ihnen jetzt wiedergeben, deshalb bin ich hergekommen.«

»Sie brauchen es mir nicht zu geben, bevor Sie Arbeit haben. Können Sie heute abend hierbleiben? Wissen Sie, wo Sie über Nacht bleiben? Bitte, bleiben Sie zum Essen.«

»Ich habe ein Hotel. Aber essen würde ich gern etwas, wenn es Ihnen recht ist. Ich habe erst um halb elf etwas vor.«

Yapton machte sich nun bemerkbar und sagte mit bekümmerter Miene zu Julia: »Ich muß jetzt gehen. Ich erwarte einen Schüler und muß noch Arbeiten korrigieren.«

»Peter, es tut mir leid. Ich habe es ganz vergessen. Warte, ich hole dir den Mantel. Hoffentlich hast du dich nicht meinetwegen schon verspätet.«

»Nein, aber ...«

Sie schob ihn bereits auf den Flur. Es gab einen kurzen Wortwechsel an der Tür, den ich mithörte, so wie man ein Telefongespräch mitbekommt. Yapton hatte die Stimme gesenkt, aber Julia sprach mit normaler Lautstärke und mit der unbeugsamen Festigkeit, an die ich mich noch gut erinnerte.

»Peter, wirklich! ... Natürlich ist es in Ordnung ... Ich bin doch fähig, mich ... Na, was hast du denn dann gemeint? ... Ach, das. Hör mal, er hat gesagt, daß er sie los ist, und ich sehe wirklich nicht ein, wie die CIA oder der russische Geheimdienst sich in meine Wohnung stürzen können, wenn ich sie nicht einlade ... Du spinnst ja. Na gut, ich rufe dich später an. Ja, ich komme morgen vorbei. Nein, mach dir keine Gedanken, auf Wiedersehen, gute Nacht.« Sie kam zurück.

»Trinken Sie noch etwas, und erzählen Sie mir, wie es in Nevşehir war. Sind Sie in Göreme gewesen?«

Sie setzte sich wieder vor meine Knie, und ich erzählte ihr von Nevşehir, von Kazim und dem Restaurant, und ich sagte, in Göreme sei ich auch gewesen. Das Eis klingelte freundlich in meinem niemals leeren Glas, und der Rum schien all meine Adern zu durchdringen, bis ich mich ganz von seiner Wärme umfangen fühlte. Die Dinge und Farben in dem Raum wurden klarer und paßten sehr harmonisch zusammen. Nur ein großes Gemälde mit blauen und roten Kreisen über dem Kamin störte meinen ästhetischen Sinn. Sie richtete sich plötzlich auf und blickte auf die Uhr.

»Aber wir müssen etwas essen. Ich fürchte, ich habe nicht viel im Haus, aber auf der Konur Sokak ist ein Delikatessengeschäft, das noch auf sein müßte. Ich gehe und hole uns etwas. Es dauert nicht lange.«

Sie füllte mein Glas auf, verbat sich meine Begleitung und legte eine Platte für mich auf den Plattenspieler.

Es war der »Coq d'Or« von Rimski-Korsakow, was wohl als Aufmerksamkeit für mich gedacht war. Ich fand die Musik banal – die tartarischen Rhythmen so unsauber, die Orchestrierung zu spröde, und sobald Julia die Tür hinter sich geschlossen hatte, nahm ich den Tonabnehmer weg und sah mir die Platten in ihrer Sammlung an. Es gab keine türkische Musik, aber ich fand drei Fünfundvierzigerplatten mit israelischer Volksmusik. Dann erforschte ich mit dem Glas in der Hand und auf etwas unsicheren Füßen den Rest der Wohnung.

Die übrigen Räume gingen vom Flur ab. Die Küche war klein, aber wohlausgerüstet mit Gaskocher, Küchenmaschinen und so weiter, und mit einem großen amerikanischen Kühlschrank, in dem das Licht anging, wenn man die Tür aufmachte. Das machte mir Spaß; ich hatte so etwas noch nie erlebt.

Ich hatte zwei- oder dreimal auf- und zugemacht, bevor mir das Vorhandensein nicht nur von zwei Flaschen Milch, sondern auch von kaltem Braten, Eiern, Butter und zwei gefüllten Paprikaschoten auffiel. Ich fragte mich, was sie noch kaufen mußte, wenn schon so viel da war. Ich ging ins Bad. Es war auch klein, hatte eine Dusche über der Wanne, und überall, selbst auf dem Boden, standen und lagen Kosmetika. Auch das Schlafzimmer war nicht aufgeräumt. Ein Haufen Kleider lag in einer Ecke, und das große Bett war ungemacht, ein schwarzes Haar lag auf dem Kopfkissen. In gewisser Weise beruhigte mich das. Ich habe nicht viel Erfahrung mit Frauen, die allein leben, aber es schien mir unwahrscheinlich, daß sie Männer in einen so unordentlichen Raum ließ.

Und dann fragte ich mich, warum ich eigentlich ihre Wohnung untersuchte. Neugier, sagte ich mir. Ich wollte dieses

merkwürdige, energische, selbständige und doch so zartfühlende Mädchen besser kennenlernen. Einem plötzlichen Impuls folgend, zog ich die oberste Schublade einer kleinen Ankleidekommode auf. Eine blauschwarze Pistole lag auf einem Haufen seidener Schals und Nylonhemden.
Ich saß zwanzig Minuten auf dem Sessel im Wohnzimmer, ehe sie zurückkam, und in diesen zwanzig Minuten machte ich mir ein für allemal klar, daß ein allein in Ankara lebendes Mädchen sich eben sicherer fühlte, wenn es eine Pistole hatte. Endlich hörte ich ihren Schlüssel im Schloß. Sie kam herein und nahm ein blaues Kopftuch ab, auf dem winzige Regentropfen funkelten. Sie schüttelte ihre schwarzen Haare, und wieder blitzte das Gold an ihren Ohren.
»Tut mir leid, daß es so lange gedauert hat. Der Laden in der Konur Sokak war doch schon zu, und da habe ich ein Taxi zur Sakarya Caddesi genommen. Ich habe ein paar gefüllte Weinblätter, zirkassisches Hähnchen und etwas, das hier ›rus salata‹ heißt. Ist der wirklich russisch? Sind Hähnchen in einer Soße aus geriebenen Walnüssen wirklich zirkassisch? Und Oliven und Käse, leider wohl kein sehr guter Käse, der ist mehr für Mausefallen geeignet.«
Die Idee, daß man Käse nur für Mausefallen geeignet hielt, ließ mich lachen, es klang vielleicht ein bißchen unbeherrscht. Wir aßen von blauen Tellern, die wir auf den Knien vor dem Feuer balancierten, und tranken dann türkischen Kaffee aus kleinen Täßchen mit Kupferrand. Und wir tranken, ich jedenfalls, noch etwas Bacardi mit Coca-Cola. Dann machte sie fast alle Lampen aus und setzte sich zwischen meine Knie auf den Teppich, während vom Plattenspieler träumerischer, klimpernder Jazz ertönte, wie ich ihn noch nie gehört hatte. Das Kaminfeuer fing sich in ihren schwarzen Haaren, ich streichelte sie und spürte ein angenehmes animalisches Behagen. Aber mein Blick verfolgte die Runden des zweiten Zeigers auf meiner Armbanduhr, der die Minuten bis halb elf Uhr zählte.
Fünf Minuten vor halb elf!
»Julia, ich muß gehen.«
Ihre dunklen Augen blickten auf, und die Pupillen glühten im Kaminfeuer rötlich wie bei einer Katze.
»Aber warum denn? Schließt Ihr Hotel? Sehr, sehr wenige schließen, wissen Sie.«
»Ich muß jemanden anrufen. Wegen einer möglichen Beschäftigung. Der Mann ist um halb elf zu erreichen, vorher war er nicht zu Hause.«

»Aber so spät ist es jetzt. Rufen Sie doch von hier aus an. Zum Nachtpostamt kommen Sie nicht mehr pünktlich.«
Ich dachte einen Augenblick nach. In diesem halbbetrunkenen, entspannten Zustand hatte ich nicht mehr daran gedacht, daß es außerhalb der Postämter keine öffentlichen Sprechzellen gab, warum also nicht von ihrer Wohnung aus anrufen? Ich würde mit Katkov Russisch reden, das sie nicht verstand. Aber gleich nach dem Gespräch würde ich gehen; es war ja immerhin möglich, daß er herausfinden ließ, von wo aus ich telefonierte.
Ich dachte nicht, daß er in die Wohnung einbrechen würde, um mich zu kriegen, aber er würde sie bewachen lassen, wenn er die Adresse hatte.
»Vielen Dank. Aber dann muß ich gehen. Ihre Gastfreundschaft ist wunderbar – ich gerate immer mehr in Ihre Schuld.«
»Seien Sie nicht albern.« Sie hatte wieder Licht gemacht und zog einen Stuhl an den Ecktisch, auf dem das Telefon stand.
Ich wählte 0 37 42 91. Es summte nur einmal.
»Aziz Milyutin?«
»Da. Katkov?«
»Da.«
Georgs rauhe, tiefe Stimme klang sehr wachsam.
»Ich würde Sie gern sprechen. Und Samjatmin auch, falls er in Ankara ist.«
»Ja. Er möchte Sie auch gern sprechen.«
»Es gibt zwei Cafés auf der Nordseite des Sees im Park der Jugend. Gehen Sie in das, das der Brücke am nächsten liegt. Setzen Sie sich an einen Tisch in der Mitte, beim Wasser, um drei Uhr morgen nachmittag. Ich komme dahin. Ich habe Vorkehrungen ergriffen, also versuchen Sie nicht, mich umzulegen.«
»Wir wollen mit Ihnen reden, Milyutin, nicht Sie umbringen ...«
Ich legte auf.
Julia stand am Kamin.
»War das Russisch? Es gibt hier viele Russen. Das beste Restaurant und der beste Nachtklub hier werden von Weißrussen betrieben. Werden Sie vielleicht dort arbeiten?«
Ich dachte an meine Messer. »Vielleicht. Jetzt muß ich aber gehen.«
Sie lächelte leise, nicht traurig.
»Kommen Sie wieder, wann immer Sie wollen. Bitte. Ich bin abends meistens zu Hause, aber schreiben Sie sich meine

Nummer auf, dann können Sie anrufen, ehe Sie herkommen.«
Sie half mir in meinen Mantel, und als ich mich an der Tür zu ihr umdrehte, nahm sie mein Gesicht in ihre warmen Hände und küßte mich genauso wie in Tripoli.
»Ich mag Sie, Aziz.«
Meine Schritte hallten auf der kahlen Treppe, und ich machte die Tür nach draußen auf. Ein leichter Nieselregen fiel auf die Straße, die schwach erleuchtet dalag. Ich ging die Treppe zum Gehsteig hinauf, und da schlüpften Baden und Hilmer aus dem Schatten rechts und links von mir. Sie bekamen mich bei den Armen zu packen und verdrehten sie, dann verfrachteten sie mich auf den Rücksitz eines großen Autos.

17

Baden hielt mich am rechten Arm.
»Er hat ein Messer im Ärmel, Chef.«
»Nimm es ihm ab. Keine Bewegung, Aziz. Wir wollen Sie nicht verletzen, aber Sie sollen uns auch nichts tun.«
Ich ließ zu, daß Baden mir das Messer aus dem Ärmel zog, und Pralitz lenkte den Wagen auf den Boulevard. Ich merkte kaum, daß wir uns nach links in Richtung auf die wohlhabenderen Stadtviertel zuwandten. Ich kannte die ganze Gegend gut genug und war zu aufgeregt, um lange darüber nachzudenken, wohin sie mich brachten. Ich hatte Angst und war zornig und traurig zugleich. Julia hatte zu lange gebraucht, um einzukaufen, sie besaß eine Waffe, und warum sollte wohl auch ein Mädchen wie sie so viel Interesse an mir haben? Es war doch sehr merkwürdig, daß ein alleinstehendes Mädchen, das ohne Anhang in einer fremden Stadt lebte, wegen mir ein solches Risiko einging. Man hätte sie ausrauben, ja vergewaltigen können. Und was noch schlimmer war, in Tripoli hatte sie sich in außergewöhnliche Gefahr begeben, auch in den Bergen Syriens und dann in Antakya. Ihr Interesse mußte weit über das Persönliche hinausgehen, und nun hatte sie mich verraten. Eine Sache paßte noch nicht zum Ganzen. Warum hatte sie mich in Syrien vor Hilmer zu schützen versucht und mich jetzt ihm in die Hände gespielt? Vielleicht arbeitete sie erst als britische Agentin für die Briten und erhielt später den Auftrag, mit den Amerikanern zusammenzuarbeiten. Was immer die Erklärung war, zum

zweitenmal in zwei Monaten hatte mich eine Frau zum Narren gehalten.
Der Wagen fuhr die breite, gutbeleuchtete Straße an den Botschaftsgebäuden und den Pappeln von Kavaklidere entlang. Wir passierten die amerikanische Botschaft, ein modernes niedriges Gebäude mit Bronzetüren, und nahmen die linke Abzweigung vom Boulevard in einen Stadtteil, der nach dem Armeeaufstand von 1960 »Siebenundzwanzigster Mai« hieß. Hier waren die Wohnblöcke kleiner, standen häufig in ziemlich großen Gärten, und eine Menge Bäume zierten den Steilhang dahinter. Der Wagen glitt auf einen Parkstreifen.
Die beiden schubsten mich über das nasse, unebene Pflaster zu einem Eingang, der sich in nichts von allen anderen auf der verlassenen Vorstadtstraße unterschied, und als Hilmer sich mit einem Schlüssel zu schaffen machte, las ich »Kulturelles Verbindungsbüro« auf englisch und türkisch auf einem kleinen Schild neben seinem Ellbogen. Rasch schob man mich durch einen kahlen, verlassen wirkenden Flur, und dann flammten in einem großen Wohnraum die Lampen auf. Eines kann ich über diesen Raum sagen: Keine Frau hatte sich je in ihm aufgehalten, und keine konnte sich das je wünschen. Er war unglaublich unordentlich. Große, aber verfleckte und zerschlissene Sessel standen in einem Meer von zerfledderten Illustrierten, vollen Aschenbechern, Bierdosen, Flaschen und Tellern, auf denen halbgegessene Sandwiches lagen. Die Wände waren von oben bis unten mit Bildern aus Magazinen bepflastert. Diese Bilder waren sehr merkwürdig. Es waren fast alles Fotografien in glänzenden und satten Farben, und alle zeigten nackte Mädchen, die in vielfältigen, aufreizenden Stellungen auf Betten herumlagen, aber bei jedem Mädchen war die Leistengegend kahl, eine kahle, geschlechtslose Fläche! Das einzige Bild, auf dem kein Mädchen zu sehen war, zeigte Hilmer, der schüchtern lächelnd einen großen Hai an einem Haken in die Höhe hielt. Das Zimmer roch nach schalem Bier und schmutzigen Socken. Während der nächsten Stunde nahm ich das alles allmählich wahr: In den ersten Minuten hatte ich zuviel Angst, denn ich erwartete dieselbe Attacke wie damals in Syrien. Aber Hilmer und Baden schenkten mir vorerst einmal nicht die geringste Beachtung. Hilmer zog sich den Trenchcoat aus und begann, den Rücken mir zugewandt, Bierdosen zu öffnen. Er bot mir eine an, aber kein Glas dazu. »Prosit!«
»Prosit«, sagte ich, und als ich sah, daß er das Bier aus einer

der Öffnungen saugte, die er hineingemacht hatte, tat ich es ihm nach.

Baden machte sich an einem Spielautomaten zu schaffen.

Nur Pralitz blieb sozusagen im Dienst. Während meines ganzen Aufenthalts blieb er an die Tür gelehnt stehen, die zum Flur führte: eine dunkle schweigende Gestalt; die Finger waren im Gürtel verhakt, keine zwei Zentimeter von der Stelle entfernt, wo sich seine dünne, schwarze Alpakajacke ausbeulte. Er kaute unablässig Gummi.

Hilmer fegte einen Pack Spielkarten, die auch mit nackten Mädchen geziert waren, von einem Sessel, und ich setzte mich ihm gegenüber. »Zigarette?« Ich akzeptierte die Zigarette, reagierte aber nicht auf das begleitende Lächeln. Es war das Lächeln eines Wolfes, der ein Lamm einwickeln will, das sich noch gerade außerhalb seiner Reichweite befindet.

»Aziz, ich muß Ihnen gestehen, daß wir uns damals in Beirut einen Fehler erlaubt haben. Sogar einige. Sie sollen das wissen, damit Sie verstehen, warum wir uns jetzt Ihnen gegenüber anders verhalten. Jetzt sage ich Ihnen mal, wie die Sache liegt, und Sie können mich ja verbessern, wenn ich mich irre.« Er lächelte wieder. Seine Zähne waren ebenmäßig, seine Haut war gut und wirkte trotz ihrer Falten jugendlich, was, wie ich inzwischen gelernt hatte, auf das »gute« Leben zurückzuführen war. »Für uns waren Sie Akim, und Akim sollten wir töten, denn wir glaubten ja, wir hätten ihn schon umgebracht. Aber sehen Sie, Sie tauchten wieder auf, und wir dachten, es sei ein Trick gewesen, und die Leiche im amerikanischen Hospital, das seien Sie. Wir glaubten, man hätte Sie uns untergejubelt. Jetzt wissen wir, daß es so beabsichtigt gewesen war, nur ging die Sache schief. Der Tote war wirklich Akim. Übrig blieben Sie, und Sie waren ein Rätsel. Ehe wir das aber erfuhren, retteten die Leute vom KGB Sie, und dann entwischten Sie denen auch und verschwanden. Sie wissen ja, es dauerte lange, bis wir Sie in Nevşehir auftrieben und in Göreme stellten. Wir hätten dort schon in aller Freundschaft miteinander reden können, aber ... da waren wieder die vom KGB. Das passiert oft – vermutlich weil wir dieselben Informationsquellen benutzen.« Er lachte mit männlicher Verlegenheit und trank einen Schluck Bier.

Baden blickte über die Schulter, seine Maschine hatte die ganze Zeit gesummt. »Ich habe keine Münzen mehr, Jack.«

Hilmer reichte ihm welche und sagte: »Das sind jetzt neunfünfzig – sagen wir zehn.« Seine fahlen, ausdruckslosen Augen richteten sich wieder auf mich.

»Nun, und was hatten Sie vor? Ein paar von unseren Jungs forschten ein bißchen nach, und heraus kam – nichts. Sie hatten gar nichts vor. Aber wir kriegten diese Puppe Anya in Beirut zu fassen und machten ihr klar, daß sie uns was zu sagen hatte. Und da dachten wir uns, nachdem man Sie zur Flucht überredet hatte, hätten Sie sich überlegt, daß Sie ein Flüchtling bleiben wollten. Und da Sie ethnisch gesehen Türke sind, machten Sie sich also in die Türkei auf. Habe ich nun recht, Aziz? Sie wollen sich in der Türkei niederlassen, sich naturalisieren lassen, nicht wahr?«
»Das stimmt.« Was sollte ich sonst sagen?
»Bingo«, sagte Hilmer, beugte sich vor und schlug mir auf die Schulter. »Wir können Ihnen behilflich sein, Aziz. Die Vereinigten Staaten und die Türkei stehen so miteinander«, und er schlang zwei Finger ineinander. »Wir können Ihnen Papiere besorgen auf jeden beliebigen Namen, und auch das bißchen Kapital, das Sie brauchen, um sich hier einen guten Start in irgendeinem Gewerbe zu verschaffen. Und da werden Sie doch gewiß vorher eine Kleinigkeit für uns tun, die Ihnen ein Leichtes ist und uns viel bedeutet. Wie steht es damit?«
»Hauptgewinn«, sagte Baden, und ein Münzenschauer regnete auf den Boden.
»Wie steht es?« wiederholte Hilmer.
Ich dachte kurz nach. Trotz des Alkohols, den ich bei Julia verkonsumiert hatte, konnte ich noch klar denken, aber es ging langsamer. Er würde mir wohl erst dann alles sagen, wenn er mich fest am Haken hatte.
»Wieviel Geld bieten Sie mir?«
»Eintausend Dollar.«
»In Lira?«
»Zum Schwarzmarktkurs zehntausend. Ich könnte es Ihnen in Lira geben.«
Ich sah es plötzlich vor mir. Land, gutes Land. Land, auf dem ich Tabak und Mais und vielleicht auch Pfirsiche und Aprikosen anbauen konnte. Land sofort, ohne unsichere Nachtklubarbeit. Zehntausend waren nicht genug, aber es wäre ein guter Anfang, und wenn ich ohne Schwierigkeiten die Staatsangehörigkeit bekäme, könnte ich für den Rest einen Bankkredit aufnehmen. Hilmer verstand mein Zögern falsch.
»Ich könnte auf fünfzehnhundert erhöhen. Fünfzehntausend Lira. Aber mehr nicht.«
»Was soll ich dafür tun?«
Diesmal zögerte Hilmer. Für ihn war jetzt der Punkt gekommen, von dem es kein Zurück mehr gab. Er mußte mir ent-

weder vertrauen oder Schluß machen. Ich beschloß, ihm zu helfen: Wenn er meinen Traum, meinen wahren Ehrgeiz kannte, würde er wissen, daß er mich überzeugt hatte.
»Mr. Hilmer«, sagte ich, »ich weiß nicht mal, ob ich für fünfzehnhundert Dollar kriege, was ich haben will. Ich will Land. Es ist in der Türkei nicht leicht, gutes Land zu bekommen. Sehr viel ist nicht auf dem Markt, und soviel ich verstehe, beobachtet die Regierung den Handel mit Grund und Boden sehr genau. Ein Ausländer, selbst wenn er die Staatsangehörigkeit besitzt, könnte da Schwierigkeiten haben.«
Hilmers Gesicht erhellte sich.
»Aziz, machen wir. Sie werden nicht eingebürgert. Wir machen aus Ihnen einen richtigen, hundertprozentigen, garantiert echten Türken aus dem zwanzigsten Jahrhundert, wenn Ihnen das lieber ist. Okay, nun zur Sache. Wir wissen jetzt etwas mehr von Ihrem Bruder Akim, etwas, von dem wir in Beirut noch keine Ahnung hatten. Wir wissen, daß er unbedingt selbst nach Ankara gelangen mußte, und darum gab sich der KGB so viel Mühe, ihm durch seinen angeblichen Tod Deckung zu verschaffen. Er sollte sich in Ankara mit einem Amerikaner namens Rudi Fleisch treffen. Fleisch arbeitet hier in Ankara an der Technischen Universität, und er lehrt Geologie. Vergangenes Jahr war er in Saudi-Arabien und machte im Auftrag der UNESCO Feldstudien nahe der israelischen Grenze, und da fand er etwas, was er verkaufen kann. Aber er will nur an einen Israeli verkaufen. Irgendwie überzeugte Ihr Bruder ihn davon, daß er ein israelischer Beamter sei. Nun wollen wir gern wissen, was Rudi Fleisch zu verkaufen hat. Sie sollen zu ihm gehen, sich als Akim ausgeben, die Information kriegen und an uns weitergeben. Das ist alles. Wenn Sie das tun, machen wir aus Ihnen einen echten Türken und geben Ihnen obendrein fünfzehn ... ach was, zweitausend Grüne. Na, was sagen Sie nun, Aziz?«
»Ich mache mit«, sagte ich.
Dann feilschten wir über die Bedingungen. Ich befürchtete, daß Fleisch sich nicht täuschen lassen und ich mit nichts in der Hand dasitzen würde. Schließlich einigte ich mich mit Hilmer darauf, daß ich fünftausend Lira Vorschuß bekäme – er zahlte sie sofort aus – und daß ich drei Tage auf meine Papiere warten sollte, ehe ich Fleisch meinen Besuch machte. Ich sagte ihm, er solle sie mir postlagernd zum Ulus-Postamt schicken. Endlich gab er mir noch eine Telefonnummer für den Fall, daß ich etwas zu berichten hatte.
An der Tür packte er meine Hand mit eisernem Griff und

sagte: »Aziz, es ist ein Vergnügen, mit Ihnen zu arbeiten. Jungs, kommt her und gebt Aziz die Hand, er ist ein großartiger Kerl.« Pralitz und Baden schüttelten mir beide mit demselben festen Griff die Hand und schlugen mir auf die Schulter.

»Kann ich mein Messer wiederhaben?«

»Prima Arbeit«, sagte Baden und gab es mir. Pralitz fuhr mit der Hand zum Gürtel, bis ich das Messer wieder in die Scheide gesteckt hatte. Dummer Kerl, ich hätte ihn vom Magen bis zur Kehle aufschlitzen können, während sein Gehirn noch der Hand den entsprechenden Befehl übermittelte.

Als ich auf der Straße stand und mich fragte, wie ich nun eigentlich in die Stadt zurückkommen sollte, startete weiter oben an der Straße ein Wagen. Ich sah ihm nach, bis er um eine Kurve verschwand. Es war ein roter Volkswagen.

An einem Werktag um fünfzehn Uhr ist der Park der Jugend nicht sehr voll. Ich bezahlte meine fünfundsiebzig Kurus am Drehkreuz beim Boulevard Atatürk und merkte fast sofort, daß ich beschattet wurde; das Gefühl wurde mir allmählich vertraut. Aber ich nahm das als unvermeidlich hin. Ich wußte, daß man, sowie der Kontakt mit meinen Landsleuten hergestellt war, es auch dabei belassen würde. Und ich glaubte nicht, daß ich zur Zeit etwas zu befürchten hatte. Tatsächlich war es nur zu wahrscheinlich, daß sie etwa dasselbe wie Hilmer von mir wollten.

An dem offenen »gazino« vorbei, der türkischen Musikhalle, an deren Eingängen zahllose Plakate die Ereignisse der neuen Saison ankündigten, kam ich schließlich zu den Cafés. Metallene Klapptische standen in ordentlichen Reihen unter den Weidenbäumen zwischen dem Hauptweg und dem Wasser, und dort, genau wo ich sie hingebeten hatte, saßen Georg Katkov und der Albino. Ich drückte mich zwischen den Stühlen durch und setzte mich zu ihnen. Georgs Bauerngesicht verzog sich zu einem fast schüchternen Lächeln. Der Albino wandte mir seine dunklen Gläser zu und nickte kühl.

Georg räusperte sich. »Aziz, das ist Oberst Samjatmin. Genosse Oberst, das ist Aziz Milyutin.«

»Wir kennen uns aus Athen«, sagte ich kurz. Samjatmins blutloser Mund verzog sich – ob zu einem Lächeln oder aus Ärger, war nicht zu erkennen.

»Warum haben Sie uns angerufen?« fragte Samjatmin.

»Offensichtlich wollten Sie mich doch sprechen.«

»Wollen Sie eine Fahrkarte nach Moskau?« Er fragte es sar-

kastisch und zupfte an der trockenen, schuppigen Haut an seinen Knöcheln. »Warum haben Sie angerufen?«
»Ich habe lange über das nachgedacht, was nach Ihrem Auftauchen in Athen geschehen ist. Sie wollten mich töten, weil ich wie mein Bruder aussehe. Aber nun ist mein Bruder tot. Jetzt könnte ich Ihnen nützlich sein, weil ich immer noch aussehe wie mein Bruder.«
»Es ist also nicht sozialistische Treue, die Sie veranlaßt, sich uns zur Verfügung zu stellen.«
»Ich sagte nicht, daß ich zur Verfügung stehe. Ich könnte Ihnen vielleicht behilflich sein. Und vielleicht helfen Sie dann mir.«
Die dunkle Brille richtete sich über meine Schulter weg in den Park.
»Am Telefon sprachen Sie von Vorkehrungen, die Sie getroffen haben. Wie sehen die aus?«
Ich erzählte ihm von den Briefen, die ich geschrieben hatte, und die vom Hotel zur Post gebracht würden, wenn ich bis fünf Uhr nicht wiederkäme.
Die dünnen Lippen kräuselten sich, und diesmal handelte es sich wirklich um den entfernten Verwandten eines Lächelns.
»Und wie wollen Sie sich nach fünf Uhr schützen?«
»Wenn Sie mich davon überzeugen, daß Sie mich nicht umbringen wollen, zerreiße ich die Briefe. Überzeugen Sie mich nicht, bleibe ich einfach bis fünf Uhr hier sitzen.«
Fünf Minuten lang saß Samjatmin bewegungslos wie eine Statue aus verwittertem, schuppigem, aussätzigem Stein, dann wandte er sich an Georg.
»Katkov. Überzeugen Sie ihn. Und sagen Sie ihm, was er tun soll.«
Seine Stimme klang noch tonloser. Dann stand er auf und ging den Weg zurück, den ich gekommen war.
Katkov atmete langsam und geräuschvoll aus.
»Tee?« fragte er und winkte einem Kellner. »Und Kuchen?«
Der Tee kam in einem kleinen Samowar, und der Kuchen war ein enormes Stück Schokoladentorte. Katkov zündete sich eine türkische Zigarette an. Als wir versorgt waren, deckte er meine Hand mit seiner riesigen Pranke zu. »Würden zehntausend Lira Sie überzeugen?«
Hilmers erstes Angebot.
»Es wäre ein Anfang.«
»Das bekommen Sie, wenn Sie uns helfen.«
»Die Hälfte jetzt.«
»Natürlich. Also folgendes sollen Sie tun. Ihr Bruder sollte in

Ankara einen Mann aufsuchen, einen Amerikaner, der der Meinung war, daß Ihr Bruder ein Agent der Israelis ist. Dieser Amerikaner war bereit, ihm genaue Einzelheiten über bestimmte Erzvorkommen zu verkaufen, die er in den nördlichen Teilen des Hedschasgebirges entdeckt hatte. Wir geben Ihnen das Geld, das dieser Amerikaner haben will. Sie werden es ihm bringen und, in der Rolle Ihres Bruders, seine Informationen entgegennehmen. Dann bekommen Sie Ihre restlichen fünftausend, und danach können Sie von uns aus leben, wo und wie Sie wollen.«
»Wo finde ich diesen Amerikaner?«
»Sein Name ist Rudolf Fleisch ...«
»Rudi ... Rudolf Fleisch?« Ich versuchte, mein Versehen dadurch gutzumachen, daß ich den Namen ernsthaft wiederholte, als wollte ich ihn mir einprägen. Georg Katkov war kein Narr. Sein Gesicht zeigte nicht die leiseste Reaktion, aber er zögerte fast unmerklich, und irgend etwas wurde seinem Gedächtnis einverleibt.
»Fleisch wohnt Necati bey Caddesi Nummer 33/8, und dort sollte Ihr Bruder ihn aufsuchen. Sie werden ihm das Geld anbieten und gegen Quittung die Hälfte dafür aushändigen, daß er Ihnen sagt, um was für Erzlager es sich handelt, und wo sie genau liegen. Dann melden Sie sich wieder bei uns. Wenn wir zufrieden sind, bringen Sie ihm den Rest des Geldes. Wenn nicht, sagen wir Ihnen, was wir sonst noch wissen müssen, und Sie übergeben ihm den Rest erst, wenn wir das haben. So einfach ist das.«
Ich sah Georg in die kleinen grauen Augen. Ich dachte über alles nach. Es stimmte, es paßte alles zusammen. Ich war nicht in Gefahr, zumindest so lange nicht, bis ich Fleischs Informationen weitergegeben hatte. Bis dahin mußten sie mich beschützen. Wenn sie hatten, was sie wollten, würden sie mich vielleicht umbringen wollen; aber es mußte doch möglich sein, meine Zukunft zu sichern, ehe ich Fleischs Informationen weitergab. Ich war überzeugt, aber nun war noch eine andere Sache zu erledigen. Ich langte über den Tisch und nahm mir eine von Georgs Zigaretten.
»Ich sehe ein«, fing ich langsam an, »warum Akim nach Ankara kommen mußte. Ich sehe ein, daß Ihre Gegner ihn tot sehen wollten, vielleicht wegen dieser Sache, oder wegen irgendeiner anderen. Und so sehe ich auch ein, warum Sie es so anstellen wollten, daß ich getötet würde und diese Gegner daraufhin annehmen mußten, von Akim hätten sie nichts mehr zu befürchten. So war es doch wohl, Georg Katkov?«

»Ja, so war es.« Sein dicker, runder Kopf wandte sich ab, und der Schatten eines Zweifels legte sich über sein Gesicht, während er blicklos vor seine Füße starrte, wo Spatzen sich um die Krumen stritten. Sein Gesicht hob sich wieder und sein Blick begegnete mit ungewöhnlicher und totaler Ausdruckslosigkeit dem meinen. Seine Stimme klang trocken und beherrscht.

»Es war nicht mein Plan, Aziz«, sagte er. »Akim war mein Freund. Ich hätte weder ihm noch seinem Bruder Schaden zufügen können.«

Bittere Erregung stieg plötzlich in mir auf. Ich mußte mich anstrengen, um mit der gleichen ruhigen Stimme zu sprechen. »Wer hat es also arrangiert?«

Wieder veränderte sich sein Ausdruck nur um eine winzige Nuance. Der Zweifel war weg. Er wußte, warum ich hier war. Sein Kopf hob sich in der Richtung, in die der Albino gegangen war, und dann senkte sich sein Blick wieder.

»Ich werde übermorgen zu Fleisch gehen.«

»Warum nicht heute? Oder morgen früh?«

»Ich brauche Zeit für die Vorbereitung. Ich möchte nicht ... erreichbar sein, nachdem ich Samjatmin die Informationen gegeben habe.«

»Natürlich. Wie soll ich Ihnen Fleischs Geld zustellen?«

»Postlagernd am Ulus-Postamt.«

Er zog eine abgenutzte alte Brieftasche heraus und zählte mit angefeuchtetem Daumen und Zeigefinger sorgfältig fünf Eintausendlirascheine auf den Tisch. Ich faltete sie zusammen und steckte sie in meine Innentasche, und schweigend tranken wir unseren Tee aus und aßen unseren Kuchen. Schließlich stand er auf.

»Viel Glück, Aziz.«

18

Zwei Tage lang wurde ich diskret beschattet. Ich machte keinen Versuch, mich dem zu entziehen, und ich achtete darauf, nichts zu unternehmen, das das Interesse meiner Verfolger hätte erregen können. Man erwartete sicher, daß ich Pläne für eine rasche Flucht schmiedete, und also ging ich zu Cooks Reisebüro in der Ziya Gokalp Caddesi, fragte nach Zügen in westlicher und östlicher Richtung und holte mir im Büro der Türkischen Luftfahrtgesellschaft Flugpläne für Inland und Ausland. Im übrigen spielte ich den Touristen, und das war

sehr nützlich – in Museen und Parks und abseits der großen Straßen war es leicht, meine Verfolger zu identifizieren.
Am dritten Tag ging ich um zwei Uhr zum Postamt in der Ulus-Straße und fragte nach Post für mich. Sie hatten welche. Erstens einen dicken, festen Umschlag, den ich in die Tasche meines Regenmantels steckte, und dann ein unerwartet umfangreiches Paket. Es war zwar nicht allzu groß, aber überraschend gewichtig, fast acht Kilo schwer. Ich nahm an, daß es sich um die erste Hälfte von Samjatmins Zahlung an Fleisch handelte, und machte mir Sorgen. Es schien mir selbstverständlich, daß Hilmer meine Fährte am Ulus-Postamt wiederaufnehmen ließ, und ich fragte mich, was er wohl denken würde, wenn er hörte, daß sein Umschlag nicht das einzige war, was ich dort abgeholt hatte. Nun schien es mir wichtig, in Fleischs Wohnung zu gelangen, ehe er deswegen etwas unternehmen konnte.
Am Boulevard bildete sich eine ganze Prozession. Ich rief ein Taxi heran. Ein junger Mann mit dünnem Schnurrbart, den ich schon kannte, hatte Glück und kriegte gleich das nächste, wogegen Pralitz, der aus einem Reisebüro herauskam, sein Leben riskieren mußte, um auf der anderen Seite ein Taxi zu bekommen.
An der Oper, dem Park der Jugend, der Universität vorbei, halbrechts am Platz von Lausanne. Unterwegs untersuchte ich rasch den Umschlag. Mein Name war immer noch Aziz Milyutin. Ich war in Nevşehir geboren (wie aufmerksam von ihnen, eine Stadt zu nehmen, die ich kannte!), stammte von russischen Eltern ab, besaß einen Personalausweis, einen Führerschein und eine Police bei der Lebensversicherungsgesellschaft Guneş Sirketi. Es schien alles in Ordnung. Die Taxis hielten vor einem hohen, kahlen Block, und ich schleppte mein Paket drei enge Treppen hinauf.
Man hätte nicht erwartet, daß ein amerikanischer Wissenschaftler so wohnen würde. Müllbehälter verstopften die Vorplätze, braune Ölfarbe blätterte von den Wänden, es roch im ganzen Haus nach feuchtem Schmutz. Aber es war das richtige Gebäude. Die gleiche Karte, die ich bei Akim gefunden hatte, steckte über einer Klingel.
Drei Kinder machten mir die Tür auf. Alle trugen Jeans und Sporthemden mit Disneyfiguren. Zwei hatten kurzgeschorene Köpfe und das dritte eine krumme Schleife mitten auf dem Kopf. Sie strahlten mich durch große Zahnlücken hindurch an, und einer richtete ein furchterregend echtes Modell einer Maschinenpistole auf meinen Bauch.

»Kann ich Mr. Rudi Fleisch sprechen?«
Das Mädchen machte auf dem Absatz kehrt, aber vorher stellte ich noch überrascht fest, daß sie für eine Neunjährige außerordentlich gut entwickelt war. Älter konnte sie nicht sein, es sei denn, sie war eine Liliputanerin. Falls sie mit ihrem Vater redete, war es wegen des fürchterlichen Lärms nicht zu hören: Beatmusik schallte vom Plattenspieler, dazu ertönte wahnwitziges Rumpeln und Kreischen von mindestens drei elektrischen Haushaltgeräten.
»Er will wissen, wie Sie heißen«, schrie die Kleine, als sie zurückkam.
Während wir warteten, betrachtete der Junge mit der Maschinenpistole mein Paket. »Sind das Eisenbahnen? Ich will keine mehr. Eisenbahnen sind doof.«
Diesmal kam Rudi Fleisch zusammen mit dem Mädchen zurück. Er war etwa einsachtundsiebzig groß, sein schwarzes Haar lichtete sich schon, und er trug eine Brille mit schwarzem Gestell. Er war dicklich, aber sehr blaß, und seine dicken Lippen spuckten beim Reden. Er hatte die Ärmel hochgekrempelt, und Seifenschaum hing an den dicken behaarten Unterarmen. Die buschigen Brauen zogen sich besorgt zusammen.
»Akim. Ich freue mich, Sie endlich zu sehen. Aber warum haben Sie sich nicht an unsere Vereinbarung gehalten? Sie sollten doch erst eine Nachricht in der Technischen Universität hinterlassen.«
Mir fiel dazu nichts ein, also zuckte ich nur so ausdrucksvoll mit den Achseln, wie das Paket es zuließ.
»Na, kommen Sie schon rein, wenn Sie einmal da sind. Aus dem Weg, ihr Rabauken!«
Der Flur war ein Chaos aus zerbrochenem Spielzeug, und das Wohnzimmer war noch schlimmer verwüstet.
Im Vorbeigehen konnte ich einen Blick in die Küche werfen, wo eine riesige Waschmaschine rumpelte und dröhnte wie eine Schiffsturbine, und dann schloß sich eine Tür hinter all dem Lärm.
Wir befanden uns in einem großen, kühlen Raum, der durch graue Jalousien gedämpftes Licht erhielt. An zwei Wänden standen weiße Arbeitstische unter schwarzen Schränken mit Glasfenstern; graugepolsterte Stühle standen auf einem makellosen grauen Teppich. Weiter ein großer schwarzer Ledersessel neben einem schwarzen Marmortisch. Alles in dem Zimmer war weiß, schwarz oder grau, wenn man von den Gläsern mit Chemikalien in einem der Glaskabinette und

den glitzernden, intensiven Blau-, Rot- und Gelbtönen der Erzproben in einem anderen Schränkchen absah.
Fleisch stand an der Tür, rollte sich die Ärmel herunter und befestigte sie mit schweren goldenen Manschettenknöpfen. Er sah immer noch besorgt aus. Dann sagte er etwas, von dem ich nur das fragende »Akim?« verstand.
Ich sah ihn einfach an.
Er wiederholte seine Frage und fuhr dann auf englisch fort: »Sind Sie denn taub?«
»Tut mir leid, ich habe Sie nicht verstanden.«
Er sah mich zwanzig Sekunden lang schweigend an und rührte sich nicht.
»Okay. Setzen Sie sich.« Ich setzte mich auf einen Hocker. »Ist das ein Geschenk für mich? Das möchte ich mir mal ansehen.«
Er nahm das Paket, wuchtete es auf den Marmortisch und fing an, eine Unmenge Verpackungsmaterial zu lösen. Endlich kam etwas Viereckiges heraus, zehn Zentimeter lang, zehn breit und fünf dick und in festes blaues, rotversiegeltes Papier eingeschlagen. Fleisch nahm die Siegel ab, löste das Papier und nahm den obersten Barren heraus. Er glänzte gelb – Gold. Er kratzte mit dem Daumennagel daran, maß mit einem Lineal nach und trug den Barren zu einer großen Waage, die auf einem der Arbeitstische stand.
»Sieht ja ganz echt aus. Okay, es ist echt...«, er drehte sich um und hielt einen großen 45er Colt in der Hand, »... und das ist mehr, als man von Ihnen behaupten kann.«
Er griff mit der anderen Hand hinter sich und entkorkte eine Flasche Bourbon-Whisky, aus der er sich etwas in ein danebenstehendes Glas goß. Die Mündung der Waffe bewegte sich nicht.
»Masel tow«, sagte er und hob das Glas. »Das ist auch jiddisch, und vorhin wollte ich wissen, wie es Ihnen geht.« Er trank. »Möchten Sie auch?«
Ich nickte, und er ließ ein Glas über die weiße Kunststoffplatte rutschen. »Masel tow«, sagte ich, nicht sehr überzeugt.
Fleisch akzeptierte den guten Willen und lachte.
»Zu spät, Bruder. Akim sprach Jiddisch. Ziemlich gut sogar für einen Juden aus Ostrußland. Sie sprechen kein Jiddisch, aber sie sehen ihm täuschend ähnlich. Wirklich. Zwilling?«
»Ja«, sagte ich, »Akim ist tot.« Ich trank meinen Whisky – er schmeckte rauchig, fast wie angebrannt, aber ich fand ihn nicht übel.
»Das ist schlecht. Entschuldigen Sie, wenn ich mal laut nach-

denke. Im vergangenen Jahr nahm ich meinen Studienurlaub, und die UNESCO finanzierte mir eine Reise in den Hedschas. In meinem Paß steht nicht, daß ich Jude bin, also hatte ich keinen Ärger mit den Arabern. Auf der Rückseite des Mount Makla, das ist der große Berg gleich an der israelischen Grenze, finde ich das Zeug. Eisen, Kupfer, Nickel und Safflorit, aus dem man Kobalt gewinnt. In diesem Gebiet suchen alle Leute nur nach Öl, aber das ändert sich jetzt. Dieses Gebiet könnte innerhalb von zehn Jahren ein Pittsburgh oder ein Ruhrgebiet sein, wenn sich ein kapitalkräftiges Land seiner annähme, sagen wir Ägypten oder Israel. Und ich vermute stark, daß man über dem Golf von Sinai in El Djeneina dasselbe finden wird. Ich mache also auf dem Rückweg in Nikosia Station und treffe auf Akim. ›Kommen Sie doch mal nach Tel Aviv‹, sagte er, ›und erzählen Sie uns, was Sie gefunden haben.‹ Ich fahre also nach Tel Aviv. Und da sitzt er in einem Büro und mit Kopfbögen und Namenschildern und einem Haufen von Idioten, die ›Sir‹ zu ihm sagen. Ein israelischer Agent. ›Erzählen Sie der UNESCO, was Sie gefunden haben‹, sagt er, ›und Israel hat direkt an seinen Grenzen Staaten sitzen, die so reich und mächtig sind wie vergleichbare andere dieser Größenordnung.‹«

Er unterbrach sich und goß sich noch etwas Whisky ein. Dabei wandte er den Blick ab, und der Revolver senkte sich. Sofort schlossen sich meine Finger um den Messergriff. Aber ich ließ ihn weiterreden.

»Also sagte Akim: ›Sagen Sie es uns, und wir bezahlen Ihnen zwanzigtausend.‹ Ich sage ihm, na gut, ich werd' mir's überlegen. Und bitte ihn, mich im Januar in Ankara zu besuchen; so lange halte ich meinen Bericht zurück, behaupte, ich müsse ihn noch überarbeiten, es sei noch etwas klarzustellen. Denn ich brauche wirklich Bedenkzeit. Israel bedeutet mir nicht viel. Mein Großvater war zwar Jude, aber er heiratete eine Gojim, mein Papa auch, ich ebenfalls. Aber das ...«, er wies mit der Waffe auf den Goldbarren, der immer noch schimmernd zwischen uns lag, »... das da zählt.«

»Warum zur Hälfte in Gold?«

»Das fragte Akim auch. Für Sie ist Gold Geld, der Rest ist uninteressant. Für mich ist es schwer, gut zu bearbeiten, es widersteht radioaktiver Strahlung. Egal, warum ich Gold will, ich kann es gebrauchen. Als Geld, ja – aber auch für andere Dinge. Wo war ich stehengeblieben? Ich mußte Bedenkzeit haben. Israel gilt mir nicht viel, aber doch ein bißchen. Ich brauche Geld, aber ich habe Verpflichtungen gegenüber der

UNESCO. Also überlege ich es mir und stelle fest, daß ich zwar verkäufliche Informationen besitze, daß ich sie aber nur an Israel, an Akim verkaufen werde. Entweder dies, oder ich lege der UNESCO meinen Bericht wie ein guter Junge vor. Und das bringt mich wieder zu Ihnen zurück.«

Er trank erneut einen Schluck, und diesmal vergaß er sich so weit, daß er die Waffe hinlegte und den Whisky wegstellte, um sich die Augen hinter der Brille zu reiben. Er nahm beides auch nicht wieder in die Hände, als er die Brille auf seinen Nasenrücken zurückgeschoben hatte. Er sah mich nur ernst an wie ein Lehrer einen Schüler, der ihn enttäuscht hat.

»Sehen Sie«, sagte er, »Akim sprach Jiddisch. Sie ... wie heißen Sie?«

»Aziz.«

»Sie, Aziz, sind sein Zwilling, und Sie sprechen es nicht. Das macht Sie nicht unbedingt zum Nichtjuden, aber es paßt nicht ganz ins Bild. Und Sie kamen hierher und gaben vor, Akim zu sein. Vielleicht war Akim echt und hatte einen Zwilling, mit dem er zusammenarbeitete, aber warum tun Sie dann so, als seien Sie Akim? Vielleicht sind Sie gar kein Israeli. Und wenn Sie keiner sind, war Akim auch keiner. Also, was mache ich dann?«

Mir fiel auch nichts ein.

»Na los, Aziz. Beweisen Sie, daß Sie Jude sind. Beweisen Sie mir, daß Sie ein Beamter der israelischen Regierung sind.«

Ein rascher Blick oder ein Zucken um meinen Mund ließ ihn wohl meine Gedanken erraten. Er lachte.

»Teufel, nein – das nicht! Jeder verdammte Moslem zwischen hier und Peking könnte mir das zeigen. Wenn Sie nun unter zehn Jahren alt wären, könnte es vielleicht etwas beweisen, aber selbst dann könnten Sie ebensogut aus Kanada stammen. Zeigen Sie mir eine Blechmarke, eine Erkennungsmarke, ein Empfehlungsschreiben von Ben Gurion oder Moshe Dajan.«

»Ich bin ein Agent in einem fremden Land. So etwas führe ich nicht bei mir.«

Er rieb sich das fleischige Gesicht, und wir hörten einer Fliege zu.

»Hören Sie, Aziz. Gehen Sie fort und schneiden Sie sich was aus den Rippen. Irgend was, womit ich mein Gewissen beruhigen kann, irgend was, womit ich mir vormachen kann, daß ich an die richtige Stelle verkaufe, selbst wenn es nicht stimmt. Dann sage ich Ihnen, wo die Fundorte sind und was sie wert sind.«

Ich glitt von meinem Hocker und griff nach den Goldbarren. Der Colt fuhr drohend in seiner Hand hoch.
»Keine Sorge«, sagte Fleisch, »um die kümmere ich mich schon. Sie beweisen Ihre guten Absichten.«
Er hielt mir die Tür auf und führte mich durch das nun verlassene Wohnzimmer. Fleisch wies mit einer Geste über das ganze Chaos hin. »Drei Kinder und eine Frau, die das Ausland haßt. Es kostet was, sie bei Laune zu halten. Alles kostet Geld.«

19

Als ich auf die Straße kam, hatte sich der Himmel mit dunklen Wolken bedeckt, und der erste Donner krachte um die Hügel. Pralitz und der junge Mann mit dem Schnurrbart hielten sich auf meiner Fährte, als ich durch eine Passage zum Boulevard und auf die andere Steite zum Yenişehir-Postamt ging. Ich rief zwei Leute an – Katkov und Hilmer, und beiden erzählte ich mehr oder weniger genau, was in der Wohnung am Necati bey Caddesi geschehen war. Ich bat beide Dokumente oder andere Beweise beizuschaffen, daß ich israelischer Agent sei, und beide sagten, das würde ein oder zwei Tage dauern. Ich sagte ihnen, daß ich alles, was sie mir geben könnten, am Ulus-Postamt abholen würde. Als ich mit Hilmer sprach, fiel mir ein, daß sein Angebot von zweitausend Dollar mir gegenüber nicht hoch genug war, wenn man bedachte, was die Russen Fleisch zu zahlen bereit waren. Also sagte ich ihm, Fleisch wolle fünftausend Dollar haben, und er könne sie mit den anderen Sachen zusammen schicken. Da Fleisch von Hilmer nichts wußte, würde ich ihm auch keinen Kummer bereiten, wenn ich das Geld meinen eigenen Ersparnissen hinzufügte. Dann machte ich mich erfolgreich daran, meine frisch erworbenen Ortskenntnisse dazu zu benutzen, meine Beschatter abzuschütteln.
Mein Schlupfloch, mein Stück Erde, lag am Ende einer unbefestigten Straße hinter Lehmhütten auf einem Hügel kurz vor der Hochebene. Der Regen rann braun und weiß über aufgesprungene Erde und Felsgestein, und ich stand in einer Pfütze, als ich das Vorhängeschloß aufmachte. Die Pfütze reichte bis ins Innere. Bei Kerzenlicht kämpfte ich mit dem Ofen, der aus einer alten Öltonne improvisiert war, und als er brannte, holte ich mir Brandblasen an der Dose mit Bohnen, die ich darauf heißmachen wollte. Glücklicherweise hatte

ich an dem Morgen alle meine Habseligkeiten hierhergebracht, und so ging ich zu Bett, jeden Fetzen Stoff, den ich besaß, entweder angezogen oder über mich gebreitet. Doch der Regen fiel ununterbrochen die ganze Nacht hindurch, und ich fror. Das Bett bestand aus Stahlbändern, die über ein Rohrgestell gespannt waren, und es knackte laut, wann immer ich mich umdrehte. Ich schlief schlecht. Am Morgen war der Ofen aus, und der Fußboden stand fast überall zwei Zentimeter unter Wasser.

Der Regen hatte auch die Holzscheite durchnäßt, und sie wollten nicht mal mit Hilfe einer Dose voll gelbem Kochfett anbrennen. Gegen Mittag mußte ich hinaus; es war vor dichtem, ranzigem Qualm, vor Dampfwolken und vor innerer Niedergeschlagenheit einfach nicht mehr auszuhalten.

Es fällt mir schwer, zu beschreiben – zu beichten –, wie mir in jener Nacht und an jenem Morgen zumute war. Es war nicht einfach die physische Unbequemlichkeit; ich bin Manns genug, so etwas auch länger auszuhalten. Es war die Einsamkeit, die Furcht, das Gefühl, ein namenloses Nichts zu sein in einer Stadt, wo die einzigen Leute, die ich kannte, wirklich oder doch möglicherweise meine Feinde waren. Ich habe ja schon gesagt, daß ich mich als Türke fühlte, und ich hätte mich also von sechshunderttausend Freunden umgeben wissen müssen, aber wenn ich Worte wie »Türke« oder »Russe« benutzte, um auszudrücken, was ich meinte, dann machte ich mir selbst etwas vor. Worte machen keine Freunde, höchstens Feinde können sie machen. Mein Lebensziel bestand nicht in gültigen Papieren, die mir unter den anderen fünfundzwanzig Millionen Türken mit denselben Rechten einen Platz in diesem Land verschaffen konnten. Mein Lebensziel war, irgendwo zu leben, etwas anzubauen, Freunde und Familie nach Art der Aseri zu haben – nach einer Art, die der zentralisierte Sozialismus in Rußland zerstören will. Die Aseris sind Türken wie die Seldschuken und die Osmanen, und Türken können nur in der Türkei wie Türken leben. Ich wollte die Papiere als Mittel zum Zweck, als einen Schritt auf der Rückkehr zur Lebensweise meiner Vorväter. Ankara hingegen konnte ebensogut Omsk, Buffalo City oder Cardiff sein, so wenig fühlte ich mich ihm zugehörig. Und so riß ich mich von meinem traurigen Stück Erde los und wanderte zurück in die Stadt. Ich sagte mir, daß mir, wenn ich meine Verfolger schon einmal abgeschüttelt hatte, dies auch noch einmal gelingen würde.

Als ich über die langen Boulevards auf Yenişehir zuging,

versuchte ich, mir gute Gründe dafür zurechtzulegen, warum ich aus der Deckung ging. Ich mußte Sachen kaufen, um meine Hütte wohnlicher zu machen. Schließlich, wenn das Spiel aus war, wenn ich alles Geld zusammengebracht hatte, das mir beide Seiten zahlen wollten, wenn ich Samjatmin getötet hatte, dann mußte ich mich dort vielleicht mehrere Wochen lang verstecken. Aber das war eine Ausrede – um das Notwendigste einzukaufen, hätte ich auf die Märkte von Ulus gehen können. Ich lief weiter, ließ die Zitadelle hinter mir liegen, ging den unteren Hügel am Ankara College und dem British Council entlang und wandte mich nach links. Nun mußte ich mich wirklich entschließen, dorthin zu gehen, wohin mich mein Herz seit dem Morgen trieb.
Ich stand vor ihrer Wohnung und dachte nach. Die Frage, die mich so schmerzlich bewegt hatte, seitdem Hilmer mich vor ihrer Tür aufgegriffen hatte, brannte jetzt so heiß wie eine offene Wunde, von der jemand gewaltsam das Pflaster abgerissen hat. Hoffnungslos wandte ich mich nach einer Weile wieder zum Gehen, und da mußten wohl Baden, Pralitz oder Hilmer selbst meine Spur wieder aufgenommen haben, nur war ich zu sehr in wirre Gedanken versunken, als daß ich es gemerkt hätte.
Ich ging durch die Nebenstraßen ins »Picknick«, wo ich mich ans offene Fenster setzte und einen halben Liter Bier trank, und als ich die Amerikaner und Engländer in den vollen Delikatessengeschäften einkaufen sah, kamen erneut die Fragen. Hatte Julia mich an Hilmer verraten? Was würde sie tun, wenn ich mich wieder in ihre Gewalt begab? Und doch brauchte ich sie.
»Efendim.«
Ich sah auf von meinem Bierglas. Es war Murteza, der Junge, der mir seinen halben Anteil an der Hütte verkauft hatte.
»Hallo. Ich dachte, du wärest schon in dein Dorf zurückgegangen.«
»Bey Efendim. Vergeben Sie mir. Sind Sie Aziz Milyutin?«
Es war, als ob eine kalte Hand in meine Eingeweide griffe. Ich hatte ihm meinen Namen nicht gesagt. Aber sein Lächeln war offen, seine Augen leuchteten warm und braun in dem blassen und dünnen Gesicht.
»Ja.«
»Aziz Bey. Ein Mann kam vor drei Tagen hierher und zeigte mir ein Bild von Ihnen und sagte, wenn Sie noch mal herkämen, sollte ich Ihnen dies hier geben.«
Seine schmale Hand ließ eine Karte auf den Tisch gleiten. Ich

las »Jeremy Goring, Internationales Konsortium für Entwicklungshilfe, Zafer Meydani«, und darüber stand mit dem Kugelschreiber gekritzelt: »Bitte kommen Sie mich besuchen, jederzeit. Sehr wichtig für Sie – J. G.«
Ich sah den Jungen an.
»Warum hast du ihm nichts von der Hütte gesagt?«
»Sie sagten doch, wir sollten es niemand sagen, Bey Efendim.«
»Das war auch völlig richtig. Hab vielen Dank.«
Ich gab ihm ein großes Trinkgeld. Fünfzig Lira.

Gorings Büro war klein und rot, roter Teppich, rote Wände, rote Möbel. Alles war rot außer einem schwarzen Marmortisch mit einem Aschenbecher aus weißem Alabaster und einer Wandkarte vom Mittleren Osten. Aber der ganze Schick dieser Umgebung veränderte nicht den Mann, den ich in Baalbek mit Julia getroffen hatte. Er schien immer noch jünger zu sein, als er aussah, etwas schmollend, etwas verwöhnt und ziemlich beunruhigt.
»Setzen Sie sich, Aziz Bey, setzen Sich sich. Bitte Kaffee, Ayla. Es ist reizend von Ihnen, daß Sie kommen, und wunderbar, Sie wiederzusehen.«
Er zeigte auf ein rotes lederbezogenes Sofa und bot mir eine Zigarette an. Dann entstand eine kurze, verlegene Stille, bis Ayla mit dem Kaffee zurückkam. Ich trank einen Schluck und wartete.
»Es ist nicht ganz einfach für mich, Aziz Bey.« Sein Hals färbte sich tiefrot, und ein Lid fing an zu flattern. Er wischte mit der Hand darüber. »Wir haben uns unter merkwürdigen Umständen kennengelernt. Sie baten um Hilfe, und ich, nun ich gebe es zu, ich ließ sie Ihnen nicht eben gern zukommen. Es war nichts Persönliches. Wir waren schließlich verantwortlich für Julia, und, Sie wissen ja, Fremde nimmt man eigentlich im Osten nicht so einfach mit. Glauben Sie mir, das kann selbst in England unangenehm sein. Na jedenfalls, Sie baten um Hilfe, und ich gab sie nicht gern, und nun, tja, nun bitte ich *Sie* um Hilfe.«
Er hielt die Augen die ganze Zeit auf die Wirbel seines viel zu oft umgerührten Kaffees gerichtet, aber nun blickte er mich an, ernsthaft, mit einer kindlich-bittenden Miene. Ich ließ ihn weiterreden.
»Ja, nun. Äh ... ich meine, Sie wissen ja wohl, worauf ich hinauswill. Das ICED, das ich hier sozusagen vertrete – nicht, daß ich etwa ›unser Mann in Ankara‹ bin, weit davon ent-

fernt –, aber weil ich dem Oberboß von Ihnen berichtete, dachte er, ich könnte auch gleich die Verhandlungen übernehmen – das ICED will sich um ungehobene Bodenschätze kümmern, besonders um Erzlager in diesem Teil der Erde. Wir arbeiten eng mit allen Regierungen zusammen, und, so darf ich sagen, unser Hauptziel ist, dafür zu sorgen, daß diese Lager ausgebeu ... zum größten Nutzen aller Beteiligten entwickelt werden. Wir möchten den Fortschritt, aber gleichzeitig stabilisierend wirken, wir ... Sie helfen mir aber nicht sehr, wissen Sie!«
Ich zuckte die Schultern.
»Ganz recht. Haben Sie Rudi Fleisch schon gesehen?«
»Ja.«
»Was hat er Ihnen gesagt?«
Ich schwieg.
»Haben Sie es Hilmer gesagt?«
Ich schwieg.
»Wieviel?«
»Zweitausend Dollar oder zwanzigtausend Lira.«
Er sah mich lange und bekümmert an, dann nickte er einmal mit dem Kopf, ganz langsam, und stand auf. Er zog ein Schlüsselbund aus der Hosentasche und ging über den roten Teppich zu einem roten Safe, den er aufschloß. Ein zweiter Schlüssel öffnete eine Schublade in dem Safe. Der Mechanismus funktionierte geräuschlos, und ich hörte Gorings schweren Atem über den dumpfen Verkehrslärm vom Boulevard weg. Der braune Streifen um das Bündel von Fünfhundertlirascheinen war noch nicht gebrochen. Er riß ihn auf, setzte sich und legte die Scheine vor sich auf den Tisch.
»Was hat er Ihnen gesagt?«
Mit Daumen und Zeigefinger löste er den obersten Schein, und er glitt über die kühle Tischfläche auf mich zu. Ich faßte ihn nicht an.
»Daß er reiche Lager von Eisen, Kobalt, Zink und ähnlichem Zeug im Norden vom Hedschasgebirge gefunden hat. Daß er dachte, die Adern könnten im Sinai wiederauftauchen.«
»Wissen Sie Einzelheiten? Genauer Fundort? Wirtschaftliche Erschließbarkeit?«
Noch ein Schein rutschte auf mich zu.
»Das kann Ihre Firma doch auch selber herausfinden.«
»So einfach ist das nicht. Die Ägypter und die Araber mißtrauen sowohl uns als auch einander selbst. Sie lassen keine Expeditionen hinein, wenn wir nicht vorher riesige Gebühren bezahlen. Sie ließen Fleisch hinein, weil er von der UNESCO

gefördert wurde – seine Entdeckungen gehen direkt an die Regierungen der betreffenden Länder. Na, jedenfalls hätten sie dorthin gehen sollen, aber wir wissen, daß er seinen Bericht noch nicht abgeliefert hat. Wenn wir wüßten, bevor wir Verträge abschließen, was dort ist ...«

»Wären Sie beim Abfassen in einer sehr starken Ausgangsposition.«

»Wir hätten eine größere Chance, für unsere Investitionen einen anständigen Gewinn zu kassieren. Sie haben meine Frage nicht beantwortet.«

»Fleisch hält seine Funde für außerordentlich wertvoll, und er hat mir nicht gesagt, wo die Orte sind.«

»Wird er es Ihnen sagen?«

Ein dritter Schein.

»Ja. Morgen.«

»Werden Sie es Hilmer melden?«

Ein vierter.

»Soll ich das nicht tun?«

»Uns ist es egal. Aber wir möchten erfahren, was die amerikanische Regierung über die ganze Sache weiß.«

»Ja, ich werde es Hilmer melden.«

»Und für zwanzigtausend Lira melden Sie es auch uns?«

»Ja.« Ich stand auf. »Ich sehe Fleisch morgen. Ich werde Ihnen mitteilen, wie Sie an seine Informationen kommen und wie Sie mich bezahlen, sobald ich ihn gesehen habe.«

»Vergessen Sie das nicht.«

Ich bückte mich, um die vier Scheine aufzusammeln, und sah ihm dabei noch einmal in seine ängstlichen, kindlichen, gierigen Augen. Er blickte weg, und ich sah Schweißperlen auf seiner Stirn. Ich überlegte kurz, ob ich ihm die Banknoten nicht in den Rachen stopfen sollte, aber ich habe von klein auf gelernt, mit Geld sorgsam umzugehen, und so steckte ich sie lieber in die Tasche.

Ich ging ins »Picknick« zurück und bestellte mir noch ein Bier. Das Lokal war so leer, wie es nur um diese Zeit sein konnte: Die Käufer und die Geschäftsleute waren fort, die Arbeitszeit war noch nicht vorüber, außer für eine Gruppe von vier oder fünf Engländern, Lehrer vom College. Ich trank mein Bier, und meine Gedanken wanderten wieder zu Julia. Der Besuch bei Goring hatte mich nur davon abgehalten, mich weiter mit dem Problem zu beschäftigen, was ich tun sollte. Wieder ging ich die sie belastenden Dinge im Geist durch und stieß plötzlich noch auf ein gigantisches Fragezeichen. Wie hatte denn Goring selbst erfahren, daß ich in Ankara war? War ich im

»Picknick« gesehen worden? Er war mit Julia befreundet. Ich hatte sie einmal mit Yapton im »Picknick« gesehen. Ich hatte angenommen, sie habe mich nicht erkannt, aber vielleicht hatte sie mich doch gesehen. Es gab noch eine Möglichkeit. Vielleicht wußte Goring aus einer anderen Quelle über mich Bescheid, vielleicht waren die Amerikaner schon hinter mir hergewesen, ehe ich Julia aufgesucht hatte. Wenn das so war, hatte mich vielleicht jemand die ganze Zeit über beschattet, und ich hatte es nicht gemerkt. Der Mann im roten VW? Wer war er? Wenn noch eine dritte Partei in die Sache verwickelt war, kannten sie dann mein »Stück Erde«? Mir wurde klar, daß ich die Antworten auf einige dieser Fragen bekommen mußte, und zwar bald. Goring selbst war der einzige Mensch, der mir dabei helfen konnte.
Ayla sah von ihrem Schreibtisch auf, als ich die schwere Messingtür öffnete, ihre Mandelaugen weiteten sich zu einem geübten Lächeln.
»Ist er allein?« Ich wies mit dem Kopf zur Treppe.
»Ich glaube schon. Er hatte gerade zwei Besucher, aber sie sind gleich wieder gegangen. Ich frage mal.« Sie streckte die Hand nach einem Sprechgerät neben sich aus. Aber ich wollte aus Goring etwas Wahrheit herauspressen, und es war mir lieber, wenn ich unangemeldet blieb.
»Lassen Sie nur, ich weiß den Weg.«
»Aber nein, Sir, das geht nicht.« Jetzt stand sie auf. »Er läßt sich nicht gern ...«
Aber ich war schon halb oben.
Seine Tür stand offen. Vom Gang aus sah ich eine halbe Zigarette ihre dünne Rauchfahne vom Rand des schwarzen Marmortisches aus in die Luft schicken. Man hatte sie sorgsam aufrecht, mit dem Mundstück nach unten, hingestellt, und zwar erst vor so kurzer Zeit, daß noch kein Zentimeter Asche entstanden war. Sie lag nicht auf dem weißen Aschenbecher, weil der weiße Aschenbecher dazu benutzt worden war, Jeremy Gorings Schädel einzuschlagen. Es schien unwahrscheinlich, daß die Zigarette dem bereits ruinierten roten Teppich weiteren großen Schaden zufügen würde, also ließ ich sie, wo sie war, und ging die polierte Treppe wieder hinunter. Sie kam mir jetzt noch schlüpfriger vor. Ich stützte beide Hände auf Aylas Tisch und lehnte mich über ihre Schreibmaschine.
»Wissen Sie, wer die beiden Besucher waren?«
»Sie waren zum erstenmal hier.«
»Hoffentlich erkennen Sie sie wieder. Sie haben Mr. Goring

umgebracht. – Nein, gehen Sie nicht hinauf. Schließen Sie die Tür hinter mir zu und rufen Sie die Polizei.«

20

Während der Nacht stand ich gräßliche Angst aus. Ich wollte mein Gehirn nicht verspritzt haben wie das Gorings. Gleich abends in der Hütte hatte ich das Geld gezählt, das ich bis dahin zusammengebracht hatte, es waren siebzehntausend Lira, und ich überlegte, ob ich jetzt nicht davonlaufen sollte. Es hätte mir nicht soviel ausgemacht, wenn ich gewußt hätte, wer Goring umgebracht hatte und warum; was mich so aufregte, war das Gefühl, daß jemand irgendwo in dieser Tragödie eine Rolle spielte, die ich nicht kannte. Gegen das Unbekannte kann man sich nicht vorsehen. Aber ich trank dann fast eine ganze Flasche Kanyak und erinnerte mich an Julia und Akim.

Ich wollte, konnte Ankara nicht verlassen, ohne sie wiederzusehen, ohne in ihren Augen nach einer Antwort auf meine Zweifel zu suchen, ohne ihren schlanken Körper und die kleinen Brüste gefühlt zu haben. Und ich mußte noch Samjatmin töten. Ob er es wohl merken würde, wenn ich es tat? Sein weißes Gesicht, seine dunkle Brille, dieses Schweigen – er schien bereits tot zu sein. Aber ich würde ihn töten, damit ich, wenn ich in den Spiegel blickte, wieder mein eigenes Gesicht und nicht das Akims vor mir sah.

Um elf Uhr holte ich noch zwei Päckchen vom Postamt in Ulus ab, und wieder warteten Pralitz und der Junge mit dem Schnurrbart auf mich. Von Hilmer hatte ich fünftausend Dollar für Rudi Fleisch bekommen, und von beiden fast die gleichen israelischen Pässe und Karten, auf denen stand, daß ich Hauptmann des israelischen Militärgeheimdienstes sei. Diese Karten waren nicht gleich. Ich wählte die amerikanische, weil sie in hebräischer Schrift gedruckt war und vier Stempel hatte; die russische hatte nur zwei. Sie kam mir weniger echt vor. Bis ich den Inhalt beider Umschläge auseinandersortiert hatte, standen wir schon vor Fleischs Wohnung in Necati bey Caddesi.

Als wir anhielten, kamen zwei Männer aus dem Block auf die Straße. Sie waren nur mittelgroß, aber von athletischem Körperbau, hatten krauses, dunkles Haar, blasse Haut und trugen kurze, dunkle Regenmäntel. Beide hatten Sonnenbril-

len auf. Sie trugen einen Pappkarton von der Art, in die man Konserven verpackt. Als ich die Tür des Taxis öffnete, kamen sie herbei und warteten geduldig, bis ich den Chauffeur bezahlt hatte. Dann stiegen sie mit einem gemurmelten Dank ein, einer warf die Tür zu, und fort waren sie. Einer von ihnen war der Fahrer des roten Volkswagens.
Ich rannte die schmutzigen Treppen zu Fleischs Wohnung hinauf. Die Tür stand offen. Ich ging durch den Wohnraum in den Gang, der zum Arbeitszimmer führte. Dort waren die Jalousien heruntergelassen, doch eine sehr starke Lampe stand so geneigt, daß sie in den offenen und leeren Aktenschrank strahlte. Fleisch lag auf dem Boden, aber seine obere Körperhälfte hing über einem der Hocker am Arbeitsbrett. Ein kleines, von Blut umgebenes Loch war mitten auf seiner Stirn, die Brille darunter war verrutscht. Sonst gab es nichts zu sehen – die Goldbarren waren ebenso verschwunden wie jeder Fetzen Papier.
Das Klicken hochhackiger Schuhe ertönte auf der Treppe. Ich schloß die Tür hinter mir und erwartete Mrs. Fleisch im Wohnzimmer. Ihr Regenmantel war einmal weiß gewesen. Sie trug drei Einkaufskörbe.
»Wieder Sie«, sagte sie und wischte sich ein paar lose Strähnen aus dem Gesicht. »Warum steht die Tür auf und wo ist Rudi?«
»Wo sind Ihre Kinder, Mrs. Fleisch?«
»In der amerikanischen Schule. Was geht das Sie an?«
»Ihr Mann ist im Arbeitszimmer. Er ist gerade von zwei Männern in dunklen Regenmänteln erschossen worden. Sie haben seine ganzen Papiere mitgenommen.«
Sie brach auf dem schadhaften Sofa zusammen, ihr Gesicht war ausdruckslos, aber plötzlich sehr müde.
»Dieser verdammte Idiot. Dieser Narr. Geben Sie mir was zu trinken, ich bitte Sie. Da drüben, hinter ihnen.«
Ich goß ihr einen Cognac ein, echten französischen.
»Und Sie geben mir auch noch diesen französischen Dreck. Na, macht nichts, lassen Sie schon. Er war verrückt. Verrückt, dumm, gierig, gemein. Und schlau. Oh, zum Teufel, und er wird mir auch noch fehlen.« Zwei Tränen liefen über die aufgedunsenen Wangen, und sie schnüffelte laut.
»Haben Sie Männer, wie ich sie vorhin beschrieben habe, schon einmal gesehen?«
»Ja, ich glaube schon. So ein ähnlicher Typ hat sich schon die ganze letzte Woche auf der Straße vor dem Haus herumgetrieben. Ich wußte, daß so was passieren würde. Ich wußte es,

seitdem Sie mit dem Gold hier waren. Was soll mir das Gold nun noch nützen?« Sie schluchzte erneut.
»Was werden Sie jetzt machen?«
»Den Konsul anrufen, nehme ich an. Oder die Polizei. Zum Teufel, was soll ich schon machen! Zwei Goldbarren, ein überzogenes Konto, drei Kinder, und er läßt sich umbringen!«
Ich suchte in der Tasche nach Hilmers Umschlag.
»Nehmen Sie mal dies hier«, sagte ich. »Das war für ihn bestimmt.« Ich verließ das Haus.
Rasch ging ich durch die hellen, geschäftigen Straßen. Im »Picknick« sah Murteza mich sofort, obgleich das Lokal sehr voll war. Ich bestellte mir eine halbe Flasche Wodka und einen halben Liter Bier. Ich hatte Angst.
Ich wußte nicht, wer Fleisch umgebracht hatte. Sollten es Samjatmin oder Hilmer gewesen sein, dann war ich der nächste auf ihrer Liste. Vielleicht hatte die eine oder die andere Seite sich entschlossen, ohne mich auszukommen und lieber ein Risiko einzugehen, indem man bei Fleisch einbrach, ihn tötete und alle seine Papiere mitnahm. Für mich hatte man dann keine Verwendung mehr, und ich wußte zuviel. Falls sich noch eine dritte Partei eingemischt haben sollte, mochte es auch diese für besser halten, wenn ich aus dem Wege geräumt war.
Irgend etwas mußte ich unternehmen, um wenigstens herauszufinden, wie die Dinge lagen, und dann eine Art Selbstschutz organisieren. Meine einzigen Informationsquellen waren Hilmer und Samjatmin, also konnte ich sie auch gleich anrufen, wie es verabredet war, und sehen, was sie zu sagen hatten. Hoffentlich konnte ich das Gespräch in die richtigen Bahnen lenken. Würde es mir gelingen, sie davon zu überzeugen, daß es in ihrem Interesse lag, mich noch eine Weile zu schützen? Ich blickte mich nach Murteza um und sah ihn am Eingang eines Delikatessengeschäfts stehen und auf mich deuten. Eine vertraute Gestalt schob sich durch die vollbesetzten Tische, quetschte seinen enormen Körper zwischen den Stühlen hindurch und hatte Murteza im Schlepptau, einen Stahlrohrstuhl in den Händen. Der Stuhl wurde zwischen mich und meinen Nachbarn geschoben, und Georg Katkov klemmte sich in die kleine Lücke hinein. Er war blaß, atemlos und schwitzte.
»Fleisch ist tot«, sagte er keuchend auf russisch. »Bitte, ein Bier.«
»Ich weiß.«

»Haben Sie ihn umgebracht?«
»Natürlich nicht.«
»Nein, Riza glaubte das auch nicht. Er dachte, es könnten die zwei Männer in dunklen Regenmänteln gewesen sein, die fortgingen, als Sie ankamen. Er sagt, sie hätten Fleischs Papiere in Kartons gehabt. Stimmt das?«
»Ich glaube schon. Wer ist Riza?«
»Ein junger Mann mit einem Schnurrbart. Er folgte Ihnen bis hierher und meldete sich dann. Ich bin gleich losgefahren. Amerikanische Botschaftsangehörige und die türkische Polizei waren in Necati bey Caddesi, ich kam unterwegs vorbei. Vermutlich sucht man Sie schon.«
»Das glaube ich nicht«, sagte ich in Gedanken an die fünftausend Dollar, die ich Mrs. Fleisch gegeben hatte. Sicher wollte sie die nicht gleich wieder verlieren.
»Warum nicht? Ach, mein Bier. Kann ich was von Ihrem Wodka haben?«
Er trank mit eng an seine breite Brust gepreßten Ellbogen. Darauf folgte ein Schluck Wodka. Viel blieb nicht übrig. Er hatte einen Teil meiner Befürchtungen beseitigt, und ich dachte mir etwas aus, womit ich ihn noch eine Weile auf meiner Seite halten konnte.
»Weil«, sagte ich, »Mrs. Fleisch mir den Bericht gegeben hat. Er war nicht in seinem Arbeitszimmer, sondern in einem Safe hinter den Büchern im Wohnzimmer.«
»Dann können Sie ihn mir jetzt geben?«
»Kann ich nicht. Hat Riza nicht gesehen, daß ich ein Päckchen beim Postamt eingeworfen habe? Es wird morgen an einer Stelle eintreffen, wo ich hoffe, es entgegennehmen zu können. Morgen abend um acht Uhr rufe ich Sie an und sage Ihnen, wo Sie es finden können und was Sie tun müssen, um sicher zu sein, daß ich es Ihnen auch gebe.«
»Gut. Sehr intelligent. Wir erwarteten, daß Sie es auf diese Weise arrangieren würden.« Er trank und schlug mir dann auf die Schulter. »Ich freue mich, Aziz Milyutin. Sie müssen vorsichtig sein. Samjatmin wird Sie nicht so einfach verschwinden lassen. Jetzt noch zwei Fragen. Erstens: Wissen Sie, daß die Amerikaner wieder hinter Ihnen her sind?«
»Ja. Ich habe Pralitz bemerkt, der mir folgte.«
»Sie könnten versuchen, Sie zu schnappen.«
»Dann passen Sie doch auf, daß es nicht geschieht.«
Er lachte leise in sein Bier hinein und blies den Schaum über den Rand. »Gut, sehr gut. Zweitens: Warum hat Ihnen Mrs. Fleisch den Bericht gegeben?«

»Fleisch hatte ihr gesagt, wie sie sich verhalten soll, wenn so etwas passiert. Ich versprach ihr das Geld, das Sie ihm geben wollten.«
Er dachte einen Augenblick nach und drehte mir dann sein Mondgesicht zu, daß wir fast mit den Nasen aneinanderstießen. Seine Augen waren wieder kalt und wachsam.
»Sie machen das alles sehr gut, Aziz. Es paßt alles zueinander, und ich glaube, Samjatmin wird es schlucken. Ich weiß es besser. Sehen Sie, Riza hätte ja sehen müssen, wie Sie das Päckchen einsteckten, und Sie haben nichts dergleichen getan. Es gab kein Päckchen einzustecken. Aber er berichtet nur mir. Nun habe ich genug gesagt. Vielen Dank für den Wodka. Und weiter viel Glück.«
Er leerte sein Glas und, beide Hände fest auf seinen Bauch gepreßt, quetschte er sich durch die Stühle und war fort.

»Fleisch ist tot«, sagte Hilmer. Sein Atem kam keuchend durch den Hörer.
»Ich weiß. Aber ich habe den Bericht.«
»Haben Sie ihn getötet?«
»Nein. Aber er hatte Mrs. Fleisch instruiert, mir den Bericht zu geben, falls etwas passiert. Ich gab ihr die fünftausend Dollar. Ich werde Sie morgen abend anrufen und sagen, wo Sie den Bericht finden können. Ich verlange fünftausend Dollar für mich selber und werde Ihnen noch mitteilen, wo Sie die hinterlegen.«
»Sie werden smart, Aziz. Werden Sie aber nicht zu smart. Wissen Sie, daß die Russen wieder hinter Ihnen her sind? Vielleicht kidnappen sie Sie!«
»Es liegt an Ihnen, dafür zu sorgen, daß das nicht geschieht«, sagte ich und legte auf.
Ich ging ins »Picknick« zurück und aß gemächlich zu Mittag, russischen Salat, Huhn auf Reis und Karamelcreme. Als ich ging, hatten sich meine Leibwächter draußen auf der Straße versammelt. Pralitz und Baden auf der einen Türseite, Eyup und Riza auf der anderen. Sie machten keinen Versuch, sich vor mir oder vor den anderen zu verstecken, sondern wanderten je zu zweit immer schön hinter mir her zu Julias Wohnung. Ich fühlte mich sehr sicher. Sie schützten mich nicht nur voreinander, sondern auch vor den Mördern von Goring und Fleisch.

21

Sie blieb zehn Sekunden wie angenagelt unter der Tür stehen, sah mich an, und ich sah sie an. Sie hatte einen weiten flammenfarbenen Hausmantel an, der ihr fast bis auf die nackten Füße fiel, und er wurde von einem Reißverschluß bis zu einem hohen Kragen unter ihrem Kinn zusammengehalten. Um ihre Augen lagen dunkle Ringe, so daß sie glühten wie die einer Wildkatze, fieberhafte Röte lag über ihren Wangen. Dann zog sie mich hinein, legte die Arme erst um meinen Hals und grub mir dann die Fingernägel unter dem Hemd am Rücken in die Haut. Es traf mich wie ein Schock, als ich verstand, was sie sagte.

»Komm zu Bett, Aziz, bring mich ins Bett, liebe mich!«

Im Schlafzimmer zerrte sie den langen Reißverschluß auf, daß sich der rote Stoff teilte, als sei ein Rasiermesser durchgefahren. Sie war ein Hurrikan, ein Tornado, und trotz ihrer Kleinheit erschreckte sie mich mit der Kraft ihres Verlangens, die sie immer und immer wieder zu mir trieb. Ein Teil meines Verstandes sagte mir, daß sie gar nicht mich liebte, daß ich nicht die Ursache dieses Sturms, sondern nur ein auslösendes Moment war, aber ich hatte keine Ahnung und wollte auch nicht wissen, was sie trieb.

Endlich, vielleicht nach einer Stunde, fiel sie in sich zusammen; den Kopf zurückgeworfen, das dunkle Haar über dem Kissen und den roten Stoff zerknittert unter unseren Leibern, so schlief sie ein. Die Wohnung war warm, doch deckte ich sie trotzdem mit einer Daunendecke zu, zog mich an und ging ins Wohnzimmer. Ich mischte mir einen Bacardi und setzte mich so, daß das Bild über dem Kamin nicht mein Auge verletzen konnte. Dann schlief ich auch.

Die Lampen waren an, und Julia stand in den grünen Kleid vor mir, das sie in Tripoli angehabt hatte. Ihr Haar war frisiert. Sie beugte sich über mich, und ich roch ihr Parfüm und den sauberen, warmen Geruch des Bades. Sie küßte mich.

»Wie fühlst du dich, canim?«

»Canim«, meine Seele, dieses Wort hatte ich Anya gelehrt.

»Sehr gut«, sagte ich, setzte mich auf und legte rasch den Kopf wieder zurück. »Nein, doch nicht so gut.«

»Trink das.« Sie reichte mir ein Glas, in dem sich der letzte Halbmond einer weißen Tablette in Bläschen auflöste. »Du warst betrunken, als du kamst. Vermutlich hast du jetzt einen Kater.«

»Ich war betrunken, und du warst ...«
Ich lächelte, als ich das sagte, aber ihre Augen umschatteten sich, und sie erschauerte.
»Schon gut. Es geht uns jetzt beiden besser.«
Ich trank die Lösung, und die Übelkeit in meinem Magen ließ nach.
»Und jetzt dies.«
Sie reichte mir eine hübsche Schale Tee ohne Milch, mit einer dünnen Zitronenscheibe.
»Gehst du aus?« fragte ich.
»Mit dir«, sagte sie, »wenn du gebadet hast.«
Als sie den Wagen aufschloß, kamen vier Gestalten aus dem Schatten; meine Leibwächter, kalt, gelangweilt und müde. Wir warteten höflich, bis sie sich Taxis organisiert hatten, und dann fuhr Julia zum Boulevard, durch Yenişehir und nach Ulus hinauf.
»Karpic«, sagte sie, als sie parkte. »Einer der ersten Weißrussen, der nach Ankara kam, und es war Atatürks Lieblingsrestaurant.«
Es war ein großer, fast kahler Raum, aber die Bedienung war außergewöhnlich. Kleine Jungen nahmen unsere Mäntel in Empfang, junge Männer hielten uns die Stühle, alte Männer breiteten riesenhafte Speisekarten vor uns aus. Julia war jetzt heiterster Stimmung, sie plauderte, lachte und spielte den Fremdenführer.
»In jenem Alkoven«, flüsterte sie mit gespielter Ehrfurcht, »in jenem Alkoven pflegte Atatürk immer zu sitzen. Niemand wagt sich je da hinzusetzen.«
Unter dem Porträt des großen Mannes war ein Tisch gedeckt.
»Du mußt Borschtsch essen, und dann Huhn à la Kiew. Das kennst du nicht? Natürlich nicht. Es ist ein Essen für Kapitalisten, und du bist noch nicht lange einer. Und du wirst keinen Rum oder Wodka trinken, sondern Kavaklidere-Wein.«
Der Borschtsch war gut, sehr heiß, mit einem Löffel saurer Sahne in der Mitte. Das Huhn wurde mit einer Zeremonie serviert. Die Kellner trugen es in Warmhalteschalen herbei, und erst dachte ich, es seien einfach panierte Hühnerschenkel. Sie holten sie mit großer Vorsicht und voll Hochachtung aus den Pfannen und legten sie auf schön vorbereitete Throne von Brot. Dann neigte sich der Ober über meine Schulter und schnitt mit der Versiertheit eines Chirurgen das untere Ende eines Beinchens an, und heiße Butter ergoß sich über den Teller. Das Fleisch war nur von der Brust und ausgezeichnet.
Gegen Ende der Mahlzeit sah mich Julia mit sanftem Spott

an. Sie bestellte Wassereis, wie sie alles andere bestellt hatte.
»Es gefällt dir nicht, daß ich dir sage, was du essen sollst, nicht wahr?«
»Es macht mir nichts aus. Du hast sehr gut gewählt.«
Sie lachte. »Nein, das meine ich nicht. Du magst es nicht, wenn eine Frau dir sagt, dir, einem Mann, was du essen sollst. Du findest, der Mann sollte bei solchen Gelegenheiten den Ton angeben.«
»Ja, ich glaube schon. Normalerweise, bei jemand anderem, würde ich schon so denken.«
»Und bei mir vielleicht auch, bei anderen Gelegenheiten?«
»Ja, normalerweise würde ich nicht erwarten, daß du für mich bestellst.«
Sie lachte wieder. »Aziz, du bist ein Türke.«
Ich wußte nicht, sollte ich erfreut oder verärgert sein, aber sie ließ mich wenigstens bezahlen; die Rechnung war gar nicht hoch.
Als wir unsere Mäntel holten, standen Pralitz und Baden, Riza und Eyup müde von harten Stühlen auf und folgten uns ins Freie. Sie sahen hungrig und müde aus.
»Diese armen Männer«, sagte Julia, als sie den Wagen aufschloß. »Sollen wir sie nicht wenigstens mitnehmen, damit sie nicht immer sagen müssen: ›Folgen Sie diesem Wagen?‹«
»Es wäre mir lieber, sie folgten uns.«
»Dann will ich ihnen wenigstens sagen, wohin wir fahren«, und ehe ich irgend etwas unternehmen konnte, hatte sie den Kopf aus dem Fenster gesteckt. »Wir fahren jetzt zu Surreyya«, rief sie und legte den ersten Gang ein.
Ich suchte nach Worten, um mich an die Fragen heranzutasten, die noch geklärt werden mußten.
»Du hattest sie also bemerkt?«
»Die sind kaum zu übersehen.«
»Und sie stören dich nicht?«
»Nun, offenbar stören sie dich nicht, also warum dann mich? Im Libanon waren sie hinter dir her, hier scheinen sie dich zu beschützen.«
»Sie wußten nicht, daß ich hier war, bis zu dem Abend, als ich in deine Wohnung kam. Dann, als ich ging, erwarteten mich die Amerikaner vor der Tür.«
Ich sah ihr ins Gesicht, über das Licht und Schatten dahinjagten, aber sie gab rasch und leicht Antwort.
»Ja, wirklich? War das sehr unangenehm? Es tut mir leid, wenn es so war, aber du warst ziemlich lange da, und wir hatten den armen Peter rausgeworfen. Ich nehme an, er

erzählte es Jeremy, und Jeremy, der sich in aller Leute Angelegenheiten mischt, erzählte es den Amerikanern. Er sagte doch in Tripoli, daß er einen von ihnen kennt.«
Sie schien nicht zu wissen, daß Goring jetzt tot war. Ich sagte es ihr nicht.
Surreyya ist über und unter dem Kizilay-Platz und gehört ebenfalls Weißrussen, nur merkt man es nicht. Ein kleiner Raum, mit Tischen und Plüschsesseln vollgestellt, eine winzige Tanzfläche, schwere Samtvorhänge an den Wänden, eine italienische Tanzkapelle; solche Nachtklubs muß es in den meisten Großstädten geben. Doch herrschte eine Atmosphäre von Gemütlichkeit und Heiterkeit in diesem Lokal, es war heiß, aber nicht stickig, und die Bedienung war wiederum vollkommen.
Sowie wir saßen, kam ein großer, grauhaariger Mann im Smoking an unseren Tisch, verneigte sich vor Julia, lächelte höflich, und war doch, seiner Selbstsicherheit und Würde nach zu urteilen, gewiß kein Kellner.
»Guten Abend, Miß Bramber«, sagte er, »haben Sie schon gewählt?«
»Guten Abend, Gregor. Wir haben leider schon gegessen. Es macht Ihnen hoffentlich nichts aus?«
»Natürlich nicht, Miß Bramber, solange Sie gut gegessen haben.«
»Haben wir, und wir haben dazu Çankaya Yildiz getrunken. Daher sollten wir jetzt besser einen Kavaklidere-Champagner nehmen.«
»Wir haben auch einen 59er Moët et Chandon«, sein Ton war leicht vorwurfsvoll.
»Aber Gregor. Sie kennen mich doch besser. Der Kavaklidere ist sehr gut, und der Preisunterschied macht jeden Unterschied, den es sonst geben könnte, mehr als wett. Immerhin vielen Dank für das Angebot.«
»Sehr gut, Miß Bramber.«
Ich merkte nicht, daß er irgendein Zeichen gab, aber in genau diesem Augenblick erschien ein Kellner hinter ihm. Als die Bestellung aufgegeben war, ging er wie auf gutgeölten Rädern weiter, um eine Frau in mittlerem Alter zu begrüßen, die in Diamanten und Pelze gehüllt war. Es paßte zu ihrem silbernen Haar. Sie wurde von einem sehr alten Mann in der Uniform eines türkischen Generals gestützt.
Wir tranken und tanzten und tranken. Wenn Julia beim Bestellen des Essens und der Getränke und als Fremdenführer vielleicht ein wenig wie mein Vormund aufgetreten war

– auf der Tanzfläche war sie sanft und hingebungsvoll. Einmal, als wir uns hinsetzten, fragte sie mich etwas Überraschendes.

»Aziz, wenn du mal heiratest, wie viele Kinder willst du dann haben?«

Ich verstand sie nicht recht. Natürlich begriff ich später, daß das eine Frage ist, wie sie westliche Frauen stellen, aber damals war ich verwirrt und antwortete mit Worten, die ich seit fünfzehn Jahren nicht mehr gebraucht hatte.

»So viele, wie Allah mir geben will.«

»Ja, natürlich.« In diesem zwei Worten lagen Ironie, sogar Sarkasmus, und auch Bedauern; was sie bedauerte, konnte ich nicht sagen.

Surreyyas Lokal leerte sich langsam. Zwischen noch besetzten Tischen gab es dunklere Stellen, auf der Tanzfläche war mehr Platz. Die Kellner hatten Zeit, in dunklen Nischen zu stehen, und Gregor saß mit einem seiner Gäste am Tisch, unterhielt sich und trank türkischen Mokka. Er stand ohne ein Zeichen von Müdigkeit auf, als ein Mann die Treppe herunterkam und lässig in unsere Richtung winkte. Der Mann war jung, gutgewachsen, trug einen dunklen Anzug und hatte krauses Haar. Seine schwarze breitrandige Brille gab ihm das Aussehen eines amerikanischen Studenten, aber sein Anzug war europäisch geschnitten. Ich kannte ihn.

Julia sah ihn kommen und rutschte auf der Bank auf mich zu, damit auf der anderen Seite Platz für ihn entstand.

»Entschuldige mich, Aziz«, und mir fast den Rücken zuwendend, beugte sie sich vor, um zu hören, was er sagte. Sie stellte ihn nicht vor, der junge Mann nahm keine Notiz von mir. Er sprach rasch und leise in einer Sprache auf sie ein, die ich nicht kannte. Seine Botschaft war nicht lang. Er stand auf, und ich sah ihn über Julias Kopf hinweg an. Er wischte sich die Brille mit einem weißen Taschentuch sauber, und ich war sicher, das war der Mann im roten Volkswagen, der Mann, der Fleisch getötet hatte.

Julia wandte sich mir zu. Entweder hatte sie jetzt eine Maske aufgesetzt oder abgelegt: Ich werde nie wissen, was es war, aber die Heiterkeit, die spöttische Freude, die Zuneigung (ich wäre unehrlich, wenn ich es »Liebe« nennen würde) waren verschwunden. Ihr Gesicht blieb schön, aber ihr Ausdruck war kühl, ruhig und gelassen. Nur in ihrer Stimme lag eine Eindringlichkeit, die noch etwas Persönliches hatte.

»Seit wir uns in Baalbek kennengelernt haben, hast du mir vertraut.«

»Ja.«
»Aber du ... hattest deine Zweifel?«
»Ja.«
»Du tatest gut daran. Ich kenne fast deine ganze Geschichte, und ich habe wirklich ... innerlich auf deiner Seite gestanden. Ich war froh, als sich herausstellte, daß wir nicht ... auf verschiedenen Seiten standen und daß ich dir jetzt, wo es beinahe vorbei ist, helfen kann. Denn ich mag dich, und ich tue es aus keinem anderen Grund. Du mußt mir das glauben und tun, was ich dir sage.«
Ich sah sie fragend an und fühlte, wie mich trotz der Wärme in dem Lokal ein kalter Schauer überrann.
»Bitte, glaube mir und tu, was ich dir sage.«
»Es ist gut.« Die Worte fielen mir nicht leicht.
»Die Männer, die dir folgen – sie haben miteinander gesprochen, und Hilmer und Samjatmin wissen jetzt, daß du sie beide übers Ohr hauen willst. Ich weiß nicht, was sie vorhaben, aber sie werden dich nicht entwischen lassen. Vielleicht ermorden sie dich auf offener Straße. Vielleicht nehmen sie dich auch nur mit. Ich weiß, daß du irgendwo in Ankara ein Versteck hast. Dahin mußt du jetzt gehen, und dann Ankara und die Türkei verlassen, so schnell du kannst. Aber zunächst mußt du mal hier raus, ohne daß sie es merken. Davut wird dir zeigen, wie.«
Sie blickte zur Tür, und dort stand der junge Mann und unterhielt sich mit Gregor. »Wirst du bitte mit Dayut gehen?«
Ich blickte ihr in die braunen Augen, und dann nach dem Mann namens Davut. Fleisch fiel mir ein, mit seinem Loch in der Stirn.
»Aziz! Du bist hochmütig, arrogant, und du hast Ehrgefühl. Es wäre nicht ehrenhaft, mir nach diesem Nachmittag nicht zu glauben.«
»Ich werde tun, was du sagst.«
Gregor hielt eine Hintertür auf, und der Mann namens Davut führte mich durch sie hindurch. Gregor lächelte abwesend über meinen Kopf hinweg und murmelte auf russisch: »Ich hoffe, es hat Ihnen hier gefallen, kommen Sie doch wieder.«
Ich folgte der dunklen Gestalt durch eine große Küche. Dann öffnete sich eine andere Tür auf einen langen, schmalen Gang ohne Türen und Fenster. Das Haar stand mir zu Berge. Ich konnte meinen Führer nicht mehr sehen. Ich machte das Messer an meinem Unterarm locker, aber Julia hatte es im Schlafzimmer schon gesehen. Falls ich jetzt zu meinem Tod geführt wurde, hatte sie Davut vorher deswegen gewarnt.

Ein schwaches Licht drang unter einer Tür vor uns hervor, und ich hörte ein leises Klirren von Schlüsseln. Die Tür öffnete sich in einen Raum mit Spiegeln und einem Waschbecken; eine Wasserspülung zischte, und mein Führer drehte sich zu mir um.
»Hier entlang. Wir sind jetzt bei ›Cevat‹, das ist die Bar ein paar Häuser weiter. Ich verlasse Sie jetzt. Von hier aus führt eine Passage zur Ziya Gokalp Caddesi. Das ist nicht ganz hundert Meter vom ›Surreyya‹ entfernt, aber die anderen werden bestimmt nicht in diese Richtung sehen, und außerdem sind Sie bereits hinter der Ecke. Laufen Sie rasch vom Kizilay fort und nehmen Sie sich so schnell wie möglich ein Taxi.«
»Sie haben Fleisch umgebracht.«
Sein Kopf bewegte sich, und das Licht brach sich in den dunklen Gläsern. Wortlos wandte er sich um und ging fort. Die Straße war fast menschenleer. Davut hatte recht. Ich konnte den Eingang zum »Surreyya« nicht sehen. Ich folgte seinem Rat, wandte mich nach links und lief mit raschen Schritten zum nächstgelegenen Taxistand, der nur ein paar Meter entfernt war.

22

In den drei Stunden, seit ich den Kizilay verlassen hatte, war ich durch die gestaltlosen Hügel gewandert, wo die ersten Maistriebe zwischen purpurblühenden Disteln und zinnoberroten Anemonen aus dem Feld stachen, und ich hatte mich endlich dazu durchgerungen, trotz Julias Warnung noch dazubleiben. Ihre Sorge um mich hatte mich eher noch angeregt. In einem hatte sie recht: Sie hatte meinen männlichen Stolz verletzt. Ich mußte mich in dieser Sache ohne ihre Hilfe bewähren.
Ich legte mich in meiner Hütte schlafen, als die ersten Hähne krähten. Als ich erwachte, war es auf dem Hügel still, es herrschte das heiße Schweigen eines vollkommenen Sommernachmittags. Als sich meine Augen an den Kontrast von Hell und Dunkel in der Hütte gewöhnt hatten, stand ich auf und übte mit meinen Messern. Als ich sicher war, daß meine Hände ruhig und mein Auge scharf war, nahm ich eines von den Messern und schliff es, bis es ein Haar spalten konnte, und das schnallte ich mir an den Unterarm. Ein Messer war genug.

Ich packte meine siebzehntausend Lira in Öltuch ein, grub in den Erdboden unter meinem Bett ein Loch und legte sowohl das Bündel als auch den Messerkasten hinein; die israelischen Pässe packte ich in einen einfachen braunen Umschlag und überzeugte mich, daß ich genügend Wechselgeld für Essen, Telefon, Taxis und Eintrittsgeld zum Park der Jugend hatte. Alles, was mir jetzt noch fehlte, war Klebeband, und das konnte ich mir in Ulus kaufen.

Um sechs Uhr aß ich ein einfaches, kräftiges Mahl, bestehend aus Suppe und Tas Kebab in einem kleinen Restaurant hinter der Zitadelle, und dann lief ich über den Hügel und den Boulevard hinunter zum Park der Jugend. Die Dämmerung brach herein, und der Park war fast menschenleer. Ich ging zu dem Café, in dem ich mich mit Katkov und Samjatmin getroffen hatte, und setzte mich an denselben Tisch am Teich. Dort vervollständigte ich meine Vorbereitungen, indem ich den braunen Umschlag unter die Tischplatte klebte.

Genau um acht Uhr war ich im Nachtpostamt in Yenişehir, fast unmittelbar neben dem Büro des ICED. Ich rief sowohl Hilmer als auch Samjatmin an, und beiden teilte ich dasselbe mit und legte auf, ehe sie Einspruch erheben oder protestieren konnten. Sie sollten entweder zusammen oder getrennt voneinander zehntausend Dollar für mich postlagernd im Yenişehir-Postamt hinterlegen. Falls sie dies sofort taten, würden sie Fleischs Bericht unter jenem Tisch im Park der Jugend finden. Dann nahm ich mir ein Taxi und wartete darin hundert Meter weiter oben am Boulevard.

Julia oder Davut hatten recht. Sie kamen alle zusammen in Hilmers blauem Kabrio die Straße herab und parkten vor dem Postamt. Katkov stieg aus und tappte über den breiten Bürgersteig. Er steckte ein kleines Päckchen ein und war gleich darauf zurück, und der Wagen glitt in den Verkehrsstrom zurück. Ich beugte mich vor und sagte dem Taxichauffeur, er solle langsam zum Park der Jugend fahren. Ich hatte mich gefreut, Katkov bei ihnen zu sehen. Es waren drei andere mit im Wagen: Hilmer, Baden und Samjatmin, meine Beute.

Ich folgte ihnen über die belebten Wege an den Musikhallen mit ihren grellen Plakaten, auf denen langmähnige Frauen lockten, vorbei, in denen sich allmählich schon die Tische füllten. Kellner rannten geschäftig vor den niederen Musikbühnen hin und her, trugen Teegeschirr und auch einmal eine »Nargileh« und Raki. Die Musik von Gitarren, Pfeifen und Trommeln erfüllte die Luft. Der See verengte sich an der

Weidenbrücke wie ein Stundenglas, und drüben wurden die Cafés gerade geschlossen. Die Menge wurde lichter, und vor uns lagen Stille und Dunkelheit. Ein Kellner eilte vorüber, er knöpfte sich den Mantel über seiner weißen Jacke zu. Er gönnte den vier Männern, die ihm über den Weg liefen, kaum einen Blick, wünschte mir aber im Vorübergehen einen guten Abend.
Ich blieb im Schutz von Weiden und Kiosken auf der anderen Seite der Brücke stehen und sah ihnen nach, wie sie zum Café gingen. Es war jetzt leer, die Stühle waren zusammengeklappt und beiseite gestellt worden, nur die Tische hatte man gelassen. Samjatmin zeigte auf den Tisch, und Hilmer bückte sich. Als er sich aufrichtete, hatte er den Umschlag in der Hand und ließ ihn auf den Tisch fallen. Beide betrachteten ihn. Katkov und Baden blieben respektvoll hinter ihnen stehen. Der weiße Kopf neigte sich, und Hilmer nahm den Umschlag, riß einen Streifen ab und ließ den Inhalt auf den Tisch fallen. Dann lachte er. Er schlug Samjatmin auf die Schulter und lachte wieder. Beide schauten sich nach mir um und Hilmer rief:
»Dann bringt diesen Spaßmacher mal her.«
Ich drehte mich um. Hinter mir zeichneten sich Eyup und Pralitz gegen den hellen Schein einer großen Fontäne ab. Fünf Sekunden lang starrte ich sie an; Pralitz trug einen Hut, Eyups Haar flatterte in der leichten Brise um seinen fast schon kahlen Kopf. Die Gesichter lagen im Schatten, aber Eyups Zähne blitzten in der Andeutung eines Lächelns auf. Als ich auf Hilmer und Samjatmin zuging, hörte ich hinter mir ihre Schritte im Kies knirschen. Meine Arme hingen locker herunter, und der Griff meines Messers glitt mir in die rechte Hand. Männer mit Schußwaffen glauben, Entfernung sei ein Vorteil, und auf freien Flächen ist das auch richtig. Als ich anhielt, standen drei Tische zwischen mir und den Männern hinter mir und drei zwischen mir und dem mittelsten Tisch. Samjatmin stand vor der schwarzen Wasserfläche, die dunklen Gläser wirkten wie Augenhöhlen unter dem weißen Haar, Hilmer hinter ihm und dann, fast eins mit dem dunklen Hintergrund von Bäumen und Dämmerung, Katkovs breite Gestalt und Badens blonder Bürstenkopf.
»Das einfachste ist, wir bringen ihn hier um und lassen ihn liegen«, sagte Hilmer.
»Ja, aber ich will es tun«, sagte der Totenkopf, und seine Stimme klang, als sei sie aus Staub.
Und so tötete ich Samjatmin: Als er die Hand aus der

Jackentasche zog, fuhr die meine von der Hüfte hoch. Die Entfernung war kurz, seine Luftröhre das einzige sichere Ziel und das Messer scharf genug für die Knorpelsäule in seinem Hals. Meine Messer sind schwer, sie wiegen etwas mehr als zweihundert Gramm, und der Volltreffer warf ihn hinterrücks in den See, das Wasser spritzte weiß und breit nach allen Seiten hoch.

Ich trat die Tische nach beiden Seiten auseinander, ging in die Knie und stürmte dann wie ein Sprinter auf Eyup und Pralitz zu. Eyup hatte schon aufgegeben, er drückte sich schnell zwischen die Bäume. Pralitz behauptete seinen Platz, doch die Tische prallten ihm gegen die Knie, und er ruderte mit den Armen, um nicht das Gleichgewicht zu verlieren. Als ich an ihm vorbeiraste, streckte er eine Faust nach mir aus und erwischte mich flüchtig an der Jacke. Er war aber nicht im Gleichgewicht, und ich war schon ziemlich schnell. Also fiel er zusammen mit den Tischen um.

Nur Baden reagierte rasch. Er mußte auf dem Weg gestanden haben, der in einer weichen Kurve vom See weg und dann bei den Kiosken und Weiden an der Brücke wieder auf ihn zuführt. Wir kamen dort beide gleichzeitig an. Vielleicht wäre ich an ihm vorbeigerannt, aber ich erinnerte mich an die syrischen Berge im Regen, an den Augenblick, wo er den Unterarm gehoben hatte wie eine Axt. Ich schlug einen Bogen um ihn und rannte über die Brücke. Auf der anderen Seite kamen wir unmittelbar in die Märchenbeleuchtung und die Menschenmenge auf einem breiten Weg zwischen See und Lunapark. Klagende und rasselnde Musik, schnell und langsam sich drehende Lampions, Leute, die vor Lachen kreischten. Hier konnte er mich nicht gut umbringen. Ich verfiel in eine langsamere Gangart, und er schloß sich drei Schritte hinter mir an.

Es kamen mehr Leute auf uns zu als hinter uns her, und ich erinnerte mich, daß der nächste Ausgang – nicht der Hauptausgang – auf dieser Seite des Sees und gegenüber der Eisenbahnstation war. Es schien mir weder sinnvoll noch sicher, im Park zu bleiben. Baden würde mir auf den Fersen bleiben, bis Hilmer oder Pralitz, wenn nicht Katkov und Eyup uns fanden, und selbst wenn ich ihnen im Park unter den Lichtern und der Menschenmenge entgehen konnte, würden sie mich doch kriegen, wenn der Park geschlossen wurde und die Straßen leer waren. Ich lief wieder schneller bis an das andere Seeufer, wo zwei Cafés waren, und kam auf einen weiten Hof vor dem Ausgang. Man überquerte dort

die Schmalspureisenbahn, die um den Park herumfuhr, und dahinter waren ein paar Büsche und Hecken. Dort tauchten Hilmer und Pralitz auf, und ich mußte über die Schienen rennen, um vor ihnen am Drehkreuz zu sein.
Vor mir erstreckte sich ein weiter, offener Platz. Weit entfernt, außerhalb der Station, standen Taxis in einer Reihe, links waren Bushaltestellen, aber keine Busse. Drei lange, breite, leere Alleen, von Bäumen und hohen Zäunen umsäumt, führten von hier fort. Sie verliefen schnurgerade und boten keine Deckung, da es wenige Ausgänge, keine Häuser und keine sehr helle Beleuchtung durch hohe Straßenlampen gab. Hilmer, Pralitz und Baden standen hinter mir auf dem Bürgersteig und warteten geduldig und schweigend.
Auf der anderen Seite der breiten Straße war der Eingang zu einer weiten offenen Fläche, die man für verschiedene Sportarten reserviert hielt: Es gab dort den Rennplatz, das Fußballstadion, einen Schießplatz, und ziemlich nahe erhob sich der Fallschirm-Sprungturm wie ein schwarzer Finger in den Himmel. Wenn ich dort erst einmal wäre, könnte ich mich in dem Gelände bis zum anderen Morgen verstecken. Zwar war der umgebende Zaun hoch, doch das Tor war niedrig, keine zwei Meter hoch und mit eisernen Spitzen besetzt, die eher eine Hilfe als ein Hindernis darstellten.
Ein Bus kam aus Richtung Ulus angefahren. Ich drückte mich näher an die Haltestelle heran, als wollte ich mich zu den dort Wartenden gesellen, und dann, als er fast auf gleicher Höhe mit uns war, warf ich mich vor ihm vorbei. Die Scheinwerfer blendeten mich, der Chauffeur konnte nur noch auf die Hupe drücken, und ich spürte den Kotflügel an meiner Jacke vorbeizischen. Dann war der Bus zwischen den anderen und mir. Meine Füße berührten kaum den Bürgersteig auf der anderen Seite, da warf ich mich schon nach den Eisenspitzen, zog mich hoch und sprang zur Erde, und da kam Baden, der wieder als erster reagiert hatte, erst hinten um den Bus herumgelaufen.
Im Hippodrom und im Fußballstadion war ich schon gewesen, aber nicht durch diesen Eingang gekommen. Eine kurze, dunkle Passage mit hohem Zaun erstreckte sich vor mir bis an den Fuß des Sprungturms, und mir blieb keine Zeit, hinauszuklettern. Ich rannte die Passage entlang, die in einen weiten, kreisförmigen Platz mit kahlem Boden und zertrampelten Grasresten mündete. Es gab keine Deckung außer im Turm selbst, einem häßlichen Betonbau, der sich fünfundzwanzig Meter hoch erhob und nichts zu bieten hatte als

eine Tür, die ich vor mir sah, und offene Fensterhöhlen bis hinauf zu den drei oben vorspringenden Balken. Ich zögerte, als ich das Ende der Passage erreicht hatte, und hörte denselben metallischen Knall wie damals, als Alex Akim in Baalbek getötet hatte. Heiße Luft fuhr mir an der Wange vorbei, die Kugel schlug gegen den Turm und zischte als Querschläger weiter in die Nacht hinein. Die Tür war mit einer Art Harmonikagitter versperrt, wie man sie von altmodischen Fahrstühlen kennt. Ich hörte jemand rufen. Baden war schon halb durch die Passage durch, nun drehte er sich um. Hilmer und Pralitz kamen hinter ihm her, und eine vierte Gestalt hing groß und schwer an den Eisenspitzen und hob sich schwarz von den Straßenlaternen vor der Station ab.

Es gibt kaum ein Schloß, das nicht zerbricht, wenn sich ein schwerer Mann dagegen wirft, der sich so schnell bewegt, wie er kann, und keine Angst hat, sich weh zu tun. Neun Zehntel beim Akt des starken Mannes im Zirkus sind nicht Kraft, sondern das Ertragenkönnen von Schmerzen. Ich traf mit den Schultern bei vierzig Stundenkilometern Geschwindigkeit auf das Tor, und es brach so weit auf, daß ich der Länge nach hineinfiel.

Innen drang durch die vielen Öffnungen in der Mauer genügend Licht herein, so daß ich eine hohe Eisentreppe ausmachen konnte, die sich um drei Eisenkabel herumwand, die im Erdboden verschwanden. Die Kabel waren ungesichert, doch wiesen Warnschilder darauf hin, daß man sich fernhalten sollte. Ein Tisch und ein Stahlrohrstuhl standen am Fuß dieser Treppe. Sonst nichts, und als einzigen Weg gab es den nach oben. Von den Wänden scholl das Echo meiner Schritte, als ich, zwei und drei Stufen auf einmal nehmend, nach oben stürmte; ich drückte mich gegen die Außenwand, nachdem ich zweimal abgerutscht war. Die letzten zehn Stufen schienen mir so hoch wie Steilhänge zu sein, aber ich glaube nicht, daß meine Geschwindigkeit geringer wurde. Oben fiel ich auf eine eiserne Plattform, die, abgesehen von drei dicken Pfeilern unter einem Schutzdach aus Beton, nach allen Seiten offen war. Drei vorspringende Balken kamen in der Mitte über der Treppe zusammen, und die drei Kabel schlängelten sich über sie durch Rollen hindurch wieder zurück zur Plattform, wo sie in ordentlichen Haufen von Gurten und Schnallen endeten. Kleine, entfaltete Fallschirme, die keinen funktionellen Zweck erfüllten, sondern nur dazu da waren, die Sache realistischer zu gestalten, bewegten sich leicht im Wind über den Gurten.

Die Plattform war ein dichtes Gitterwerk, und ich konnte hinuntersehen. Hilmer, Pralitz und Baden standen unten im Turm, ihre Gesichter waren helle Flecken in der Düsternis unter mir. Ich strengte meine Ohren an, das Blut dröhnte in meinem Kopf, und ich keuchte schwer. Die drei sprachen leise miteinander, dann schallte Hilmers Stimme zu mir hinauf.
»Okay, Aziz. Das wäre es nun. Wir kommen Ihnen nach. Letzte Runde.«
Er hatte versucht, seine Stimme sachlich, beherrscht klingen zu lassen, aber bei den letzten Worten hob sie sich, nicht triumphierend, nein, entzückt. Meine Haut überzog sich mit kaltem Schweiß. Die Gestalten verschwanden eine nach der anderen, und ein gleichmäßiges gemessenes metallisches Klacken zeigte an, daß sie näher kamen. Ich zwang mich auf die Knie und kroch von der Treppe weg zu den am weitesten entfernt liegenden Gurten. Ein Windstoß blähte die weiße Seide auf. Ich hatte aus der Entfernung zugesehen, wie Männer von dem Turm sprangen. Der Mechanismus unter dem Fußboden am Eingang ließ die Kabel mit einer bestimmten Geschwindigkeit abrollen, so daß sie genauso schnell wie echte Fallschirmspringer auf das Gras fielen, was etwa einem Sprung von einer vier Meter hohen Mauer gleichkommt. Sicher wurde dieser Mechanismus nachts abgestellt. Wenn ich mich hinunterstürzte, würde ich dann absolut hilflos fünfundzwanzig Meter hoch über der Erde baumeln? Wenn ich schon sterben mußte, war es dann nicht würdevoller, meinen Mördern aufrecht gegenüberzustehen, statt an einem Galgen zu hängen wie ein Fisch am Angelhaken? Noch eine Drehung, und sie waren oben. Ich wandte mich um, aber dann war mein Instinkt doch stärker als mein Gefühl für Würde: Unwillkürlich hatte ich mich mit den Gurten in der Hand aufgerichtet.
Hilmers eisengraues Haar erschien an der Treppe, und seine Waffe schimmerte matt, als sich die Mündung auf meinen Magen richtete. Es war ein langer Aufstieg gewesen, und obgleich er sich nicht beeilt hatte, keuchte er schwer. Er trat auf die Plattform, und hinter ihm drängten sich Pralitz und Baden heraus.
»Na, mach schon«, murmelte Pralitz.
»Laß mich doch erst Luft holen. Der kann auch noch eine halbe Minute warten.«
Mein Blick wanderte langsam an dem langen, dünnen Kabel entlang, das sich in der Perspektive auf absurde Weise verschmälerte, und traf unten auf eine Gestalt, ein weißes, zu

mir erhobenes Gesicht. Katkov winkte mir eindringlich zu, und ohne mich bewußt zu entscheiden, sprang ich. Vielleicht eine Sekunde lang fiel ich in freiem Fall, dann zuckte das Kabel und riß mir fast die Gurte aus den Händen. Hügel, Lichter, Bäume und Gras wirbelten um mich, und plötzlich fuhr der Erdboden auf mich zu, traf auf meine Füße und entschwand meinen Blicken wieder, als ich aufprallte. Ich schlug einen Purzelbaum in den Turm hinein, ich bekam kaum noch Luft. Schmerz verbiß sich förmlich in meine Schulter.

Über mir entfaltete sich eine weiße Knospe vor dem Hintergrund des Nachthimmels. Sie löste sich und fuhr unter dem zweiten Balken herab, und ich lag starr, während Hilmer, den Fallschirm über sich wie einen Beduinenschleier, auf mich zusauste. Dann folgte ein ohrenbetäubendes Kreischen von berstendem, splitterndem Metall. Etwa zehn Meter über dem Erdboden blieb sein Kabel hängen und ließ ihn in der Luft baumeln; in schiefem Winkel hing er vom Turm herab wie ein Spielzeugball an einer Gummischnur. Das Kabel lockerte sich wieder, sein Gewicht riß ihn herunter und zerschmetterte ihm Hals und Kopf. Diesmal ließ er die Gurte los, und seine Leiche – denn er mußte tot sein – beschrieb eine knappe Kurve durch die Luft und fiel wie ein Sack gegen die Umzäunung am Rand des Geländes.

»Aziz Bey, du mußt aufstehen.« Katkov flüsterte mir ins Ohr. Seine Pranken zerrten an meiner Jacke, er hob mich hoch wie einen Sack. Ich warf einen Arm um seine mächtige Brust, und mit nachgebenden Knien und stolpernden Füßen wurde ich halb getragen, halb gezerrt, bis wir durch die Passage waren. Ich erholte mich rasch, und als wir das Tor erreichten, stand ich wieder fest auf den Füßen.

»Was hast du gemacht?«

»Ich habe den Stuhl zwischen die Kabel geworfen, als er sprang. Dadurch riß das Kabel, an dem er hing, und du hast ja gesehen, was dann geschah.«

Zwei Polizisten, ein Nachtwächter und eine kleine Gruppe von Zuschauern erwarteten uns. Als wir am Tor waren, fummelte der Nachtwächter mit ein paar klirrenden Schlüsseln, und das Tor sprang auf. Die Polizisten drängten ihn auf die Seite und stellten sich uns in den Weg. Katkov blieb stehen, fuhr mit der Hand in die Brusttasche und hielt ihnen eine Karte in einer Klarsichthülle unter die Nase.

»Dritte Sektion«, knurrte er auf türkisch. »Den hier versorge ich. Die anderen sind nicht wichtig, Amerikaner, einer ist

verletzt. Holen Sie einen Krankenwagen und sehen Sie zu, was Sie tun können. Ich brauche vor allem diesen hier.«
Die Polizisten zögerten.
»Schnell. Sonst sind die anderen weg.«
Sie salutierten, und ihre Stiefel polterten über den Asphalt auf den Turm zu. Katkov schob mich auf den Bürgersteig und rief ein Taxi.

23

Das Taxi brachte uns zur Unfallstation des Städtischen Krankenhauses. Wortlos führte mich Katkov in ein düsteres, schwach erleuchtetes Wartezimmer mit harten Holzstühlen und grauen Wänden. Er setzte mich hin und ging zu einem Krankenpfleger, der hinter einem Schalter auf einem Hocker saß. Als er wiederkam, flüsterte er mir zu: »Du kriegst gleich einen Arzt. Ich habe gesagt, du seist die Treppe hinuntergefallen. Ich muß jetzt gehen, aber ich sehe dich sicher bald wieder – und dann kannst du mir helfen.«
Er preßte seine Finger in meinen Arm und stampfte hinaus.
Der Doktor, ein junger, übermüdeter Assistenzarzt, sagte, ich hätte nichts als Prellungen und ein gebrochenes Schlüsselbein. Er machte mir einen Stützverband um die Brust, legte meinen linken Arm in eine Schlinge und gab mir ein paar Tabletten zum Einnehmen, wenn ich zu Hause sei. »Gehen Sie morgen zum Arzt und treten Sie zwei, drei Wochen etwas langsam«, brummte er. Als ich hinausging, kam ein Arbeiter dran, dem das Blut unter einem schmutzigen Notverband hervor übers Gesicht lief. Ich nahm ein Taxi bis vor den Eingang meiner Hütte.
Am nächsten Morgen nahm ich die Ohrgehänge, die ich in Beirut für Anya gekauft hatte, aus den Versteck, in dem sie drei Monate lang gelegen hatten und wo nun bloß noch drei Messer lagen. Dann machte ich mich auf den Weg nach Yenisehir hinunter.
Julia war nicht zu Hause. Ich rief bei der UNESCO an und erfuhr, daß sie in der Pädagogischen Hochschule in der Nähe des Krankenhauses arbeitete. Dort führte mich ein Student einen langen, mit Terrazzo belegten Korridor mit vielen braunlackierten Türen entlang. Ihr Name stand gedruckt auf einer Karte an der Tür. Ich klopfte und ging hinein.
Das Büro war klein und schäbig, hatte nichts als einen großen braunen Schreibtisch, ein Bücherregal und Akten-

schränke. Sie blickte vom Schreibtisch zu mir auf und nahm die Brille ab, als sie mich erkannte. Sie hatte ein graues Wollkleid an und sah blaß, geschäftsmäßig, fast wie eine Fremde aus. Sie lächelte zögernd.

»Ich habe dir etwas mitgebracht ... ich möchte dir das hier schenken.«

Sie faltete das weiße Papier auseinander.

»Wie schön. Vielen Dank.«

Ich setzte mich auf einen harten Stuhl, stand auf, setzte mich wieder hin. Man konnte in dieser kleinen Schachtel von Zimmer nicht herumlaufen.

Wir sprachen gleichzeitig.

»Du hast etwas am Arm ...«

»Wer bist du?«

Sie lächelte.

»Entschuldige. Zuerst du.«

»Wer bist du?« Diesmal schrie ich es fast.

Sie zündete sich aus einem Päckchen, das bei ihren Papieren lag, eine Zigarette an, ihre Finger zitterten vielleicht ein bißchen, aber ihre Stimme klang gelassen.

»Bis gestern arbeitete ich für den israelischen Geheimdienst.«

»Gestern?«

»Ich ... habe meinen Posten zur Verfügung gestellt, ich habe Fleischs Tod nicht gern angeordnet. Noch weniger gefiel mir die Möglichkeit, deinen Tod anordnen zu müssen. Das hätte ich tun müssen, wenn du zu Fleisch gegangen wärst, bevor wir ihn töteten.«

Das Schweigen wurde gebrochen, als sich hinter mir eine Tür öffnete. Ein Diener in grauem Drillich wollte einige Papiere haben, die ein College in Gaziantep betrafen.

»Möchtest du etwas Tee? *Iki tane çay*, Achmet, *rica ederim*.«

Wir warteten, bis er mit zwei Tulpengläsern voll dunklem bernsteinfarbenen Tee und viereckigen Zuckerstückchen wiederkam, es war russischer Tee, aber ohne Zitrone.

»Warum hast du Fleisch getötet?«

»Ich habe ihn nicht umgebracht. Das hat Davut getan. Ich mußte es anordnen. Wir wußten alles über den Hedschas und über den Sinai, was er auch entdeckt hatte, aber wir mußten sicher sein, daß er es niemand anderem mitteilte. Das hätte er auch nicht getan, wenn ihn nicht dein Bruder auf so kluge Weise davon überzeugt hätte, daß er für meine Abteilung arbeitete. Aber schließlich wußte ich, daß wohl dein Bruder sich für einen Israeli ausgeben konnte, du aber nicht. Und doch behielt Fleisch das Gold und wollte dich noch ein-

mal sehen. Wenn er seine Informationen an dich verkaufen wollte, so hätte er sie jedem anderen auch verkauft.«
»Es war also kein Zufall, daß wir uns in Baalbek trafen.«
»Nein, es war keiner. Aber Peter Yapton und Jeremy Goring waren ahnungslos. Für sie war ich stets nur, was ich jetzt auch bin.«
»Hat Davut Goring getötet?«
»Nein. Warum denn? Hilmer hat Goring getötet. Die CIA hat früher mit dem ICED zu tun gehabt. Es war ganz natürlich, daß Goring Hilmer einen Freundschaftsdienst erwies, indem er ihm sagte, daß du in Ankara und in meiner Wohnung seist. Aber das ICED ist europäisch. Das meiste Kapital stammt aus Frankreich und der Schweiz. Goring interessierte sich plötzlich des ICED wegen für Fleisch, und Hilmer erfuhr davon. Als du Goring besuchtest, erfuhr das Hilmer wohl auch sofort. Er mußte sichergehen, daß Fleischs Fundorte auf keinen Fall dem ICED bekannt würden, also brachte er Goring um.«
»Hilmer ist nun tot, und Samjatmin auch.«
»Ich weiß.«
Es klingelte, und Stimmen und Schritte wurden im Korridor laut und verklangen wieder.
»Warum erzählst du mir das alles?«
Sie lächelte erneut.
»Du willst es wissen – vielleicht würdest du auf andere Weise versuchen, die Wahrheit herauszufinden, und das könnte gefährlich für dich werden.«
»Ist es nicht für dich gefährlich, mir alles zu erzählen?«
»Nein. Du willst nur wissen, warum dir alle diese Dinge zugestoßen sind und warum dein Bruder getötet wurde. Du wirst es nicht weitersagen.«
»Nein.«
Ich dachte eine Weile nach und trank meinen Tee. Eine Frage erhob sich in mir, und der Gedanke, daß ich sie aussprechen könnte, trieb mir den Schweiß in die Hände und ließ mein Herz höher schlagen. Aber ich mußte es wissen.
»Warum hast du mit mir geschlafen?«
Nun zögerte sie doch und wandte den Blick ab.
»Als du kamst, hatte Davut gerade angerufen und gesagt, daß er Fleisch getötet habe und daß es nicht mehr nötig sei, dich umzubringen. Ich ... es ging mir sehr nahe. Besonders daß ein Mensch getötet worden war. Ich glaube, ich kann es nicht wirklich in Worte fassen. Aber ich brauchte dich sehr. Ich brauchte das, was an jenem Nachmittag geschehen ist.«

»Wenn Yapton statt meiner gekommen wäre, wärst du mit ihm ins Bett gegangen.«
»Vielleicht. Aber ich bin froh, daß du es warst. Trotzdem glaube ich, daß ich Yapton heiraten werde – Peter. Er möchte mich haben.«
Ich hatte das Gefühl, ich könnte den Druck des in mir aufsteigenden Zornes nicht länger ertragen. »Vielleicht hätte ich selbst dich geheiratet.«
»Nein, das hättest du nicht!«
Zu meiner Überraschung klang auch ihre Stimme zornig.
»Warum nicht?«
»Weil ich dich nicht genommen hätte.«
»Warum nicht?«
»Weil du eingebildet bist. Weil du willst, daß eine Frau deine Mutter und zugleich deine Geliebte ist. Wer immer mich heiratet, heiratet mich und nicht einen Schrank voller Puppen. In vieler Hinsicht bist du ein besserer Mann als Peter, aber nicht in der Weise, die für mich wichtig ist.«
»Du wirst — wie sagt man? — die Hosen anhaben.«
»Sehr viel besser, Aziz, wirst du nie verstehen, was ich meine.« Ihre Stimme hob sich zum Schrei. »Das Glas, du großer Idiot, paß doch auf, was du machst!«
Ich fühlte einen Schmerz in meiner rechten Hand. Ich hatte den Fuß des dünnen Glases auf die Stuhllehne geschlagen, und es war zerbrochen. Meine geballte Faust war voller Splitter. Tee und etwas Blut sickerte zwischen den Fingern auf den Teppich. Mir wurde leicht schwindlig.
Julia kniete neben dem Stuhl und versuchte, meine Finger aufzumachen. »Mach doch die Hand auf, los, mach auf. Laß mich mal sehen. Laß sie offen.«
Die meisten Splitter fielen klirrend zu Boden. Sie zog kleine runde Stücke aus der Haut, und meine Handfläche fing an, heftiger zu bluten. Ich roch den Duft ihres Haares, und ihre Finger waren weich und sanft und doch fest, ihre Nägel zupften zart die silbrigschimmernden Schnittflächen heraus.
»Gott, hast du ein Glück. Sieh dir bloß mal an. Keiner ist tiefer gegangen. Bewege mal die Hand, die Finger, deinen Daumen. Sieh doch, keine Sehnen oder Nerven zerschnitten. Seitdem ich dich zum erstenmal gesehen habe, bist du von einer verrückten Situation in die andere hineingestolpert. Eigentlich hättest du bei mindestens vier Gelegenheiten umgebracht werden müssen. Und jetzt kriegst du sogar das hier fertig, ohne dir mehr zuzufügen als ein paar Kratzer. Hast du ein Taschentuch?«

Sie hielt es an einer Ecke mit den Zähnen fest und riß es in Streifen. »Tee ist ja ein leichtes Desinfektionsmittel, aber vielleicht läßt du dir das doch lieber richtig säubern und verbinden. Gleich nebenan ist eine Unfallstation.«
»Ich weiß.«
Sie blieb auf den Fersen neben mir hocken und sah mich an. Ihre Wangen hatten sich gerötet, und ihr Körper war wieder lebendig, ihre Brüste preßten sich mit jedem Atemzug gegen die Wolle ihres Kleides.
»Aziz Bey, geh um Himmels willen fort und werde seßhaft und nimm dir eine Frau, die sich um dich kümmert.«
Sie küßte mich und sah mich an, als ich aufstand. Ihr Lächeln war offen, ihre Augen waren klar und dunkel, Zorn und Zweifel waren verflogen. Noch einen Augenblick länger zu verweilen, wäre unerträglich schmerzlich gewesen.

Nach der Unfallstation (diesmal war es ein anderer Arzt, und er sah mein Schlüsselbein an, nachdem er die Hand bandagiert hatte) und einem leichten Imbiß im »Picknick«, der hauptsächlich aus Wodka und Bier bestand, ging ich zum Postamt. Ich zeigte dem Beamten am Schalter für postlagernde Sendungen meinen Personalausweis, und er gab mir einen großen, fetten Umschlag. Zehntausend Dollar.
»Zehntausend Dollar«, sagte eine bekannte, tiefe Stimme hinter mir.
Ich drehte mich um, mein Puls raste schon wieder, ich war mir bewußt, daß mein linker Arm nicht zu gebrauchen und meine rechte Hand bandagiert war. Aber die Stimme von Georg Katkov hatte nicht drohend geklungen, nicht einmal gierig, und er sah auch keineswegs gefährlich aus. Er wirkte alt, müde und war blaß. Sein massiger Körper hielt sich nicht gerade, und der Anzug hing ihm schlaff um die Schultern. Er war unrasiert, und die Stoppeln waren grau. Seine Schuhe waren staubig. Er nahm mich beim Arm, und zusammen gingen wir auf den sonnigen Boulevard hinaus.
»Hast du schon gegessen?«
»Nichts Richtiges.«
»Dann wollen wir doch zusammen essen. Ich möchte mich gern mit dir unterhalten.«
Wir nahmen ein Taxi zu Karpic. Es standen Tische draußen in einem kleinen Garten, und so hatte ich keine schmerzlichen Erinnerungen an Julia, während wir unter blühenden Weinreben aßen und uns von der Sonne den Rücken wärmen ließen. Georg bestellte gedämpften Barsch, der in Papiersäck-

chen zubereitet und mit Weinbeerensauce serviert wurde. Als er sah, daß ich nicht damit fertig wurde, machte er mir das Säckchen auf. Der frische Duft des Fisches mit Petersilie und Zitrone weckte in mir einen rasenden Appetit, und wir bestellten uns ein Chateaubriand mit einer Flasche schweren Rotweins, der Buzbag hieß. Um Viertel vor drei hatten wir drei Flaschen ausgetrunken, danach drei Tassen Kaffee und zum Nachtisch Baklava mit Schlagsahne zu uns genommen. Wir hatten kaum gesprochen.

Als endlich die Teller fortgenommen wurden, lehnte sich Georg zurück und warf den Spatzen, die zu unseren Füßen mit den Sonnenstrahlen spielten, die Krumen von seinem Toast zu. Der Verkehr war nur als leises, entferntes Rauschen zu vernehmen, und über uns summten Bienen in den blaßgrünen Blüten.

»Was sind nun deine Pläne, Aziz Bey?«

»Jetzt suche ich mir Land. So wie es mein Großvater an der Kura besaß.«

»Wieviel Geld hast du?«

»Zehntausend Dollar und siebzehntausend Lira.«

»Das müßte eigentlich reichen. Dafür, daß du ein Unschuldslamm warst, daß du nicht wußtest, was für einen Wert du mit Akims Gesicht zu bieten hattest, ist es nicht schlecht.«

Langsam zog er ein riesiges Taschentuch hervor und wischte sich das Gesicht, seine schimmernde Glatze und seinen Nacken.

»Akim war mein guter Freund. Es ist toll, wie sehr du ihm ähnelst. Aber es gibt auch Unterschiede zwischen euch. Er war von rascherem Verstand, heiterer, es machte ihm Spaß, so klug zu sein. Aber er wäre kein guter Bauer geworden. Du schon.«

Schweigend gedachten wir Akims. Ich mit einem leichten Herzen, mit größerer Zärtlichkeit. Ich hatte Samjatmin getötet, und wenn ich jetzt in den Spiegel sah, würde ich wieder mein eigenes und nicht Akims geisterhaftes Gesicht darin erblicken.

Georg Katkov räusperte sich, und ich sah ihm in die grauen Augen. Sie hatten einen leicht fragenden Ausdruck, aber er hielt seine Stimme sorgfältig im Zaum, damit es nicht nach einer Bitte klang.

»Ich werde nicht nach Rußland zurückkehren«, sagte er, »ich bezweifle, daß man mich nach dem, was in der vergangenen Nacht passiert ist, noch wiederhaben will. Hier drin habe ich«, er klopfte sich auf die Brieftasche, »viertausend Dollar.«

»Du hast mir zweimal das Leben gerettet.« Ohne zu zögern streckte ich ihm meine rechte Hand hin. Er ergriff sie fest und drückte sie. Ich stöhnte vor Schmerzen auf und schüttete ihm den Inhalt der Kaffeetassen und Gläser in den Schoß, und wir schrien beide vor Lachen. Wir lachten, als ihn ein Kellner trockenrieb, wir lachten, als wir die Rechnung bezahlten. Wir nahmen ein Taxi zur Bahnstation, fuhren durch die sonnenhellen Pappelalleen um Verkehrsinseln mit nickenden Tulpen herum, und als wir am Fahrkartenschalter ankamen, sangen wir. Glücklicherweise fielen mir meine Messer und mein türkisches Geld in der Hütte ein, und auf dem Weg dahin sangen wir immer noch.

So ist das also gewesen. Vor drei Jahren. In der Ebene um den Fluß Menderes bei Ephesus, vierzig Kilometer vom Meer und vor den schneebedeckten Gipfeln des Taurus, pflanzt Georg Mais und Tabak, und ich kümmere mich um die Oliven und Orangen. Es geht uns gut. Wir haben geheiratet, ein paar Männer arbeiten für uns, und ich habe zwei Söhne namens Akim und Georg, die schon flink und zäh sind.

Fatma ... kümmert sich um mich. Manchmal denke ich an Julia, aber das war nur ein Traum. Zwei Söhne in drei Jahren hätten ihr nicht zugesagt, und ich glaube, ein dritter ist schon unterwegs. Und der Besitzer unseres Teehauses hat vier Töchter, die er wohl nicht leicht unter die Haube bringen wird. Die jüngste ist hellhaariger als die anderen und hat die schlanke Figur einer Tänzerin. Es ist hier nicht ungewöhnlich, daß man zwei Frauen hat, und Fatma wird nichts dagegen haben. Sie ist so erzogen.

Unsere Nachbarn mögen uns. Wenn die Sonne lange Schatten durch die Eukalyptusbäume wirft und der Fluß sich träge unter einem Nebelschleier durch die bewässerten Felder windet, versammeln wir uns vor dem Teehaus und unterhalten uns. Manchmal, wenn es etwas zu feiern gibt, oder vielleicht auch nur, weil die Planeten heller vom warmen Himmel scheinen, spielen die anderen auf ihren Gitarren, Pfeifen und Trommeln, und Georg tanzt einen heftigen, bärenhaften Gopak, die Arme über der Brust gekreuzt und Schweißbäche auf der Glatze und über seinem Stiernacken. Und wenn er müde ist und nicht mehr tanzen kann, öffne ich meinen Messerkasten und schicke meine Messer wirbelnd hoch ins Licht des Mondes – meine drei Messer.

Julian Rathbone

Grünfinger

Roman. Aus dem Englischen von Hilde Stallmach.
227 Seiten. Serie Piper 5526

Die Blutspur zieht sich bis in die Regenwälder Costa Ricas. Schon glaubt sich der multinationale Lebensmittelkonzern am Ziel. Doch dann bietet ihm eine ebenso schöne wie mutige Frau die Stirn.

»Julian Rathbone hat das Kaliber eines Graham Greene.«
Publishers Weekly

Der Katafalk

Roman. Aus dem Englischen von Hilde Stallmach.
205 Seiten. Serie Piper 5515

Die geheimen Tonbänder Juan Pérons sollten für ihren Besitzer eine Lebensversicherung sein. Aber sie entpuppten sich als tödliche Falle.

»Julian Rathbones Geschichten gehören zum Besten, was es gegenwärtig gibt.« The Daily Telegraph

»In diesem exzellenten Thriller werden Rückblenden und Zeitsprünge so raffiniert eingesetzt, daß sich die Spannung schier bis ins Unerträgliche steigert.« New York Times Book Review

PIPER